Miss Lattimore's brief

Van dezelfde auteur

Mr Malcolms lijst

Suzanne Allain

Miss Lattimore's brief

A.W. Bruna Uitgevers

Oorspronkelijke titel
Miss Lattimore's Letter

This edition published by arrangement with Berkley, an imprint of Penguin Publishing Group, a division of Penguin Random House LLC.
Vertaling
Anna Livestro
Omslagbeeld
Lee Avison/Trevillion Images
Omslagontwerp
Margo Togni

ISBN 978 94 005 1430 0
NUR 302

Voor mijn zusjes

1

Het was al heel wat jaren geleden dat Sophronia Lattimore haar waaier had gebruikt als middel om mee te flirten.

Als arm familielid van achtentwintig hoorde ze inmiddels toch echt tot de chaperonnes. En had het geen zin nog te proberen de aandacht van een heer te trekken, maar als iemand wél haar verwoede gewapper met haar waaier had opgemerkt, dan was de boodschap hem zonneklaar: Sophie had het vreselijk warm. En zij was niet de enige dame die leed onder de hitte. Geuren van parfum en transpiratie vermengden zich in de warme lucht, waardoor Sophie het zo benauwd kreeg dat ze besloot de koele avondlucht in te vluchten wilde ze niet flauwvallen. Gelukkig was haar nichtje net een quadrille aan het dansen, dus Sophie had even de tijd voordat Cecilia weer naar haar op zoek zou gaan.

Ze baande zich een weg langs de rand van de overvolle balzaal naar de openslaande deuren die ze aan de andere kant van de ruimte had gezien en stapte daardoorheen, een smal balkon op. Ze liep helemaal naar de andere kant, weg van het licht van de balzaal, en nam een paar stevige, verfrissende teugen lucht. Verzonken in stille overpeinzing over de nachtelijke hemel, schrok ze op toen er een stel uit de balzaal het balkon op kwam. Voordat ze haar aanwezigheid kenbaar kon maken – aangezien ze zich nog steeds in de schaduw ophield en het stel haar niet opmerkte – staken de twee direct van wal.

'Wat voer jij precies in je schild, Priscilla?' vroeg de heer.

'Ik heb geen idee waar je het over hebt.'

'Speel geen spelletjes met me. Je bent Lord Fitzwalter overduidelijk aan het aanmoedigen om werk van je te maken. Betekenen jouw beloften dan niets?'

'Natuurlijk wel. En mijn hart is voor altijd van jou, Charles, heus! Maar ik hield alleen rekening met mijn eigen gevoelens en sindsdien ben ik tot het inzicht gekomen dat ik ook rekening dien te houden met mijn familie.' Ze stak haar hand op in een smekend gebaar. 'Alsjeblieft, Charles, je kunt me niet aan die beloften houden. Ik was te jong.'

'Of je ziet jezelf wel als gravin.'

'Maar ik had nooit verwacht, of zelfs maar gewenst, dat ik zijn aandacht zou trekken, ik wil dat je dat weet. Alleen, nu ik dat toch heb gedaan wil mijn moeder – ach, wat heeft het voor zin het hierover te hebben. Je kunt het onmogelijk begrijpen...'

'Ik denk dat ik het maar al te goed begrijp.'

De heer draaide zich om en liep weg; de dame, die Sophie had herkend als Miss Priscilla Hammond, volgde even later.

Weer alleen op het balkon dacht Sophie na over wat ze per ongeluk had gehoord. Miss Hammonds eerste seizoen in Londen was ontegenzeggelijk een succes geweest, met Lord Fitzwalter in de voorhoede van talrijke heren die haar het hof maakten. Dat hij op het punt stond een aanzoek te doen was algemeen bekend, en de aanvaarding daarvan door de dame in kwestie was ook een uitgemaakte zaak. Want welke jonge vrouw van onbeduidende en financieel weinig florissante komaf zou de kans een rijke gravin te worden afslaan? Maar blijkbaar dacht Charles dat Miss Hammond dat toch zou doen, vanwege hem.

Sophie keerde terug naar haar stoel in de hoek, en bleef denken aan wat ze zojuist had gehoord. Ze sympathiseerde met alle partijen in deze ingewikkelde kwestie. Er was zelfs een vierde persoon die erdoor getroffen werd, zo wist ze: de vriendin van haar nichtje, Lucy Barrett, had Cecilia in vertrouwen verteld dat ze ook verliefd was op Lord Fitzwalter en dat zijn aandacht voor Miss Hammond haar wanhopig maakte. Lucy Barrett, hoewel een aantrekkelijke jonge vrouw, kon zich niet verheugen in het soort populariteit dat Miss Hammond genoot. Ze was een beetje verlegen, raakte vaak overweldigd in grote gezelschappen en aarzelde om zich uit te spreken. Ze kende Lord Fitzwalter alleen omdat hij een vriend van haar broer was.

Het was niet zo eenvoudig, het vinden van een huwelijkspartner. En het ging Sophie niet aan of Lord Fitzwalter Miss Hammond verkoos boven Miss Barrett. Maar zou hij echt voor Miss Hammond hebben gekozen als hij wist dat Miss Hammond en deze 'Charles' elkaar beloften hadden gedaan? Gaf Miss Hammond misschien vooral toe aan de wensen, en misschien de druk, van haar familie?

Sophie observeerde Miss Hammond het daaropvolgende halfuur. En ze vond dat die er niet uitzag als een jongedame die genoot van de aandacht van haar geliefde. Hoewel ze vaak genoeg naar Lord Fitzwalter glimlachte, vervaagde die glimlach meteen zodra hij zijn hoofd afwendde om plaats te maken voor een frons. De persoon die het meest verheugd leek over de aandacht van Lord Fitzwalter was Mrs Hammond, die zich bijna letterlijk in de handen wreef bij de aanblik van haar dochter met de graaf.

Sophie werd wakker geschud uit haar overpeinzingen toen haar nichtje Cecilia weer opdook. 'Sophie, Mr Hartwell heeft aangeboden om me naar het buffet te begeleiden.'

'Kunnen we misschien een glas punch voor u meenemen, Miss Lattimore?' vroeg Mr Hartwell.

'Wat aardig van u. Dat lijkt me heerlijk,' antwoordde Sophie. Ze was eigenlijk liever met hen meegegaan om aan haar ongemakkelijke stoel te kunnen ontsnappen, maar ze wilde hun tête-à-tête niet verstoren, ook al was dat ogenschijnlijk juist een van haar verantwoordelijkheden. Haar tante verwachtte eigenlijk alleen dat Sophie haar onwelkome gezelschap zou opdringen in het geval van een ongeschikte partij, wat Mr Hartwell niet was.

'Uw nichtje mag trots zijn,' zei een oudere dame die naast Sophie zat. De dame dacht kennelijk dat ze met gedempte stem sprak, maar Sophie keek snel naar het weglopende stel in de hoop dat zij het niet hadden gehoord. Tot haar opluchting zag ze dat ze te enthousiast in gesprek waren om Mrs Pratt te hebben verstaan.

'Ja, Mr Hartwell lijkt me een aardige jongeman,' zei Sophie vaag.

'Aardig-paardig. Hij heeft een erfenis van vijfduizend pond per jaar. Is familie van de hertog van Norfolk van moeders kant,' antwoordde Mrs Pratt.

Sophie was al te zeer gewend aan Mrs Pratt om iets anders te verwachten dan een opsomming van het inkomen en de voorouders van een jongeman, en al vond Sophie dergelijke zaken zelf verre van interessant, Cecilia's moeder was er wel zeer in geïnteresseerd, dus moest Sophie opletten. En toen bedacht ze dat ze misschien Mrs Pratts encyclopedische kennis van geschikte heren zou kunnen gebruiken om haar eigen nieuwsgierigheid te bevredigen. Sophie had Charles door de balzaal zien lopen en knikte met haar hoofd in zijn richting.

'Mrs Pratt, kent u die meneer daar? Ik meen dat zijn voornaam Charles is.'

Mrs Pratt tuurde kippig door de balzaal in de richting die Sophie had aangegeven, voordat ze naar de lorgnet reikte die om haar nek hing en die naar haar ogen bracht. Sophie had onmiddellijk spijt van haar vraag toen Charles zich omdraaide en Mrs Pratt recht aankeek, die er geen geheim van maakte dat ze hem niet alleen aangaapte, maar ook nog een middel gebruikte dat was ontworpen om haar daarbij te helpen. Sophie begon zich af te wenden, maar het was te laat; Charles had haar al opgemerkt. Hij leek verbaasd over de aandacht van de muurbloempjesafdeling, maar schonk beide dames een knikje voordat hij de zaal verliet.

'Beswick. Jongste zoon van Baron Fane. Hij komt uit dezelfde parochie in Devonshire als onze koningin van het bal, Miss Hammond,' zei Mrs Pratt ten slotte.

'Een goede partij, dus.'

'Respectabel. Hij is natuurlijk niet de erfgenaam van de titel, maar hij heeft wel een bescheiden kapitaal geërfd.' Mrs Pratt liet de lorgnet vallen om haar metgezel eens goed te bekijken. 'Voor wie vraagt u dit? Voor uzelf of voor uw protegeetje?'

'Niet voor mezelf, natuurlijk,' zei Sophie, in een poging de vraag te ontwijken.

'Hoezo niet? Die tante van u heeft u voortijdig tot oude vrijster gebombardeerd. U bent nog jong en knap genoeg om een goede partij te vinden. En als ik uw leeftijd had, wist ik precies op wie ik mijn zinnen zou zetten.'

Nu had Sophie al helemaal spijt dat ze dit gesprek was begonnen, want in haar opwinding tetterde Mrs Pratt nog luider dan anders en mensen draaiden zich naar hen om. Een van diegenen, met een glimlach op zijn knappe mond, was precies de man op wie Mrs Pratt doelde. En Sophie had Mrs Pratt niet nodig om haar op hem te wijzen.

Nee, ze was zich maar al te bewust van Sir Edmund Winslow, net als verschillende andere dames. Hij was niet bij elke sociale gelegenheid van het seizoen te vinden, dus toen hij zijn opwachting maakte, was het alsof er een zeldzame vogelsoort was neergestreken in de buurt van een vlucht eenden. Zijn aanwezigheid was even verkwikkend als de frisse lucht die ze eerder op het balkon had opgesnoven; maar nu ze hem recht in de ogen keek, moest ze zichzelf eraan herinneren rustig door te blijven ademen.

Ze deinsde echter niet terug en boog niet bescheiden haar hoofd, zoals ze zo vaak deed wanneer ze tussen de chaperonnes zat, vooral als een heer haar kant op keek. Mocht dit haar laatste kans zijn om veelbetekenende blikken uit te wisselen met een aardige heer, dan besloot ze de voorzichtigheid in de wind te slaan en die kans te grijpen. Ze rechtte haar rug en glimlachte even naar hem en was er zeker van dat ze iets in zijn blik zag – iets van interesse, nieuwsgierigheid, aantrekkingskracht, zelfs. Ze vergat Mrs Pratt, de aasgier die boven het banket cirkelde op zoek naar roddels, en die hun uitwisseling met belangstelling gadesloeg.

'Kijk aan, je hebt zijn aandacht getrokken,' verkondigde Mrs Pratt vervolgens tegen de hele goegemeente. De situatie was behoorlijk ongemakkelijk en smoorde alle gevoelens van wederzijdse aantrekkingskracht in de kiem. Sophie sloeg haar ogen neer, maar niet voordat ze zag dat Sir Edmund zijn hoofd afwendde en zijn pas versnelde. Mrs Pratt maakte misprijzende geluiden. 'Jammer, daar gaat hij weer. Ik zou je hebben voorgesteld als hij lang genoeg was blijven staan.'

Sophie was zich zeer bewust van de ogen en oren die nog steeds haar kant op waren gedraaid. De Londense society was als een vossenjacht, waarbij elk lid klaarstond om bij het eerste vleugje vernedering toe te slaan. Sophie werd over het algemeen genegeerd, maar als een non-entiteit als zij het waagde om te flirten met een partij die te hoog gegrepen was voor haar, dan was dat wel degelijk een heerlijk roddeltje dat een avond waarop er geen smakelijker verhaal de ronde deed zou kunnen opvrolijken. Dus was ze opgelucht toen ze Cecilia en haar escorte aan zag komen met haar glaasje punch, wat doeltreffend een einde maakte aan haar gesprek met Mrs Pratt.

Sophie zou het tafereel op het balkon misschien vergeten zijn, of het in ieder geval naast zich neergelegd hebben, als ze zich niet onverwacht in het gezelschap van drie van de hoofdrolspelers in het drama had bevonden. Haar nichtje Cecilia en Lucy Barrett waren al boezemvriendinnen, en aangezien Miss

Hammond dezelfde leeftijd en eenzelfde achtergrond had als de twee jongedames, werden de meisjes vaak uitgenodigd voor dezelfde bijeenkomsten, net als Miss Hammonds aanbidder, Lord Fitzwalter. Sophie zag Charles Beswick later nergens meer. Ze vermoedde dat hij Londen had verlaten om geen getuige te hoeven zijn van hoe het voorwerp van zijn affectie door een ander het hof werd gemaakt. Toen Sophie een week later tijdens een concert naast Priscilla Hammond zat, deed ze een poging haar nieuwsgierigheid te bevredigen.

'Wat ik me afvraag, Miss Hammond, misschien weet u iets over een buurman van u, een Mr Charles Beswick. Is hij nog in de stad?'

Priscilla's ogen werden groot en haar adem stokte. 'Charles? Ik bedoel... Mr Beswick? Is hij een kennis van u?'

'Niet van mij, maar van een andere dame, Mrs Pratt. Ze vroeg naar hem en zei dat jullie uit dezelfde parochie kwamen.'

'O, aha,' zei Priscilla, hoewel ze begrijpelijkerwijs verward leek door Sophies belangstelling. Sophie had het Priscilla niet kwalijk genomen als ze weigerde zo'n brutale vraag te beantwoorden, maar even later vervolgde Priscilla: 'Mr Beswick is naar huis teruggekeerd. Ik verwacht niet hem hier nog terug te zien.' Omdat Priscilla's toon en uitdrukking aan die van een rouwende op een begrafenis deden denken, kon Sophie alleen maar vermoeden dat dit feit Priscilla erg bedroefde. En toen ze Lord Fitzwalter in gesprek zag met Lucy en merkte hoeveel gelukkiger híj op dat moment keek dan tijdens zijn oppervlakkige gesprekken met Priscilla Hammond (die voornamelijk bestonden uit complimenten over haar uiterlijk), had ze echt het gevoel dat hij een ernstige fout beging.

Dit werd nog bevestigd door Cecilia, toen ze tekeerging over de manipulaties van Mrs Hammond, die haar vriendin Lucy van Lord Fitzwalter scheidden en haar toekomst verwoestten.

En al besefte Sophie dat de situatie misschien overdreven werd door haar jongere en veel dramatischer ingestelde nichtje, ze raakte er hoe langer ze hen observeerde steeds meer van overtuigd dat Lucy's genegenheid voor Lord Fitzwalter oprecht was en dat de twee al een warme vriendschap hadden gesloten. En dát, meende Sophie, met haar beperkte ervaring, vormde een solide basis voor een huwelijk. Lucy was serieuzer en stiller van aard en schitterde niet in het openbaar zoals Priscilla Hammond. In plaats daarvan had ze de neiging zich terug te trekken wanneer het andere meisje met Lord Fitzwalter flirtte, dus het was niet verwonderlijk dat Priscilla zijn aandacht met meer succes wist te trekken en vast te houden. En aangezien het erop leek dat Priscilla haar hart niet aan Lord Fitzwalter had geschonken, maar aan een andere man, had Sophie het gevoel dat dit een gelegenheid was, waarin duidelijke taal misschien een droevige vergissing kon afwenden. Ze was echter van mening dat het niet aan haar was om Lord Fitzwalter, met wie ze nooit meer dan beleefdheden had uitgewisseld, hierop aan te spreken. Ze kon toch kwalijk tegen hem zeggen dat zijn jacht op Miss Hammond berustte op een beoordelingsfout? Hij zou haar terecht zeggen dat het haar niets aanging, en vervolgens zou ze door de Londense society met de nek aangekeken worden. Ze zou zelfs haar positie bij haar tante kunnen verliezen.

Maar wat als Lord Fitzwalter niet op de hoogte was van de identiteit van degene die hem dit advies gaf? Wat als ze hem anoniem zou waarschuwen, zonder dat hij wist waar de waarschuwing vandaan kwam? Dan zou zij een zuiver geweten behouden en hij zou vrij zijn om, vertrouwend op zijn eigen gezond verstand, iets te doen met het advies, of niet.

En dus schreef Miss Lattimore een brief.

Nog geen maand later had heel Londen het erover dat Lord Fitzwalter, van wie iedereen verwachtte dat hij Miss Hammond een aanzoek zou doen, in plaats daarvan zijn verloving met Miss Barrett bekendmaakte. Niemand kon hem echter van onfatsoenlijk gedrag betichten, want zijn verloving volgde op het nieuws van Miss Hammonds verloving met ene Mr Beswick uit Devon.

Cecilia, die tijdens een bal naast haar nicht zat vroeg zich verbaasd af: 'Wie is die Mr Beswick in 's hemelsnaam?'

Voordat Sophie daarop kon reageren, zei Mrs Pratt: 'Wat een toeval. Uw nicht informeerde een maand geleden ook al naar deze heer.'

Cecilia keek haar nicht verbaasd aan. 'Werkelijk? Hoe kwam je daar zo bij, Sophie?'

Sophie zat met een mond vol tanden. Ze had nooit verwacht dat iemand haar zo'n vraag zou stellen en had geen idee hoe ze moest antwoorden. Ze was niet erg bedreven in het doen alsof, en het werd haar publiek vrij duidelijk dat ze op een mysterie waren gestuit toen ze eerst verschrikt keek en vervolgens haar blik afwendde. 'Ach, ik was gewoon nieuwsgierig, zomaar,' antwoordde ze ten slotte.

Cecilia was voelbaar sceptisch. Ze vergat dat ze niet alleen waren en was zo onvoorzichtig om te zeggen: 'Lucy vertelde me dat iemand een brief aan Lord Fitzwalter heeft geschreven...'

'Cecilia, daar komt Mr Hartwell aan, geloof ik,' viel Sophie haar in de rede.

'Onzin, hij danst een haspel met Miss Tibbits,' zei Mrs Pratt kortaf. 'Vertel verder, jongedame. Wat zei je nou precies over een brief aan Lord Fitzwalter?'

Cecilia besefte plotseling hoe gevaarlijk het was om in het gezelschap van een beruchte roddeltante te vertellen wat haar boezemvriendin haar in vertrouwen had gezegd. 'O, niets interessants. Gewoon een briefje om hun geluk te wensen met hun verloving.' Cecilia, die weliswaar tien jaar jonger was maar zich een stuk beter uit netelige situaties wist te draaien dan haar oudere nicht, weigerde te bezwijken voor Mrs Pratts vragen en was blij te kunnen ontsnappen voor een quadrille met de meest onbeduidende heer met wie ze tot nu toe gedanst had.

Later, in het rijtuig, wendde Cecilia zich tot haar nicht. 'Jij hebt die brief geschreven, nietwaar?'

Sophie, die niet kon liegen – althans, niet erg overtuigend – knikte. 'Maar alsjeblieft, Cecilia, vertel het aan niemand.'

'Het is niets om je voor te schamen, Sophie. Lucy en Mr Fitzwalter vinden dat je hun er een enorme dienst mee hebt bewezen.'

Sophie vond het wel bemoedigend dat haar beslissing om in actie te komen de juiste was gebleken en dat men haar erom waardeerde. Het was zo lang geleden dat iemand naar haar mening had geluisterd, laat staan ernaar had gevraagd. Ze had zich de afgelopen zes jaar, sinds ze na de dood van haar vader bij haar tante was gaan wonen, praktisch onzichtbaar gevoeld.

Cecilia was de enige die haar een beetje aandacht of genegenheid had geschonken, en dat nogal onverschillig, aangezien Cecilia niet zo erg geïnteresseerd was in die oude vrijster van een nicht van haar.

Maar nu bekeek Cecilia Sophie toch, zij het met enige tegenzin, respectvol en goedkeurend aan, alsof ze een tot nu toe onvermoed talent in haar had ontdekt.

'Ach, het kan misschien geen kwaad als je Lucy vertelt dat ik de brief heb geschreven,' zei Sophie, nadat ze er even over had nagedacht.

Cecilia leek verbaasd dat Sophie meende dat dat überhaupt een punt van discussie was. 'Maar natuurlijk ga ik het haar vertellen. Ze brandt van nieuwsgierigheid sinds Lord Fitzwalter haar over die brief vertelde. En trouwens, ze heeft alle reden om je dankbaar te zijn. Als jij hem niet had geschreven, was Lord Fitzwalter aan haar neus voorbijgegaan. Maar nicht, mensen zeggen dat je in je brief schreef dat Priscilla Hammond verliefd was op een andere heer. Hoe wist je dat van Miss Hammond en Mr Beswick?'

2

Sir Edmund nam een slokje van zijn slappe punch en vroeg zich af wat hij hier eigenlijk deed. Hij voelde zich altijd ongemakkelijk bij dit soort gelegenheden. Hij deed zijn uiterste best om naar geen van de dames die hem hoopvol over hun waaiers heen aankeken te glimlachen, en besloot uiteindelijk nog maar wat van de slappe punch te nemen, want dan hoefde hij in elk geval niet te dansen.

Niet dat Sir Edmund niet van dansen hield. Het was ooit een van zijn favoriete bezigheden geweest.

Lord Fitzwalter begroette hem toen hij bij het buffet naar binnen liep, en Sir Edmund stapte op hem af om met hem te praten, blij een bekende te zien.

'Ik hoor dat ik je mag feliciteren,' zei Sir Edmund nadat de twee mannen elkaar hadden begroet.

'Dat mag je zeker. Voor je staat een zeer gelukkig man.'

Fitz zag er zonder meer gelukkig uit, maar de laatste keer dat Sir Edmund hem had gezien, maakte Fitz Miss Hammond nog het hof, dus Sir Edmund was terecht verbaasd over de verloving van zijn vriend met een heel andere vrouw. 'Ik geloof niet dat ik je verloofde ken,' zei Sir Edmund, in de hoop dat Fitz nu een verklaring zou geven voor deze onverwachte wending. Hij moest toch beseffen dat Sir Edmund Miss Hammond wel degelijk kende, aangezien Fitz hen aan elkaar had voorgesteld.

'Daar moeten we iets aan doen dan, al zal de ontmoeting nog even op zich moeten wachten. Ze is nu aan het dansen.

Met Ludlow,' zei Fitz, en hij knikte die kant op. Sir Edmund volgde zijn blik, benieuwd naar de femme fatale die het hart van zijn vriend had gestolen. Wat hij zag was een heel ingetogen meisje dat, al was ze knap genoeg, niet in de schaduw kon staan van Priscilla Hammond. Maar Miss Barrett leek hun aandacht te voelen en keek naar Fitz. En ze glimlachte zo lief en aanminnig naar hem dat Sir Edmund meteen besefte dat hij de plank had misgeslagen door Priscilla Hammond als de aantrekkelijkere keuze te beschouwen.

Fitz schudde verbaasd zijn hoofd. 'Ik kan nog steeds niet bevatten hoe het allemaal is gelopen.'

'Nu je er toch zelf over begint, ik ben inderdaad wel benieuwd hoe deze verloving tot stand is gekomen. Het gerucht ging dat je een heel andere jongedame het hof maakte.'

'In dit geval klopte het gerucht. Zonder de onzelfzuchtige welwillendheid van een anonieme dame, was ik nu waarschijnlijk met de verkeerde verloofd.' Fitz haastte zich om daaraan toe te voegen: 'Al is Miss Hammond natuurlijk een geweldige jongedame en mogen we Beswick feliciteren, maar Lucy...'

Fitz slaakte een zucht en glimlachte op een manier die Sir Edmund een tikje onnozel vond, maar hij berispte zichzelf voor zijn onbarmhartigheid. Waarschijnlijk was hij gewoon jaloers op het geluk van zijn vriend.

'Een anonieme dame?' vroeg hij Fitzwalter.

'Nou ja, haar brief was anoniem, maar inmiddels is ze dat zelf niet meer.' Toen zelfs Fitz, in zijn staat van uitzinnige gelukzaligheid, besefte dat dit een ergerlijk onduidelijk antwoord was, begon hij bij het begin en vertelde zijn vriend tot in detail over de brief van Miss Lattimore.

Sir Edmund luisterde zeer aandachtig en onderbrak Fitz slechts één keer om te vragen of hij hem mocht bezoeken om de brief zelf te lezen. Fitz verraste hem door te zeggen dat hij de brief bij zich droeg, haalde hem uit zijn vestzak en gaf hem aan zijn vriend. Het was geen lange brief en Sir Edmund nam hem vrij snel door, om hem vervolgens nog een keer, nu wat langzamer, te lezen. Terwijl Sir Edmund de brief bestudeerde, wachtte Fitz ongeduldig af tot hij de loftrompet kon steken over zijn verloofde, dus zodra Sir Edmund hem het epistel terug had gegeven, begon Fitz gretig te vertellen hoe terecht Miss Lattimore's oordeel was dat Lucy een 'zuiver en teder hart' had. Hij vertelde Sir Edmund ook hoe verbaasd hij was geweest te horen van Lucy's gevoelens voor hem, aangezien hij altijd dol op haar was geweest, maar dacht dat zij hem als een oudere broer beschouwde. En terwijl Sir Edmund beleefd luisterde naar hoe Fitz opgaf over Lucy, liet hij al snel blijken waar zijn echte interesse lag.

'Wie is Miss Lattimore?' vroeg hij.

Dat was de vraag van de avond, al duurde het een paar uur voor Sophie besefte dat haar naam op bijna ieders lippen lag. Ze speelde het muurbloempje, keek naar het dansen en tikte onder haar rokken met haar voeten mee op de maat van de muziek, toen ze ineens merkte dat er steeds meer blikken haar richting op geworpen werden. Toch was ze te bescheiden om aan te nemen dat zij het was die in de belangstelling stond, en ze keek links en rechts van zich, in de verwachting daar een interessant iets of iemand aan te treffen. Het enige wat ze zag, en dat was allesbehalve interessant, was dat de alomtegenwoordige Mrs Pratt in slaap was gevallen en zat te snurken.

En toen vroeg Mr Dodd haar ten dans, een verzoek dat ze beleefd weigerde. Ze moest toegeven dat ze voor deze keer blij was om tussen de muurbloempjes te blijven zitten, want Mr Dodd rook onaangenaam naar ui en zijn tanden deden haar denken aan de ezel van een buurman die haar had gebeten toen ze een kind was.

Maar toen stapte er een andere heer naar voren, en nog één,

tot Mrs Pratt uiteindelijk wakker werd van de ongebruikelijke drukte. Vervolgens begon ze allerlei onbeschaamde opmerkingen te maken en Sophie aan te moedigen de diverse uitnodigingen aan te nemen. Sophie, die het niet meer kon verdragen, zei tegen de laatste heer die om een dans had gevraagd, dat ze naar haar nicht op zoek moest en verliet haar stoel om zich de kamer door te haasten naar Cecilia die met haar vrienden stond te praten.

Maar toen Sophie dichter bij de groep kwam, voelde ze zich buitengewoon ongemakkelijk en ongerust. Iedereen stopte namelijk met praten en draaide zich om, om haar aan te kijken.

'Neem me niet kwalijk; ik stoor u in uw gesprek. Gaat alstublieft verder,' zei ze tegen Lord Fitzwalter, die halverwege zijn zin was blijven steken.

'Miss Lattimore! We hebben elkaar al vaker ontmoet,' zei Lord Fitzwalter, op een toon waar niets dan verrukking uit sprak. Lucy Barrett stond naast hem. Ook zij leek blij Sophie te zien. En toen keek de heer aan de andere kant van Lord Fitzwalter haar kant op.

'Sir Edmund Winslow, mag ik u voorstellen aan Miss Lattimore,' zei Lord Fitzwalter, en Sir Edmund boog voor haar.

Sophie probeerde snel te bedenken of ze een reverence moest maken of alleen haar hoofd moest neigen maar zakte toch maar door haar knieën, niet te diep, want Sir Edmund was niet van koninklijken bloede. Ze was zo verward dat ze nauwelijks wist wat ze aan het doen was, maar ze herstelde enigszins toen ze haar blik van Sir Edmund afwendde en zich in plaats daarvan op Lord Fitzwalter concentreerde.

'Sir Edmund sprak zojuist nog de wens uit kennis met u te willen maken, Miss Lattimore, dus u komt op het juiste moment,' zei Lord Fitzwalter.

Sir Edmund trok zijn wenkbrauwen op naar Lord Fitzwalter voordat hij zich weer tot Sophie wendde en haar een glimlachje schonk. 'Inderdaad, het doet mij deugd kennis te maken met iemand die mijn vriend zo hoog in het vaandel heeft,' zei hij.

Sophie glimlachte aarzelend terug en Sir Edmunds gezicht ontspande enigszins. Sophie dacht dat het hem misschien irriteerde dat Lord Fitzwalter verklaard had dat hij haar zo graag wilde ontmoeten, maar ze was zich er terdege van bewust dat als hij zo'n wens had geuit, het een achteloze opmerking moest zijn geweest, uit beleefdheid of nieuwsgierigheid. Ze wist helaas wel beter dan zich in te beelden dat hij meer dan een vluchtige interesse voor haar had.

Lord Fitzwalter sprak opnieuw, deze keer om een diner aan te kondigen dat hij ter ere van zijn verloving aan het plannen was en waarvan hij hoopte dat Sophie erbij zou zijn. Sophie nam dit dankbaar aan, want het was de eerste aan haar persoonlijk gerichte uitnodiging die ze zich kon herinneren sinds ze bij haar tante was komen wonen. Bij elke sociale bijeenkomst die ze bijwoonde werd ze alleen geduld als een noodzakelijke maar ongewenste verschijning, waarbij haar nichtje of tante de daadwerkelijke ontvanger van de uitnodiging was.

Sophie kwam er echter al snel achter dat er het een en ander was veranderd.

Uitnodigingen voor Sophie stroomden het kleine herenhuis op Leicester Square binnen, en bij elke uitnodiging leek Sophie in de achting van haar tante en nicht te stijgen. Haar tante was nooit onaardig tegen haar geweest, maar aangezien Sophie de dochter was van haar schoonzus en geen bloedverwant van haarzelf, liet ze er geen misverstand over bestaan dat Sophie nooit meer kon verwachten dan een dak boven haar hoofd en een stoel aan haar tafel. Sophie had een kleine erfenis van haar vader, maar die was net genoeg om de meest noodzakelijke dingen van te betalen, en zonder de liefdadigheid van haar tante, al werd die haar met tegenzin geschonken, zou ze inderdaad in grote moeilijkheden verkeren. Dus hoewel Sophie elke dag voor haar tante Foster bad en God dankte voor haar genereuze gastvrijheid, kwamen de woorden veel gemakkelijker en oprechter nu Sophies tante haar met een glimlach aankeek in plaats van met een frons.

Sophies verhouding met haar nichtje was er ook beter op geworden, maar ze wist niet of dit iets was om zich over te verheugen of te betreuren. Cecilia kwam nu bijna elke avond voor het slapengaan Sophies slaapkamer binnen, om haar te vragen naar haar mening over haar aanbidders. Omdat Sophie van mening was dat Cecilia nog een poos moest wachten voordat ze over een huwelijk zou moeten nadenken, vond ze de gesprekken over de verdiensten en tekortkomingen van elke beau een tikje vervelend, maar ze was dankbaar dat haar nichtje haar nu in ieder geval om raad vroeg. En ze was nog dankbaarder dat Cecilia, die Sophie zich tot nu toe zelf had laten kleden, haar de diensten van haar dienstmeisje Betsy had aangeboden om te helpen met haar kapsel.

Sophie wilde maar al te graag de veranderingen in haar kleding terugdraaien die ze had aangebracht om zo onopvallend mogelijk te lijken en iedere natuurlijke aantrekkelijkheid die ze bezat te onderdrukken. Ze was hiermee begonnen aan het begin van het Londense seizoen toen ze de rol van chaperonne op zich had genomen, in een poging haar status duidelijker te maken. Hoewel haar tante haar niet expliciet had gezegd wat ze moest dragen, had ze Sophie wel verteld hoe noodzakelijk het was dat ze een 'volwassen uitstraling' had, 'passend bij haar leeftijd en positie'. Maar nu haar tante Sophie aanmoedigde om de aan haarzelf gerichte uitnodigingen aan te nemen en niet als Cecilia's naamloze gezelschapsdame, legde Sophie al haar mutsjes in een la en bedekte ze haar schouders en decolleté niet meer met sjaals en kanten stola's. Dientengevolge begonnen haar tante en nichtje zich af te vragen of ze altijd al zo knap was geweest als ze er nu uitzag en dat hun dat was ontgaan, of dat haar recente populariteit haar latente schoonheid had doen opbloeien.

Cecilia leek op haar moeder, lang en blond met blauwe ogen, terwijl Sophie kleiner van stuk was met donker haar en grijze ogen. Cecilia had altijd gedacht dat haar nicht, ouder en kleiner als ze was, de typische oude vrijster was, en dat de tijd waarin ze de aandacht van een heer had kunnen trekken reeds lang vervlogen was. Het strekte Cecilia tot eer dat ze zich eerder verheugd dan bedreigd voelde door deze late ontdekking van Sophies pluspunten.

Uiteraard verheugden Cecilia en Mrs Foster zich niet alleen maar, of in elk geval niet in de eerste plaats, omwille van Sophie. Beiden dachten onwillekeurig ook dat ze zouden kunnen profiteren van Sophies onverwachte sociale succes.

De Fosters bevonden zich aan de rand van de high society, en hoewel ze vrij deftig waren en verre verwanten van een aantal in hoog aanzien staande en zelfs adellijke families, was hun fortuin bescheiden, een euvel dat de dames van plan waren te verhelpen door Cecilia's ophanden zijnde huwelijk met een rijk heerschap. Ze had sinds haar debuut één geschikte aanbidder aangetrokken, Mr Hartwell, maar die had geen titel en bovendien: ze had nog alle tijd. (Cecilia vond hem ook niet zo opwindend.) Het was de hoop van haar tante Foster dat Cecilia dankzij Sophies drukkere sociale leven in contact zou komen met nog meer geschikte heren dan ze tot nu toe na haar bescheiden debuut had kunnen ontmoeten. En als er een bejaarde weduwnaar of een respectabele predikant was die met Sophie wilde trouwen, nou, des te beter, want dan was haar tante van haar af.

Aangezien er geen schijn van kans bestond dat Sophie zich zou verloven met iemand van hoger aanzien dan de toekomstige verloofde van haar jongere nichtje, was het maar goed dat ze niet wist wat voor nare dingen die over haar had gedacht.

Sophie, die zich had afgevraagd waarom ze ineens zo in de smaak viel bij de Londense society, hoefde niet lang op antwoord te wachten. Degenen die haar gezelschap zochten, kwamen meestal niet meteen ter zake en deden alsof ze interesse hadden in haar vriendschap, maar uiteindelijk werd wel duidelijk dat ze dachten dat Sophie een uniek talent bezat als koppelaarster en dat ze zelf graag van haar diensten gebruik wilden maken. Via haar nichtje kwam ze er zelfs achter dat men haar de bijnaam 'Lady Cupido' had gegeven.

De meeste van degenen die om haar hulp vroegen kon Sophie beleefd afwimpelen, omdat deze mensen doorgaans toch al te verlegen waren om al te zeer aan te dringen, maar ze was oprecht verbaasd toen ze ontdekte dat Sir Edmund ook van haar diensten gebruik wilde maken.

Ze had hem gezien op het diner bij Lord Fitzwalter, hoewel ze daar alleen wat beleefdheden hadden uitgewisseld en geen gelegenheid hadden gehad om verder te praten. Maar kort daarna bevond ze zich weer in zijn gezelschap tijdens een excursie naar Strawberry Hill.

Het uitje was gepland door Lord Fitzwalter, die wilde dat iedereen zou delen in zijn geluk en dus meer activiteiten organiseerde dan ooit tevoren. Het weer had zich gevoegd naar zijn stemming, want het was een mooie dag in juni, zonnig met een verfrissend briesje. Na een rondleiding door het huis picknickte het gezelschap op het landgoed aan de oevers van de Theems. Sophie had Strawberry Hill nooit eerder bezocht. Het huis en de tuinen waren ontworpen door Horace Walpole, de beroemde schrijver van griezelromans, en ze had ook nog nooit een picknick bijgewoond. Althans, niet zo'n picknick als deze, in het gezelschap van andere dames en heren. Na de lunch liep ze over de paden langs rozenstruiken vol knoppen en bloemen. Ze voelde een intense vreugde, en was ervan overtuigd dat dit de zomer van haar leven zou worden: het seizoen waarin ze tot bloei zou komen. Toen lachte ze stilletjes om zichzelf. Zo had ze zich al eens eerder gevoeld, toen ze zo oud was als Cecilia, maar ze had toen moeten vaststellen dat ze het bij het verkeerde eind had. Ze zou beter moeten weten dan te veel te hopen of te vertrouwen op haar eigen instinct, dat haar immers al eerder had bedrogen.

Ze vertrouwde zichzelf niet eens wat betreft de aantrekkingskracht die Sir Edmund op haar uitoefende. Ze wist in feite niets van hem af, behalve dan dat hij een knappe verschijning was, en Sophie had door schade en schande geleerd dat het fraaie uiterlijk van een man verre van een maatstaf was voor zijn karakter, maar puur toeval, iets waar hij mee geboren werd. En zelfs al zou Sir Edmund een man met een onberispelijk karakter blijken te zijn, dan nog was er weinig hoop dat hij interesse had in een arme oude vrijster als zij.

En toch, toen hij tijdens de wandeling naast haar kwam lopen, kon ze een rilling van opwinding om zijn aanwezigheid niet helemaal bedwingen. Zodra ze echter ontdekte wat zijn ware bedoeling was om haar te willen spreken, probeerde ze zich te troosten met de gedachte dat alles precies zo ging als ze had voorspeld en dat het verstandig van haar was geweest haar verwachtingen te temperen.

Het gesprek ging aanvankelijk over ditjes en datjes. Sir Edmund vroeg alleen uit welk deel van het land ze kwam en hoe lang ze Lord Fitzwalter en Lucy Barrett al kende. Maar toen sneed hij het onderwerp aan waar hij haar blijkbaar om had benaderd. 'Ik heb gehoord dat u een rol hebt gespeeld bij het tot stand brengen van deze verloving.'

'Misschien een klein rolletje,' antwoordde Sophie, die niet opschepperig wilde klinken, maar ook wist dat het op valse bescheidenheid zou lijken als ze dit zou ontkennen terwijl Lord Fitzwalter het blijkbaar aan iedereen verteld had.

'Hebt u altijd al talent gehad voor dit soort dingen? Hoe wist u dat de twee koppels bij elkaar zouden passen?'

'Ik heb geen speciale aanleg; mijn actie was gewoon gebaseerd op waarneming. Dus ik zou niet willen beweren dat ik er talent voor heb om mensen te koppelen. Ik betwijfel ten zeerste of ik het ooit nog eens zal doen.'

'O nee? Maar u hebt minstens twee mensen heel gelukkig gemaakt.'

Sir Edmund gebaarde naar de plek waar Lord Fitzwalter op een bankje met Lucy zat te praten. Ze leken te stralen van gelukzaligheid en Sophie had al gemerkt dat ze niet konden stoppen met glimlachen of naar elkaar kijken. Terwijl Sophie en Sir Edmund stonden toe te kijken, bracht Lord Fitzwalter Lucy's hand naar zijn lippen en kuste die teder. Sophie voelde zich bezwaard omdat ze hen tijdens zo'n intiem moment stonden te bespieden, wendde haar blik af en versnelde haar pas tot het pad een bocht maakte en ze het paar niet meer kon zien. Sir Edmund volgde en paste zijn tempo aan dat van haar aan.

'Ik ben ongelofelijk blij dat ze zo gelukkig zijn,' zei Sophie toen ze in rustiger tempo doorwandelden. 'Maar ik heb verder niet zoveel gedaan, en ik was me er altijd van bewust dat ik onbedoeld meer kwaad dan goed kon doen.' Zij schudde haar hoofd. 'Het is een verantwoordelijkheid die ik liever niet op me neem, dat meen ik oprecht.'

'Maar denkt u niet dat uw hulp, vooral in onze beschaafde society waar een paar in het huwelijk treedt en in feite heel weinig van elkaar weet, uitermate nuttig kan zijn? Een heer kan niet al te veel tijd besteden aan het observeren van of converseren met een aanstaande bruid, omdat hij er anders van zou worden beschuldigd met haar genegenheid te spelen en zich gedwongen zou zien haar te huwen, omdat de conventie dat vereist en niet omdat hij dat zelf zo graag wil.'

Sir Edmund bleef stilstaan en draaide zich om naar Sophie, en dus deed zij hetzelfde. Ze vroeg zich af of hij niet inzag dat wat hij zojuist had gezegd precies op hun situatie van toepassing zou kunnen zijn. Ze waren van de rest van hun gezelschap gescheiden in een beschut deel van de tuinen, en verwikkeld in een serieus gesprek. Als iemand hen zag, liepen ze het risico dat men over hen zou kletsen. Maar misschien vond Sir Edmund dat Sophies leeftijd, gebrek aan financiële middelen en rol als chaperonne haar van dergelijke overwegingen uitsloten. Hoe oud was hijzelf eigenlijk? vroeg ze zich af. Hij was toch zeker even oud als zij, zo niet een paar jaar ouder. Ze vroeg zich af waarom hij niet al getrouwd was. En wat hij van haar wilde.

'Wat stelt u voor, Sir Edmund?' vroeg Sophie.

Sir Edmund glimlachte een beetje wrang. 'Ik weet het eigenlijk niet precies. Ik geloof dat ik nogal hypocriet ben. Ik beschuldig u ervan uw talenten voor uzelf te houden en eigenlijk verlang ik alleen maar naar wat hulp om mijn *eigen* geluk veilig te stellen.'

'U wenst te trouwen?' vroeg Sophie, terwijl ze haar best deed te doen alsof zijn antwoord haar weinig kon schelen.

'Uiteraard. Ik ben een alleenstaande heer in het bezit van een redelijk fortuin, dus het kan niet anders dan dat ik een echtgenote wil.'

Sophie glimlachte bij zijn verkapte verwijzing naar de populaire roman geschreven door 'een dame' die ze zelf ook had gelezen en waarvan ze genoten had. Maar ze was niet echt in de stemming om te glimlachen. Ze had het gevoel dat ze vervloekt was, voorbestemd om te zien hoe anderen paren vormden terwijl zij alleen bleef. En eenzaam.

'En hebt u ook een bepaalde dame in gedachten?' dwong Sophie zichzelf te vragen, al had ze absoluut geen behoefte om Sir Edmunds loftuitingen op een andere vrouw aan te moeten horen.

'Nee, dat heb ik niet. Er zijn helaas geen Elizabeth Bennets te vinden in mijn omgeving.'

'Is Lizzy Bennet dan uw ideaal?' vroeg Sophie.

'Maar natuurlijk. Een vrouw met humor en gezond verstand, vastbesloten om niet te trouwen uit gewin maar uit genegenheid. Zij is precies wat ik zoek.'

Sophie schudde zogenaamd wanhopig haar hoofd. 'Maar Sir Edmund, dan hebt u een probleem: zij bestaat niet echt.'

'Er moeten toch zeker dames zijn zoals zij. Neem uzelf, bijvoorbeeld,' zei hij, vaag haar kant op gebarend. Sophie voelde het gewicht van zijn blik op zich rusten toen hij haar verschijning monsterde, en ze hoopte dat hij niet iets zou vinden waarop hij kritiek kon hebben. 'Ik ben er zeker van dat u, toen u Fitzwalter die brief schreef, totaal niet dacht aan de omvang van zijn fortuin toen u Miss Barrett onder zijn aandacht aanbeval.'

'Daar hebt u gelijk in. Ik dacht echter wel aan dat van Mr Beswick,' zei Sophie met een glimlach.

'Dat begrijp ik niet.'

'Ik wist dat de moeder van Miss Hammond zich wel degelijk liet leiden door materiële overwegingen, en ik had het gevoel dat ze de verloving van haar dochter niet zou toestaan als Mr Beswick helemaal geen vooruitzichten had. Dus informeerde ik naar zijn omstandigheden voordat ik de brief schreef.'

Sir Edmund schonk haar een warme glimlach. 'U bent wel degelijk een verstandige vrouw. Maar we moeten waarschijnlijk teruggaan naar de anderen,' zei hij, om zich heen kijkend alsof hij zich afvroeg hoe ze in zo'n geïsoleerde situatie terechtgekomen waren. 'Uw nichtje zal wel naar u op zoek zijn.'

Cecilia was inderdaad op zoek naar haar nicht, maar niet omdat ze haar gezelschap wenste. Nee, ze had haar met Sir Edmund zien lopen en was vastbesloten om zich bij hen aan te sluiten. Maar voordat ze daar de kans toe kreeg, kwam Mr Hartwell op haar af en doordat ze met hem in gesprek raakte, was ze Sophie en Sir Edmund uit het oog verloren. Cecilia begon de aandacht van Mr Hartwell een beetje vervelend te vinden en dacht dat het misschien door hem kwam dat ze geen interessantere beau wist aan te trekken. Maar goed, één vogel in de hand was beter dan twee in de lucht, dus ze wilde hem ook weer niet al te zeer ontmoedigen. Het was best plezierig dat er een heer was die op haar af kwam snellen om haar ten dans te vragen, die aanbood een drankje voor haar te halen of die zijn rijtuig aan haar en haar nicht ter beschikking stelde, zoals hij vandaag had gedaan.

Ze had alleen liever gezien dat hij ouder en mondainer was en niet zo blond en engelachtig. Dat hij in plaats van die eerlijke, open, enigszins bolle blauwe kijkers met fonkelende, donkere ogen naar haar zou kijken. Ze had liever dat hij... Sir Edmund Winslow was.

Maar toen Sophie en Sir Edmund terugkwamen van hun wandeling, knikte Sir Edmund alleen maar naar Cecilia en zei: 'Hier is uw nicht, Miss Foster. Het spijt me dat ik haar bij u vandaan heb gehouden.' Toen draaide hij zich om en vertrok bijna onmiddellijk, nog voordat Cecilia tijd had voor meer dan alleen een glimlach en een 'dank u, Sir Edmund'.

Ze was dan ook blij toen ze hem weer naar hen toe zag komen, op het moment dat zij en Sophie op het punt stonden in het rijtuig van Mr Hartwell te stappen om te vertrekken. Maar Cecilia kon zich niet vleien met de gedachte dat Sir Edmund haar aanwezigheid zelfs maar opmerkte. Hij vroeg Sophie alleen of ze de volgende dag met hem mee uit rijden wilde en toen Sophie zijn uitnodiging verrast had aanvaard, vroeg hij naar haar adres. Hij wenste Cecilia een fijne dag en vertrok even snel als hij gekomen was.

Cecilia, die opnieuw opmerkte hoe aantrekkelijk Sophie eruitzag en hoe roze haar wangen kleurden, had heel even spijt dat ze Betsy had uitgeleend om Sophies haar te doen.

3

Sophies tante Foster twijfelde er niet aan dat Sir Edmunds aandacht voor Sophie er uiteindelijk toe zou leiden dat Cecilia hem zou opvallen. Vooral omdat ze haar nicht opdracht gaf ervoor te zorgen dat dat gebeurde.

'Sir Edmund Winslow komt zelden naar de stad, maar brengt het grootste deel van zijn tijd door op zijn landgoed in Somerset,' vertelde Sophies tante haar. 'En hoewel hij slechts een baron is verblijven er dit seizoen maar heel weinig geschikte adellijke heren in Londen.' Ze onderbrak zichzelf met een misprijzend 'pff'. 'Het is jammer dat Lucy Barrett Lord Fitzpatrick zo snel heeft ingepikt. Weet je, Sophronia, misschien had je Cecília in je brief aan hem moeten noemen in plaats van Lucy. Je bent niet eens familie van dat meisje.' Omdat Sophie niet wist hoe ze op deze beschuldiging moest reageren, en zelfs Cecilia op het punt stond te protesteren, gaf Mrs Foster hen geen kans om iets te zeggen. Ze vervolgde: 'Maar daar is nu eenmaal niets meer aan te doen, dus is Sir Edmund nu degene die ons de beste vooruitzichten biedt. Je moet van deze zeldzame gelegenheid gebruikmaken om je nichtje zo vaak mogelijk onder zijn aandacht te brengen als het gesprek toelaat, Sophronia.'

Cecilia zei snel: 'Maar mama, als Sophie zou doen wat u zegt, zou het te veel voor de hand liggen en dan zou het het tegenovergestelde effect kunnen hebben van wat u wil bereiken.' Ze wendde zich tot Sophie. 'Je moet me niet zó vaak noemen dat hij achterdochtig wordt, Sophie. Maar als je mijn naam op subtiele wijze kunt laten vallen, kun je erachter komen wat hij van me vindt.'

Sophie kwam innerlijk in opstand tegen zo'n bevel en bezwoer zichzelf dat mocht Cecilia's naam zelfs maar over Sir Edmunds lippen komen, ze onmiddellijk ergens anders over zou beginnen. Maar toen glimlachte Cecilia heel lief naar haar en zei: 'Maar ik vertrouw erop dat je wat dit betreft zult doen wat je wijs acht. Ik weet dat je het beste met me voorhebt.'

Sophie, die zich schaamde voor haar onvriendelijke gedachten jegens haar nichtje, kon alleen maar teruglachen en knikken, al had ze geen idee waar ze precies mee instemde.

Toen Sir Edmund echter arriveerde, ging hij niet het herenhuis van de Fosters binnen, zoals Cecilia had gehoopt, maar stuurde hij alleen zijn paardenjongen om hun huisknecht te vertellen dat hij buiten op Miss Lattimore wachtte. Hij gaf echter de teugels aan de jongen en sprong op de grond om Sophie zelf in het rijtuig te helpen.

Het was tien jaar geleden dat Sophie met een heer uit rijden was geweest, en ze was in het begin een beetje overweldigd door alle indrukken. Hoe het voelde toen Sir Edmund haar hand en middel lichtjes vastpakte terwijl hij haar op het bankje hielp, en hoe die gevoelens nog intenser werden toen hij naast haar ging zitten, op slechts een paar centimeter afstand. De geur, de aanblik en het geluid van de paarden, de wind in haar haren, de zon op haar gezicht; al haar zintuigen tintelden, en ze droeg zichzelf in stilte op om dit moment op de een of andere manier in haar geheugen te prenten, zodat ze het de komende weken, maanden en jaren opnieuw kon beleven.

Ze had geen zin om over koetjes en kalfjes te praten en kon trouwens toch niets bedenken om te zeggen, dus de rit verliep in bijna volmaakte stilte totdat ze het park binnenreden en Sir Edmund de paarden vertraagde. Toen wendde hij zich met een glimlach tot haar. 'Wat een heerlijke dag, hè?'

'Schitterend, inderdaad. Ik ben zo blij dat het milde weer aanhoudt,' antwoordde ze lachend. Ze had het gevoel dat ze allebei meer uitdrukten met hun glimlach en blik dan hun alledaagse woorden suggereerden; dat ook hij dit een gouden moment vond, een moment dat gewaardeerd en gekoesterd moest worden.

'Ik ben blij dat u ermee instemde om met me uit rijden te gaan. Ik ga de stad uit, maar ik wilde u voor mijn vertrek nog een keer spreken.'

Hoe snel kon een wolk binnenrollen en het zoele windje omslaan in kilte!

'Het spijt me te horen dat u vertrekt, Sir Edmund. Uw vrienden zullen u missen; vooral Lord Fitzwalter,' zei Sophie, en ze was blij dat ze maar een beetje teleurgesteld klonk, alsof het ging om het vertrek van niet meer dan een vage kennis.

'Om u de waarheid te zeggen, Miss Lattimore, ik ben er niet van overtuigd dat Fitz zelfs maar zou merken dat ik weg was,' zei hij. 'Hij heeft het momenteel behoorlijk druk met zijn aanstaande bruid, zoals het hoort. Maar ik heb beloofd om in elk geval tot na de bruiloft te blijven.'

Ze werden kort onderbroken toen een kennis voorbijreed en de man en Sir Edmund elkaar begroetten.

'Waar gaat u heen?' vroeg Sophie, en ze vroeg zich toen af of hij zo'n vraag onbehoorlijk zou vinden.

'Naar mijn landgoed Newbrooke, in Somerset. Mijn rentmeester heeft me geschreven; er is een probleem tussen twee boeren die land van me pachten. Hij zou de zaak waarschijnlijk zelf kunnen afhandelen, maar het leek me een goed excuus om naar huis terug te keren.'

'U bent geen fan van het Londense seizoen, Sir Edmund?'

'Ik voel me niet op mijn gemak onder vreemden, nee,' zei hij.

Hij knikte naar een heer in weer een ander passerend rijtuig.

‘Het heeft er anders alle schijn van dat u veel vrienden hebt in de stad,’ zei Sophie.

‘Ik ken heel wat heren, dat is waar. Maar ik tel minder dames onder mijn kennissen.’

‘Aangezien u de wens hebt uitgesproken om te trouwen, dunkt mij dat u uw kennissenkring zou moeten uitbreiden,’ zei Sophie.

‘Dat is precies de reden waarom ik u vanmiddag heb uitgenodigd om met me uit rijden te gaan, Miss Lattimore,’ zei hij, voor hij zich blijkbaar realiseerde dat zijn woorden zouden kunnen worden opgevat alsof hij haar als potentiële bruid zag. ‘Neem me niet kwalijk, ik bedoelde niet... Wat ik wil zeggen is dat ik u heb uitgenodigd om uw advies in te winnen over hoe men een dame beter kan leren kennen, zonder verwachtingen te wekken die niet worden vervuld als ik toch meen dat we niet bij elkaar passen.’

‘Wenst u daarbij het hart van deze hypothetische dame te beschermen of dat van uzelf?’ vroeg Sophie, gedreven door de pijnlijke steek die haar trof toen ze terugdacht aan haar eigen dwaasheid in de zomer van haar achttiende levensjaar.

Sir Edmund draaide zich half om om haar aan te kijken. Sophie vroeg zich af of ze op zijn gezicht alleen haar eigen pijn weerspiegeld zag of dat hij ook zoiets had meegemaakt en ze dat aan hem kon zien. ‘Beide,’ antwoordde hij. ‘Ik wil niemand verdriet doen, noch wil ik zelf hartzeer lijden. Nu wil ik niet doen voorkomen alsof ik mezelf zo hoog schat dat ik ervan uitga dat dames zomaar halsoverkop verliefd op me zullen worden, natuurlijk,’ zei hij met enige zelfspot, en Sophie voelde zich plotseling verantwoordelijk voor alle dames in het algemeen, aangezien Sir Edmund er op dat moment zo ongelofelijk aantrekkelijk uitzag en duidelijk geen idee had hoe bedreigend hij in werkelijkheid was.

‘Als u mijn raad wilt: verbreed uw kennissenkring zonder nadrukkelijk aandacht te schenken aan één bepaalde dame.

Als u er eentje treft die u bevalt, observeer haar dan in groepsverband en kijk hoe ze met anderen omgaat. Kies eerst met uw hoofd, voordat u uw hart erbij betrekt.'

Sir Edmund bleef even stil en dacht na over haar woorden. 'Dat klinkt als een verstandige aanpak.'

Sophie schoot ineens in de lach en verlichtte zo de ernstige stemming die over hen was neergedaald. 'Dat is precies wat mijn naam betekent, wist u dat?'

'Uw naam?' vroeg hij.

'Sophronia. Het betekent verstandig of wijs.'

'Sophronia,' herhaalde Sir Edmund zacht, en Sophie voelde zich allesbehalve verstandig. 'Dat vind ik een mooie naam.'

Sophie sloeg haar ogen neer en vroeg zich af hoe ze zo onvoorzichtig had kunnen zijn dat ze het hem had toegestaan haar bij haar voornaam te noemen.

Voordat Sir Edmund Sophie naar huis terugbracht, vroeg ze hem hoe ver hij van Bath vandaan woonde.

'Ik woon eigenlijk heel dichtbij. Het is nog geen twintig kilometer verderop.'

'En hebt u er al eens aan gedacht om daar de sociale bijeenkomsten bij te wonen?' vroeg ze.

'Vindt u dat ik dat moet doen?'

'Ik zou denken dat u niet veel geschikte jongedames ontmoet in de omgang met uw rentmeesters en pachters.'

Sir Edmund slaakte een zucht. 'Daar hebt u natuurlijk gelijk in. Waar gaan u en uw nichtje naartoe als het seizoen voorbij is?'

'Mijn nichtje?' vroeg Sophie, zich afvragend waarom hij over Cecilia begon. Was hij dan tóch in haar geïnteresseerd?

'U woont toch bij haar en haar moeder? Ik neem aan dat u ook samen met hen de stad weer verlaat?'

'Ja, maar we hebben op dit moment geen plannen om weg te gaan.'

'Nog niet zo lang geleden heeft iemand mij Bath aanbevolen als geschikte bestemming,' zei hij met een klein lachje.

'Een heel wijze suggestie,' antwoordde Sophie. 'Ik zal het mijn tante zeggen.'

Sophie maakte eigenlijk maar een grapje toen ze zei dat ze het met haar tante over een verblijf in Bath zou hebben, omdat ze niet van plan was Sir Edmund door Engeland te achtervolgen. Hij had er per slot van rekening geen blijk van gegeven dat hij haar als iets anders zag dan als een soort geslachtloze mentor en wijze raadgever. Hij zag haar absoluut niet als vrouw, het soort vrouw dat hij kwaad kon doen met zijn aandacht. (Wat Sophie er niet van weerhield hem te bewonderen om zijn gevoeligheid jegens deze dame die hij ooit zou trouwen, en haar zelfs te benijden.) Ze vond het echter veel gemakkelijker om hem geluk te wensen bij zijn zoektocht naar de ware liefde en hem uit haar gedachten te bannen. Ze had er absoluut geen trek in er getuige van te moeten zijn hoe hij de vrouw op wie hij zijn zinnen zou zetten het hof zou gaan maken.

En toch, toen ze thuiskwam, merkte ze dat haar tante en nichtje datgene wat ze over haar ritje vertelde op de een of andere manier ten onrechte opvatten als een uitnodiging om zich bij Sir Edmund in Bath te voegen. De verwarring ontstond toen Cecilia vroeg of Sir Edmund nog iets over haar had gezegd.

'Eén keer. Hij vroeg waar we naartoe zouden gaan als het seizoen voorbij was,' antwoordde Sophie, en ze kon haar tong wel afbijten toen ze zag dat ze haar tante en nichtje op de een of andere manier had aangemoedigd in hun waanideeën.

'Nou, dat is een veelbelovend teken!' zei Mrs Foster met een liefdevolle blik op haar dochter. Cecilia leek ook tevreden, en Sophie vroeg zich af hoe ze hen zo onbedoeld had kunnen misleiden. 'Heeft hij gezegd waar hij naartoe gaat?'

'Naar zijn landgoed,' zei Sophie, vastbesloten zo summier mogelijk antwoord op hun vragen te geven.

'Waar ligt dat precies?' Toen Sophie niet snel genoeg reageerde, wendde Cecilia zich tot haar moeder. 'Weet u dat, mama?' vroeg ze.

'In Somerset, vlak bij Bath,' zei Mrs Foster tegen haar dochter, om vervolgens aan Sophie te vragen: 'Heeft hij gezegd of hij van plan is een van de bals daar bij te wonen, Sophronia?'

Sophie wenste dat ze hier niet op hoefde te antwoorden. Met tegenzin zei ze: 'Hij zei dat hij dat *misschien* zou doen. Ik geloof niet dat hij concrete plannen heeft.'

Haar tante deed er even peinzend het zwijgen toe voordat ze haar beslissing aankondigde. 'We huren deze zomer een huis in Bath.'

'Bath!' riep Cecilia uit, terwijl ze vrolijk in de rondte draaide. 'Wat heerlijk! Vind jij dat niet ook geweldig, nicht?' vroeg ze aan Sophie, toen ze zag dat die niet even enthousiast reageerde. (Maar ja, Cecilia was zo licht in het hoofd van opwinding dat ze Sophies gezichtsuitdrukking misschien verkeerd had begrepen.)

'Ik zou zeggen dat de omschrijving "geweldig" mijn gevoelens bij lange na geen recht doet,' antwoordde Sophie.

Toch merkte Sophie uiteindelijk dat ze wel degelijk enthousiast was over het vooruitzicht om naar Bath te verhuizen. Ze was er nog nooit geweest, want na de dood van haar vader was ze rechtstreeks naar Londen vertrokken vanuit haar ouderlijk huis in de buurt van Tunbridge Wells, een stad die tegelijk ook een kuuroord was. Haar vader zou er nooit aan hebben gedacht haar mee te nemen naar Bath als er zich een soortgelijke optie in de buurt voordeed, al was die dan minder in zwang dan Bath. Ze had altijd al willen reizen, en had zich er tot nu toe mee tevredengesteld dat ze dat via de bladzijden van een boek deed. Maar ineens kreeg ze deze onverwachte kans om een stad te verkennen die beroemd was om zijn architectuur en vertier?. Ze herinnerde zich haar voorspelling dat dit een bijzondere zomer zou worden en vroeg zich af of dit het bewijs was dat ze dat vrij scherp had gezien.

Maar voordat ze naar Bath konden vertrekken, waren er een paar afspraken die ze niet konden missen, waaronder het huwelijk van Lord Fitzwalter en Miss Barrett – of Lucy, zoals Sophie haar inmiddels mocht noemen. De inzegening vond plaats op vrijdagochtend om tien uur in de St. George-kerk op Hanover Square, en er vond waarschijnlijk minstens één ceremonie ervoor en een erna plaats, aangezien de kerk in die tijd van het jaar behoorlijk volgeboekt was. Sophie verbaasde zich erover dat de priester de dienst met zoveel enthousiasme voorging, want hij had hem waarschijnlijk al minstens honderd keer opgedragen. Sophie vond de plechtigheid soms wat té plechtig, vooral het deel waarin het bruidspaar zo ongeveer van crimineel gedrag werd beticht. Ze vermoedde dat deze priester, een familielid van Lord Fitzwalter, het misschien wel met haar eens was, aangezien hij het tempo wat begon op te voeren toen hij zei: 'Ik eis en beveel u beiden, zoals u zult antwoorden op de vreselijke dag des oordeels, wanneer de geheimen van alle harten zullen worden onthuld, dat als één van u weet heeft van enige belemmering waarom u niet wettig in het huwelijk mag worden verenigd, u dit nu belijdt.'

Sophie bedacht dat mocht zij zelf ooit trouwen, ze graag een priester zoals deze zou willen, aangezien ze heel lange en ongemakkelijke pauzes had doorstaan op andere bruiloften, waar de bruid en bruidegom (en iedereen die er getuige van was) het doelwit waren geweest van beschuldigende blikken voor de priester verderging met de ceremonie en de woorden 'vreselijke dag des oordeels' op veelbetekenende toon uitgesproken waren. Maar deze voorganger las dat deel zo snel en luchtig mogelijk op, nauwelijks pauzerend voor een antwoord, en vertraagde weer toen hij Lord Fitzwalter vroeg of die Lucy 'tot uw echtgenote' wilde aanvaarden. Hij leek zelfs, wonder boven wonder, blij te zijn voor het bruidspaar.

Hoe opgetogen ze ook was over Lucy en Lord Fitzwalter, toch had Sophie last van knagende ontevredenheid. Cecilia stond samen met Sir Edmund bij het bruidspersoneel vooraan in de kerk, en Sophie vond de aanblik van die twee bij het altaar ietwat moeilijk te verdragen, ook al stonden de bruid en bruidegom tussen hen in. Ze hield zich voor dat als Sir Edmund Cecilia het hof zou maken, ze zich moest bevrijden van haar dwaze bevlieging en blij moest zijn voor die twee, maar het idee dat ze ooggetuige van elk aspect van de affaire zou moeten zijn, en ook nog eens als Cecilia's vertrouwelinge moest dienen, was wel erg ontmoedigend. Ze wenste vurig dat Sir Edmund een andere jongedame zou vinden om het hof te maken, en een beetje snel graag, en dat Cecilia de meer dan achtenswaardige Mr Hartwell zou accepteren.

Mr Hartwell was ook aanwezig en keek hartstochtelijk naar Cecilia, die al die bewonderende blikken zeker verdiende, want ze zag er heel mooi uit, terwijl ze toch haar uiterste best deed om haar eerste plicht als bruidsmeisje te vervullen: de bruid niet in schoonheid te overvleugelen.

Na de ceremonie werd er een dejeuner geserveerd in het herenhuis van Lord Fitzwalter, en Sophie was ook uitgenodigd. Bij die gelegenheid kreeg ze de kans Mr Hartwell wat beter te leren kennen, en merkte ze dat hij nog gedienstiger was dan ze al had gedacht. Ze vroeg zich af waarom Cecilia niet meteen met hem trouwde voordat een andere dame misbruik maakte van haar gedraal.

Mr Hartwell had van Cecilia vernomen dat zij, Mrs Foster en Sophie voor een paar maanden naar Bath zouden gaan en hij had onmiddellijk om het voorrecht verzocht hen te helpen met hun reisarrangementen, had zijn eigen rijtuig ter beschikking gesteld en hun aangeboden hen op hun reis te begeleiden.

‘Want zelf vind ik het idee van een uitstapje naar Bath in deze tijd van het jaar ook een heel verfrissend vooruitzicht,’ zei hij tegen Sophie, al keek hij er een beetje schaapachtig bij toen hij dit zei, en Sophie twijfelde er niet aan dat hij een excursie naar Tasmanië nog een verfrissend vooruitzicht zou vinden als Cecilia daarnaartoe zou gaan.

Sophie had zichzelf streng toegesproken tussen kerk en dejeuner en ze had zich wijs proberen te maken dat ze geen enkele interesse in Sir Edmund had, behalve de natuurlijke interesse die men nu eenmaal heeft voor de dierbare vriend van een vriend. Ze glimlachte zelfs verleidelijk naar een oom van Lucy, maar nadat die haar had aangesproken, had ze al snel spijt van die impuls. Mr Barrett was lid van de Jockey Club en had een behoorlijk stuk land in Leicester, en Sophie kreeg meer te horen dan ze ooit had willen weten over de paardenrennen in Newmarket, de jacht in Atherstone en ene Squire Osbaldeston, die naar het scheen ‘potdomme de beste cricketspeler en jachtmeester was die ooit uit een vrouw is geboren’. (Omdat Sophie geen andere manier kende waarop een man geboren kon worden, nam ze aan dat dit betekende dat hij letterlijk de beste was.)

Ze kon dan ook nauwelijks haar opluchting verhullen toen Sir Edmund op hen toe kwam, en als gevolg daarvan begroette ze hem veel hartelijker dan haar bedoeling was. Mr Barrett, die hierin het bewijs zag dat Sophie wel erg scheutig was met haar glimlachjes, en dat ze dus een flirt was, maakte zich uit de voeten en zocht een andere sportfanaat op (in de bibliotheek, nota bene) die hem een goede tip gaf voor de paardenrennen in juli.

‘Ik had geen idee dat u een liefhebber was van de paardensport,’ zei Sir Edmund tegen Sophie toen Mr Barrett buiten gehoorsafstand was.

‘Dat ben ik ook niet. En ik heb vandaag genoeg gehoord om elke lacune in mijn kennis op dit gebied aan te vullen.’

'Dus u bent niet geïnteresseerd in een beschrijving van de vos die ik bij Tattersall's heb aangeschaft? Werkelijk een schitterend paardje. Ik ben van plan met hem op Newmarket te gaan racen.'

'Werkelijk?' vroeg Sophie, verwonderd om dit inzicht in zijn persoonlijkheid. Ze had niet gedacht dat hij zo'n sportman zou zijn.

'Ja, werkelijk, maar we hoeven het er niet over te hebben. Ik hoor liever over uw plan om een poos in Bath te verblijven.'

Sophie geneerde zich een beetje toen hij haar daaraan herinnerde; hij dacht vast dat zij hem achtervolgde. Maar in zijn directe en vriendelijke blik kon ze niets spottends of veelbetekenends ontwaren. 'Cecilia heeft het u dan dus al verteld, neem ik aan,' zei ze ten slotte.

'Ja, en ik ben heel blij dat u mijn suggestie ter harte hebt genomen. Ze zei dat Mr Hartwell helpt met het regelen van het een en ander?'

Ze keken allebei naar de andere kant van de zaal waar Cecilia stond te praten met Mr Hartwell. 'Inderdaad,' zei Sophie. 'Mr Hartwell is zeer behulpzaam geweest.'

'Ik neem aan dat zij zich gaan verloven?' vroeg Sir Edmund op gedempte toon.

Sophie keek hem geschrokken aan. 'O nee. Dat stadium is nog niet bereikt. Het is wat te voorbarig om het daar al over te hebben.' Ze verwonderde zich over haar gretigheid om Cecilia tot beschikbaar en ongebonden uit te roepen, maar ze vond dat het oneerlijk zou zijn om haar op de een of andere manier uit te schakelen als rivale op basis van een ongegronde overtuiging, en Sophie weigerde zo diep te zinken.

'Maar ze zouden uitstekend bij elkaar passen, en er lijkt oprechte genegenheid tussen hen te bestaan, in ieder geval van zijn kant. Ik vraag me af of u uw talenten niet kunt gebruiken om de zaak te bespoedigen,' zei Sir Edmund, die verbaasd fronste om haar ontkennende reactie.

‘Het zou niet goed zijn als ik me met de aangelegenheden van mijn nichtje ging bemoeien. Ze moet haar eigen beslissingen nemen.’

Sir Edmund schudde zijn hoofd. ‘Ik zal u nooit begrijpen, Miss Lattimore. We zijn hier op de bruiloft van een stel dat u bij elkaar hebt gebracht, en toch schijnt u een afkeer te hebben van koppelen.’

‘Het is geen afkeer, het is gewoon... een diep respect, denk ik, voor het huwelijk als instituut. U was vandaag zelf aanwezig bij de ceremonie. Het is een wonder dat er ooit nog een sterveling in het huwelijk treedt wanneer aan het begin al wordt aangekondigd dat het niet “onbezonnen, lichtvaardig of ondoordacht moet worden aangegaan, maar met eerbied, doordacht en weloverwogen, ernstig en Godvrezend”.’

‘Volgens mij laat u nu een deel weg,’ zei Sir Edmund met een ondeugende twinkeling in zijn ogen. En Sophie, die bewust het deel had weggelaten over hoe een huwelijk niet moet worden aangegaan om ‘de vleselijke lusten en begeerten van de mens te bevredigen’, had moeite om haar gezicht in de plooi te houden en kon niet verhinderen dat er een blos naar haar wangen steeg.

Er viel een korte stilte en toen begonnen ze allebei te lachen.

‘Fijn hoe de kerk altijd weer uitweidt over zaken die in beschaafd gezelschap niet genoemd mogen worden,’ zei Sir Edmund.

‘En dat ze de mens steevast de laagste motieven toedicht voor zijn gedrag,’ voegde Sophie eraan toe.

Sir Edmund deed zijn mond open om te antwoorden, maar hield zich in en haalde alleen zijn schouders op. Sophie vroeg zich dan ook af of hij haar impliciete kritiek op de kerk afkeurde, of dat hij het er niet mee eens was dat dergelijke motieven voor het huwelijk laag-bij-de-gronds waren. Ze moest maar niet te lang stilstaan bij die tweede veronderstelling, anders zou ze zich niet meer op haar gemak bij hem voelen, dus was ze opgelucht toen hij weer sprak.

'Om terug te komen op het onderwerp van uw reis naar Bath: hebt u al een huis gevonden om te huren?'

'Inderdaad, met de hulp van Mr Hartwell. Het ligt aan Rivers Street,' zei ze.

'Een uitstekend adres. Mr Hartwell verdient alle lof. Mag ik u daar een bezoek komen brengen?'

Sophie was verrast, maar probeerde dat te verbergen door kalm te antwoorden: 'Ja, natuurlijk. We zouden u graag ontvangen.'

4

De verhuizing naar Bath verliep zo soepel als men zich maar zou kunnen wensen. (Dat wil zeggen, Sophie, Cecilia en Mr Hartwell waren allerminst van hun stuk gebracht, maar Mrs Foster vond duizend dingen om zich zorgen over te maken.) Sophie was meer dan ooit van mening dat Cecilia dwaas zou zijn om zo'n goedmoedige en inschikkelijke jongeman als Mr Hartwell, die er ook nog aardig uitzag en heel verstandig was bovendien, af te wijzen. Maar ze realiseerde zich dat die kwaliteiten bij een jongedame van achttien jaren niet in erg hoog aanzien stonden.

Sophie vermoedde dat als Mr Hartwell niet meteen aan het begin van Cecilia's debuut was verschenen en al zo snel zijn bewondering voor haar duidelijk had gemaakt, de zaken er nu heel anders voor lagen. Cecilia wist niet – aangezien haar kennis van heren nog zo beperkt was – dat het een hele prestatie was in de gunst van een heer als Mr Hartwell te komen. Sophie was van mening dat Cecilia, omdat het zo vroeg was gebeurd, de neiging had zijn respect te onderschatten en zich af te vragen of ze niet een nog betere partij kon vinden. Sophie kon haar redenering volgen, maar keurde hem niet goed. Ze voelde zich er erg ongemakkelijk onder dat Mr Hartwell veel van de taken van een echtgenoot op zich nam zonder de zekerheid dat hij die positie ooit zou mogen innemen, en met slechts een vluchtige en flauwe glimlach van Cecilia als beloning. Het gevolg was dat Sophie meer dan ooit naar Mr Hartwell glimlachte.

Maar ja, Sophie merkte dat ze tegenwoordig sowieso meestal een glimlach op haar gezicht had. Geen enkel oord dat ze ooit had gezien beviel haar meer dan Bath (al had ze natuurlijk verder niet veel oorden bezocht). Toch had ze het gevoel dat, zelfs al zou ze ooit Parijs of Rome of een andere grote stad bezoeken, Bath altijd een speciaal plekje in haar hart zou innemen. Ze woonde daar oneindig veel liever dan in Londen.

Sophie had een exemplaar van *The Bath Guide* gekocht in een plaatselijke boekwinkel, en hoewel ze er niet aan twijfelde dat de auteur enigszins bevooroordeeld was, vooral toen die beweerde dat Bath 'een van de aangenaamste, alsmede een van de meest beschaafde oorden is in heel het koninkrijk', was ze het er wel mee eens dat de stad veel van zijn charme dankte 'aan de elegantie van zijn gebouwen, die superieur zijn aan die in eender welke andere stad in Engeland'. In de vorige eeuw ontwierpen en bouwden twee architecten, een vader en een zoon, allebei John Wood geheten, gebouwen in een warme, honingkleurige steen die nu alomtegenwoordig was in Bath. Sophies favorieten onder hun ontwerpen waren de Circus en de Royal Crescent, rijen smalle herenhuizen die in ronde vormen waren gebogen om het Colosseum in Rome na te bootsen, maar dan binnenstebuiten gekeerd.

En dan waren er nog de warmwaterbronnen waar Bath zijn naam aan te danken had. Volgens de legende werden die voor het eerst ontdekt in de negende eeuw voor Christus door een melaatse prins genaamd Bladud. Bladud werd aan het hof gemeden vanwege zijn afschuwelijke ziekte en was een nederige varkenshoeder geworden. Maar dit bleek zijn redding te zijn, want de varkens, die besmet waren geraakt met zijn melaatsheid, rolden door de warme modder van de warmwaterbronnen bij Bath en werden genezen. Dit bracht Bladud ertoe om ook te baden in de wonderbaarlijke wateren, die hem van zijn ziekte genazen en hem in staat stelden zijn plek op de troon weer in te nemen. Sophie was echter niet verrast toen ze ontdekte dat deze legende in haar vertrouwde gids 'een fantastisch en onzinnig verhaal' werd genoemd.

Een man die echter wel de legende waarmaakte, was Richard 'Beau' Nash, de dandy die in de achttiende eeuw als ceremoniemeester over de society in Bath had geregeerd. Hij werd vereerd in Bath, en zijn standbeeld tuurde neerbuigend vanuit een nis boven in de Pump Room naar de mensen die toestroomden om er het beroemde water te drinken. Het was Sophie een raadsel waarom de man zoveel kunstenaars had toegestaan om zijn portret te schilderen en zijn figuur te beeldhouwen, want de beeltenissen waren bepaald niet flatterend en toonden tot in detail de wallen onder zijn ogen en zijn ongezonde teint, evenals zijn meervoudige onderkinnen. Sophie zou toch denken dat dit de slechtst mogelijke aanprijzingen waren voor de vermeende gezondheidsvoordelen van Bath, aangezien de beroemde Beau zelf werkelijk een wel zeer ongezond heerschap leek.

De Pump Room zelf was echter absoluut een van de esthetische schatten van Bath, ondanks het feit dat de beeltenis van Beau Nash er prominent aan de muur hing. Gelegen naast het King's Bath, was het in 1796 herbouwd om een kleiner gebouw te vervangen, en elke ochtend vulde het zich met honderden mensen van alle leeftijden (zij het vooral ouderen) die waren gekomen om er het geneeskrachtige water te drinken dat in een afgesloten ruimte achter een buffet omhooggepompt werd uit de warmwaterbronnen in een marmeren urn. Het was echter ook de plek om te zien en gezien te worden, en dames en heren wandelden op en neer door de helder verlichte zaal met zijn vele ramen en hoge plafonds die op Korinthische zuilen stutten, luid boven de muziek van het orkest uit babbelend.

En dan waren er de Assembly Rooms, de Abbey Church, de Sydney Gardens en de natuurlijke schoonheid van de heuvels die Bath omringden en de rivier die erdoorheen stroomde.

Sophie vond hier zoveel om haar ziel en geest te voeden; veel meer dan ze had gevonden toen ze in het Londense herenhuis van haar tante opgesloten had gezeten, en zes eenzame jaren van gezelschap verstoken was geweest. Nu ze vrij was, zowel lichamelijk als geestelijk, was ze vastbesloten om van elke minuut van haar verblijf te genieten.

Ook Cecilia genoot van Bath (hoewel ze geen interesse had in het lezen van een saai boek over de geschiedenis van de stad). En voor het eerst sinds Sophie bij hen was komen wonen, zag ze in wat een geluk het was om een vrouwelijk familielid bij de hand te hebben op wie je bijna elk moment een beroep kon doen om je te vergezellen naar de winkels, of de leeszaal van de Circulating Library, of tijdens een wandeling langs de Royal Crescent bij zonsondergang, als de halve cirkel van herenhuizen goud glansde. Een verklaring geven voor de keren dat Sophies aanwezigheid haar tegenstond kon ze dan ook niet bedenken. Ze leek er het meest last van te hebben als Mr Hartwell of iemand anders haar ermee feliciteerde dat ze zo'n familielid had. Cecilia wist dat ze zich gelukkig mocht prijzen met Sophie (ook al was ze pas laat tot dat inzicht gekomen), dus waarom zou ze het ergerlijk vinden als anderen haar op zoiets wezen?

Ze was toch zeker niet *jaloers* op haar nicht? Het was nogal ontmoedigend om te ontdekken dat dat wel degelijk het geval was. Hoewel ze niet zeker wist of ze Mr Hartwell wel voor zichzelf wilde, was ze er heel zeker van dat ze niet wilde dat iemand anders hem zou krijgen. (Niet dat Sophie Mr Hartwells affectie van haar af zou pakken, maar Cecilia had Sophies geglimlach wel opgemerkt en stoorde zich eraan.) En op Lucy's dejeuner was Cecilia ook opgevallen dat Sir Edmund Sophie veel vaker had opgezocht dan haarzelf. Die kon zichzelf niet langer voor de gek houden door te denken dat hij dat deed omdat hij in *haar* geïnteresseerd was, aangezien hij Cecilia nog nooit had uitgenodigd om mee uit rijden te gaan of zelfs maar had gevraagd haar te mogen bezoeken, zoals bij Sophie.

Dus hoewel Cecilia en Sophie allebei het gevoel hadden een intimiteit te hebben bereikt die eerder aan hun verhouding ontbrak, waren ze zich ook bewust van enige gereserveerdheid. Ze ontdekten echter dat ze, door niet meer over Mr Hartwell of Sir Edmund te spreken, in staat waren hartelijke betrekkingen te onderhouden. En stilzwijgend hielden ze allebei Mrs Foster in het ongewisse over wie meer aandacht kreeg van Sir Edmund.

Nu de enerverende reis achter de rug was, genoot Mrs Foster ook. Ze was die ochtend in de Pump Room verschenen met de twee jongere dames aan haar zijde en had daar kennissen uit haar jeugd ontdekt. De meeste waren oudere getrouwde dames of weduwen, net als zijzelf, die alleen maar saaie – en hoogstwaarschijnlijk onware – dingen te vertellen hadden over de talenten en aantrekkelijke kanten van hun nakomelingen. Mrs Foster kon echter het slechts minimaal aangedikte verhaal vertellen over hoe haar nicht het huwelijk van het seizoen had geregeld tussen Lucy Barrett, een jongedame van niet meer dan bescheiden fortuin en schoonheid, en de rijke en zeer populaire Lord Fitzwalter, die hiermee onder de neus van de alom erkende belle van het seizoen weggekaapt was.

Het was waarschijnlijk maar goed dat Sophie en Cecilia waren vertrokken om samen de zaal te verkennen en dus dit verhaal niet konden horen, omdat ze het gênant zouden hebben gevonden, zowel door de te grote nadruk op Sophies talenten als door het bagatelliseren van Lucy's deugden. Maar ook al wist ze het verhaal niet goed te brengen, toch had Mrs Foster al lang niet meer zo in de belangstelling gestaan en dat was op zich al zeer bevredigend voor haar. Ook bevredigend waren de lofbetuigingen die ze ontving omdat ze zo genereus een 'berooid familielid' in huis genomen had en de genadige manier waarop zij met dit familielid omging. Deze veronderstelling van haar leeftijdsgenoten wekte geen enkel schuldgevoel in het hart van Mrs Foster vanwege haar eerdere, veel minder genereuze houding jegens Sophie, maar wel nam ze zich nog vaster voor om de mensen te sterken in dit beeld dat men van haar had. Dat was de reden dat Sophie door haar tante op verschillende kledingstukken getrakteerd werd en, wat nog fijner was, ook op een veel vriendelijker houding ten aanzien van haar.

Zo kwam het dat Mrs Foster, die Sophie niet langer als onbetaalde chaperonne inzette, haar nichtje en haar dochter die avond vergezelde naar de Assembly Rooms, vastbesloten dat haar nichtje net zoveel van de aandacht van de heren zou genieten als elke jonge debutante. Zij het niet zoveel als haar eigen dochter, natuurlijk.

Als Mr Hartwell zich had voorgenomen die avond de lippen van zijn geliefde of zelfs maar haar hand te kussen, dan zou hij voor het einde van de avond verloofd zijn geweest. Cecilia, al was ze niet zo populair als Priscilla Hammond, was er in Londen aan gewend dat haar balboekje binnen enkele minuten na aankomst in een balzaal vol was. Maar hier in Bath kende ze geen enkele andere heer dan Mr Hartwell. Dus aan het begin van de eerste quadrille, toen Cecilia dacht dat ze de vernederende ervaring mee moest maken een dans uit te zitten en Mr Hartwell plotseling aan haar zijde was verschenen, was hij in haar ogen nog nooit zo aantrekkelijk geweest.

Hoewel Mr Hartwell zich niet bewust was van de warmere gevoelens die hij in Cecilia's hart tot leven had gewekt, was hij zich er wel van bewust dat ze nog nooit zo hartelijk of betekenisvol naar hem had geglimlacht, en zelfs zijn blik zocht toen hij haar tijdens de dans aan een ander overdroeg. Sophie, die de twee zat te observeren, was blij te zien dat Cecilia Mr Hartwells aandacht leek te waarderen en hoopte dat dat zo zou blijven. Maar toen ving ze een glimp op van een bekende, en alle gedachten aan Cecilia en haar beau verdampten direct.

Eerst dacht ze dat ze zich verbeeldde dat hij het was. Het was tenslotte tien jaar geleden en hij was wat ouder geworden. Helaas deed het vleugje grijs in zijn door de zon gebleekte haar, dat nog steeds de warme tinten van herfstbladeren bezat, niets af aan zijn uiterlijk, net zomin als de rimpeltjes in de hoeken van zijn intens blauwe ogen. Al zouden ze dat wel moeten doen, dacht Sophie geërgerd. Er had iets moeten gebeuren waardoor hij minder aantrekkingskracht op haar uitoefende, en als zijn uiterlijk dat niet voor elkaar kreeg, dan zou de herinnering aan hoezeer hij haar pijn had gedaan hem in haar ogen afstotelijk moeten maken. Helaas werkten die ogen van haar absoluut niet mee. Of misschien was het haar hart? Wat was toch de oorzaak van die vreemde, hevige emotionele en fysieke reactie op de eigenschappen van sommige mensen die bij anderen niet optrad? Hoe kwam het dat sommige mannen die een figuur en gelaatstrekken bezaten die objectief gezien even welgevormd waren geen schok veroorzaakten, terwijl anderen, zoals Sir Edmund en deze man, zo'n grote invloed op haar hadden?

Maar hij was nu getrouwd, dus er was niets om zich zorgen over te maken, hield ze zich voor, gesust door de gedachte die haar zojuist nog had gekweld. Tot haar verbazing zag ze geen vrouw die hem vergezelde, maar die was ongetwijfeld in de buurt. Sophie begon rond te kijken, op zoek naar de dame die zijn vrouw zou kunnen zijn, en miste dus zijn gezichtsuitdrukking toen hij haar voor het eerst opmerkte. Die sloeg om van verbazing in verrukking en de man deed een paar passen naar voren om haar van dichterbij te kunnen bekijken. Toen hij zeker was van haar identiteit, kwam hij nog dichterbij.

'Sophie!' zei hij blij toen hij haar naderde, maar toen hij de verontwaardigde blik van haar tante Foster opmerkte, veranderde hij zijn begroeting. 'Miss Lattimore! Dat ik u hier na al die jaren tref.' Hij boog voor haar, maar keek toen een beetje verlegen. 'Neem me niet kwalijk, misschien is het niet langer Miss Lattimore. U bent hoogstwaarschijnlijk getrouwd sinds we elkaar voor het laatst hebben ontmoet...' Hij maakte de zin niet af, maar de vraag lag voor de hand, en Sophie, die haar aanvankelijke schok en ongemak te boven was gekomen, keek hem koeltjes glimlachend aan.

'Goedenavond, Mr Maitland. U spreekt mij terecht aan als Miss Lattimore.' Ze hoopte dat hij begreep dat hij haar dus níét met Sophie moest aanspreken, al had ze hem die vrijheid tien lange jaren geleden inderdaad gegund. 'Tante Foster, mag ik u voorstellen aan Mr Maitland? Mr Maitland, mijn tante, Mrs Foster.'

Mrs Foster, evenzeer verward door Sophies kille ontvangst van de man als zíjn vrijpostigheid haar nichtje bij haar voornaam aan te spreken, neeg zuinig met haar hoofd en glimlachte nog zuiniger. Maar zelfs zij was niet tegen zijn charme bestand.

'Het is mij een genoegen u te ontmoeten, Mrs Foster, al moet ik mij excuseren dat ik Miss Lattimore zo familiair heb aangesproken. Een aantal jaren geleden, voor mijn huwelijk en vóór de vroegtijdige dood van Mr Lattimore, was ik gewoon me een lid van de familie te voelen.' Nadat hij een hartelijker antwoord van Mrs Foster had gekregen en de verzekering dat zijn verontschuldiging was aanvaard, wendde hij zich tot Sophie. 'U moet me toestaan mij u medeleven te betuigen, Miss Lattimore, al ben ik er nog zo laat mee. Ik was daar op dat moment niet toe in staat, door omstandigheden buiten mijn wil. Maar ik ben geen onbekende van die vreselijke dief, de dood. U vraagt zich misschien af waarom u Mrs Maitland hier niet naast mij ziet. Het spijt me erg om te moeten zeggen...' Hij zweeg even, kennelijk overmand door gevoelens, en zelfs Sophies hart kon niet anders dan verzachten toen ze dit tragische verlies vernam.

'O! Wat verschrikkelijk, Mr Maitland. Wanneer...?'

'Nu ruim een jaar geleden. Ik heb de rouw nog maar pas afgelegd. Ze liet me twee prachtige kinderen na, een jongen en een meisje.'

Sophie wist niet wat ze verder nog moest zeggen en er viel een korte stilte voordat de sombere uitdrukking van Mr Maitland opklaarde en hij dapper glimlachte. 'Maar het is nu niet het moment om over zulke dingen te spreken. Het is lang geleden dat we samen dansten, Soph... Miss Lattimore. Mag ik van u de eer?'

Sophie was geschokt. Ze had geen tijd gehad om haar gevoelens te verwerken toen ze Mr Maitland zo onverwacht weer terugzag en van de dood van zijn vrouw had vernomen. Haar woede en wrok vermengden zich met medelijden en die fascinatie die ze altijd voor hem had gevoeld. De aantrekkingskracht tussen hen was even sterk als altijd, en ze wilde zichzelf beschermen, muren rond haar hart optrekken voor hun omgang intensiever zou worden. Ze zocht naar een excuus.

'Neem me niet kwalijk, Mr Maitland, maar ik dans vanavond niet...' begon ze, voordat ze werd onderbroken door Mrs Foster.

'Onzin, Sophronia, je hoeft je geen zorgen te maken over mij of Cecilia.' Mrs Foster wendde zich tot Mr Maitland. 'Sophronia is zo vol plichtsbesef jegens haar familie. Maar ik zie een kennis van mij, Mrs Walker,' zei ze terwijl ze in de richting van die dame knikte, 'en ik zal me met haar onderhouden terwijl u danst.'

Al aarzelde Sophie nog steeds om haar hand op Mr Maitlands hand te leggen die hij voor haar ophield, Mrs Foster maakte een kort wegwuivend gebaar en zei: 'Toe. Ga dansen.' Sophie voelde dat ze geen keus had en legde met enige tegenzin haar hand op die van hem en raakte hem zo licht mogelijk aan. Zodra ze dat deed, keek hij haar vurig in de ogen, zoals hij altijd had gedaan, en Sophie voelde haar arme tere hart opnieuw opfladderen.

De quadrille die Cecilia met Mr Hartwell had gedanst was afgelopen en ze keerde terug naar haar moeder net toen Sophie haar plaats op de vloer innam. Sophie zag Cecilia's ogen groot worden van verbazing, maar toen begon de muziek en kon Sophie geen moment meer denken aan Cecilia of tante Foster, of aan wie dan ook, behalve aan zichzelf en haar danspartner.

Het komt door het dansen, hield ze zichzelf voor. Je weet hoe dol je bent op dansen. En dat was waar. Ze hield heel erg van dansen, en dat had ze al die jaren gemist. Helaas was de persoon met wie ze het meest had gedanst tevens de partner waarmee ze dat nu deed, de man die haar had vernederd door zijn zeer gerichte attenties en vervolgens zijn overhaaste huwelijk met een andere vrouw. Hij had haar hart veroverd om het vervolgens te breken, en ze had het gevoel dat hij dat bewust had gedaan. Wat was ze toen toch een naïef, onervaren meisje geweest.

'Je bent helemaal niet veranderd,' zei hij. 'Je bent nog steeds even mooi als toen.'

'Ik ben wel degelijk veranderd,' antwoordde Sophie, voordat de passen van de dans haar bij hem vandaan leidden.

Cecilia zag dat Sophie de dansvloer op ging met een knappe heer die ze nog nooit eerder had gezien, en dat schokte haar.

'Mama, met wie danst Sophie?' vroeg Cecilia zodra ze bij haar moeder was. Mrs Foster was nog niet in gesprek met Mrs Walker, dus alleen Mr Hartwell was erbij.

'Een vriend van haar vader, ene Mr Maitland.'

'Kent u hem?' vroeg Cecilia.

'Hij is net aan mij voorgesteld. Hij is weduwnaar met twee kinderen.'

Cecilia, Mrs Foster en Mr Hartwell draaiden zich om, om

naar de dansende Sophie en Mr Maitland te kijken, en het vrolijkte Cecilia behoorlijk op toen ze ontdekte dat hij ouder was dan ze eerst had gedacht, waarschijnlijk twee keer zo oud als Cecilia, en ook nog een weduwnaar. Eigenlijk best een goede partij voor Sophie, ondanks zijn verrassend knappe uiterlijk en duidelijke allure.

Mrs Foster dacht hetzelfde, al wilde zij in ieder geval nog wel informeren naar het fortuin van Mr Maitland voordat ze haar nichtje aan zijn zorg zou toevertrouwen. Want als hij om geld moest trouwen dan had dit helemaal geen zin, aangezien Sophie niets bezat, maar als hij welgesteld was, paste hij perfect bij haar nichtje. Mr Maitland was charmant en knap en leek al enige voorliefde voor Sophie te hebben, en omdat zij praktisch een oude vrijster was, kon ze niet moeilijk doen over het aannemen van een paar moederloze kinderen als onderdeel van de regeling. Mrs Foster was nogal trots op zichzelf dat ze de toekomst van haar nichtje zo keurig in kannen en kruiken had. Het talent voor koppelen lijkt een familietrekje te zijn, dacht ze grinnikend, gemakshalve vergetend dat Sophie en zij geen bloedband deelden en dat ze niets anders had gedaan om de relatie te bevorderen dan een onwillige Sophie aan te sporen te gaan dansen.

Terwijl de twee vrouwen naar Sophie en Mr Maitland keken, zag Mr Hartwell een bekend gezicht in de menigte. 'Sakkerloot, daar hebben we Sir Edmund,' zei hij voordat hij hem begroette.

Er waren nauwelijks begroetingen uitgewisseld of Sir Edmund informeerde naar Miss Lattimore, tot Cecilia's heimelijke ergernis.

'Mijn nichtje danst met Mr Maitland,' zei Mrs Foster vol trots en ze knikte in hun richting. 'Ze vormen een knap stel, vindt u niet, Sir Edmund? Maar mijn dochter heeft tot nu toe maar één keer kunnen dansen, omdat we hier in Bath zo weinig kennissen hebben,' zei ze met de subtiliteit van een hakbijl.

Sir Edmund bood noodgedwongen zijn arm aan Cecilia aan, verzocht om de eer van een dans die ze hem prompt schonk.

Dus toen Sophie klaar was met dansen, zag ze Sir Edmund zich opmaken voor een dans met Cecilia. Ze glimlachte en knikte naar hem, gelukkiger hem te zien dan ze had verwacht, maar óf hij zag haar niet, óf ze had hun verstandhouding overschat aangezien hij niet reageerde. Sophie werd door Mr Maitland teruggebracht naar haar tante en meteen daarop door Mr Hartwell naar de dansvloer begeleid.

Ze zag Sir Edmund niet meer nadat hij zijn dans met Cecilia had beëindigd en nam aan dat hij de Assembly Rooms had verlaten. Hun gezelschap vertrok kort daarna ook, omdat hun kennissenkring maar zo klein was en Cecilia met alle heren die ze kende had gedanst. Ze hadden allemaal onwillekeurig het gevoel dat Bath hen tot op zekere hoogte teleurstelde, nadat het eerst hun verwachtingen zo schaamteloos had gewekt.

5

Er was een onbetwistbare grande dame van Bath, een dame die Mrs Foster meer dan wie ook wenste te ontmoeten. Dit was Lady Smallpeace, de douairière van de graaf van Ebrington. Lady Smallpeace, een nogal oorlogszuchtig type, had een ongetrouwde dochter van tweeëndertig, Lady Mary, die nog bij haar woonde. De zoon van Lady Smallpeace, de graaf, bezocht Bath zelden, maar ze mocht zich momenteel verheugen op het bezoek van haar achterneef, Lord Courtney. De drie leden van dit ene huishouden waren de hoogsten in adellijke rang die op dat moment in Bath woonden en werden, eigenlijk voornamelijk om die reden, enthousiast verwelkomd bij elk evenement.

Mrs Foster kon, na snel *Debrett's Peerage* te hebben geraadpleegd, een uiterst vage verwantschap met Lady Smallpeace traceren via een achterachterneef. Als Mrs Foster niet via een wederzijdse bekende aan een kennismaking kon komen, dan was ze van plan een brief aan Lady Smallpeace te schrijven om haar op de hoogte te stellen van deze verwantschap voordat ze haar een bezoek zou brengen.

Het zou Mrs Foster hebben verbaasd te weten dat Lady Smallpeace ook graag kennis wilde maken met *haar* familie. Lady Smallpeace had van een andere matrone over het koppeltalent van Miss Lattimore gehoord, en aangezien ze zo haar eigen uitgesproken meningen over dit onderwerp had, wilde ze die graag delen met deze parvenu die haar plek gewezen diende te worden. (Lady Mary en Lord Courtney wilden ook heel graag dat Lady Smallpeace Miss Lattimore zou ontmoeten, zodat ze niet meer eindeloos hoefden aan te horen wat die allemaal van plan was tegen Miss Lattimore te zeggen zodra ze eenmaal de kans kreeg.)

Lord Courtney was net tweeëntwintig geworden en was een totaal onopvallende jongeman. Dat wil zeggen dat hij maar een heel klein beetje conversatietalent, uiterlijke schoonheid en charme bezat, maar dat hij uitsluitend op basis van zijn titel en materiële vooruitzichten werd gezien als 'een uiterst interessant heerschap'. Een van de belangrijkste levensdoelen van zijn oudtante was ervoor te zorgen dat geen enkele onwaardige jongedame de attenties van Lord Courtney zou ontvangen. Sommige benepen lieden gingen ervan uit dat ze zou proberen hem over te halen met haar eigen (veel oudere) dochter te trouwen, maar in werkelijkheid was een dergelijke gedachte nooit bij Lady Smallpeace opgekomen, want ze koesterde geen enkele wens om haar dochter te zien trouwen. Lady Smallpeace had er absoluut geen belang bij om Lady Mary te verliezen aan een ander huishouden, aangezien ze een zeer geschikt publiek bleek te zijn voor de vele tirades van haar moeder. Wat kleinkinderen betrof, die had Lady Smallpeace al genoeg; ze vond ze ronduit een plaag, dus ze zat niet te wachten op nog meer nakomelingen.

Het was de ochtend na het bezoek aan de Assembly Rooms waarop deze ontmoeting, waar alle betrokkenen, met uitzondering van Miss Lattimore, zozeer naar verlangden, eindelijk plaatsvond.

Sophie was nog aan het bijkomen van haar ontmoeting met Mr Maitland de avond ervoor en wist niet welke houding ze tegenover hem aan moest nemen. Ze kon zijn gezelschap in feite niet meer weigeren nu hij haar ten dans had gevraagd en zij het aanbod had aanvaard, want als ze dat nu nog zou doen, zou ze juist het geroddel uitlokken dat ze zo graag wilde vermijden. Ze was er zo van in de war; haar gevoelens schoten heen en weer tussen opwinding en schroom, en het enige waar ze zeker van was, was dat ze meer tijd wilde om over de kwestie na te denken voordat ze hem weer zou zien. Ze was erg bang dat hij van plan was haar diezelfde ochtend te bezoeken, dus toen Cecilia en Mrs Foster de wens uitspraken om het heilzame water in de Pump Room te gaan drinken, nam Sophie hun aanbod aan zich bij hen te voegen. Cecilia was uitermate nieuwsgierig naar deze tot nu toe onbekende man in het leven van haar nicht. Het was duidelijk dat Mr Maitland meer was dan zomaar een vriend van Sophies vader en dat hij Sophie duidelijk bewonderde, maar toch leek zij vreemd terughoudend jegens hem. Mrs Foster was er middels aanhoudend doorvragen in geslaagd vast te stellen dat Mr Maitland een vermogend heer was en dat hij in zijn jonge jaren in de Oost-Indische Compagnie had gediend, waar hij Mr Lattimore had leren kennen. Ze had bovendien ontdekt, door aanhoudend een zwijgzame Sophie te bestoken met vragen, dat de overleden vrouw van Maitland een dame was met een groot fortuin. Sophie had Maitland sinds zijn verloving niet meer gezien, wist niet waar hij zich na zijn huwelijk had gevestigd en had er niet aan gedacht om daar gisteravond tijdens het dansen naar te informeren.

(Deze laksheid van haar nicht deed Mrs Foster zich niet voor het eerst afvragen of haar vermogens als koppelaarster niet nogal overdreven werden.) Hoe dan ook had Mrs Foster genoeg gehoord om de toekomst van haar nichtje voor haar te regelen. Sophie zou met Mr Maitland trouwen en Cecilia zou met Sir Edmund in het huwelijk treden, tenzij er zich een nog betere partij aandiende of tenzij Sir Edmund niet toehapte.

De betere partij die Mrs Foster in gedachten had, was de burggraaf die momenteel bij zijn oudtante woonde. Al stond Sir Edmund met zijn eretitel hoger in aanzien dan de doodgewone Mr Hartwell, een lid van de adelstand overtroefde beide, uiteraard. Dus toen Mrs Walker Mrs Foster opgewonden begroette bij de entree van haar gezelschap in de Pump Room en vroeg of ze haar wilden vergezellen voor een ontmoeting met Lady Smallpeace, die om kennismaking had verzocht, stemde Mrs Foster daar maar al te graag mee in, en sleepte Cecilia en Sophie met zich mee.

Niet dat de meisjes bezwaar hadden tegen de ontmoeting, omdat vooral Cecilia haar kennissenkring graag wilde uitbreiden. Ze wilde geen herhaling van haar ervaring tijdens haar eerste bal in Bath, waar ze zich praktisch een muurbloempje had gevoeld. Ook Sophie was er niet op tegen nieuwe vriendschappen te sluiten, al besefte ze al snel dat ze haar verwachtingen naar beneden moest bijstellen.

Lady Mary en Lord Courtney werden beoordeeld en bijna direct te licht bevonden; ze waren allebei zo weinig geanimeerd en als ze hun mond opendeden rolden daar zulke oppervlakkigheden uit, dat Sophie moeite had hun enige aandacht te schenken, en ze moest zich zelfs dwingen hen beleefd aan te kijken als ze zich verwaardigden iets te zeggen.

Lady Smallpeace nam vaak op precies hetzelfde moment het woord als de anderen, een manier van converseren die Sophie erg lastig vond, en ze vroeg zich af of de gravin zo gewend was haar dochter en achterneef te negeren dat ze het niet eens doorhad als die het woord weleens namen. Het duurde hierdoor een paar minuten voordat Sophie zich realiseerde dat *zij* het onderwerp van gesprek was, hoewel het niet echt een discussie kon worden genoemd, maar eerder een donderpreek. En Lady Mary's hartelijke reactie op de vermaningen van haar moeder was zo tegengesteld aan wat je zou verwachten dat Sophie zich een paar minuten bleef afvragen of ze nu berispt of juist geprezen werd.

'Miss Lattimore,' zei Lady Smallpeace op luide toon, 'uw omstandigheden in het leven zijn van dien aard dat het me verbaast dat u het op u heeft genomen u te bemoeien met zaken die eigenlijk alleen veel hogere geplaatste lieden dan uzelf aangaan.'

Halverwege deze zin, terwijl haar moeder nog aan het woord was, begon Lady Mary te giechelen en zei: 'Miss Lattimore draagt zo'n beeldig jakje. Vooral de afwerking is zo prachtig. Vindt u ook niet, Miss Foster? Maar Miss Foster, uw jakje is óók zeer fraai. Wat een schitterende kleur blauw! Waarschijnlijk gemaakt in Londen, net als dat van u, Miss Lattimore? Dat van u is net zo mooi als dat van Miss Foster, maar natuurlijk niet in dezelfde stijl gemaakt. Niet dezelfde stijl of kleur, maar allebei prachtig.'

Midden in het betoog van haar dochter over de jakjes van de jongedames stak Lady Smallpeace opnieuw van wal met haar felle kritiek op Sophies brutaliteit zich te bemoeien met de huwelijksvooruitzichten van een heer met de status van Lord Fitzwalter, waarbij ze zichzelf onderbrak om Sophie te vragen: 'En uw ouders, Miss Lattimore? Wie zijn zij precies? Overleden, allebei, naar ik verneem?'

Lady Smallpeace deed alsof dit een ernstige tekortkoming van Sophie was, en Sophie vroeg zich af of haar nooit was geleerd dat je als iemand familieleden had verloren je medeleven moest betuigen in plaats van die persoon te veroordelen.

Maar dit was de opening waar Mrs Foster, allerminst uit het veld geslagen door Lady Smallpeace' onvriendelijke houding, op had gewacht. 'Lady Smallpeace, het geval wil: onze families zijn in de verte aan elkaar verwant. De zus van de grootmoeder van mijn man was Lady Vickery, geboren Miss Amelia Fortescue, wier kleindochter, Miss Elizabeth Brandon, trouwde met...'

'Mijn achterneef, Lord Tidmarsh, markies van Mount Edgecombe!' maakte Lady Smallpeace de zin triomfantelijk af. Nadat ze deze uitspraak had gedaan, verwrong haar gezicht zich op een vreemde manier die Sophie en de dames

Foster uiteindelijk (na enig nadenken) wisten te interpreteren als een uitdrukking van genoegen, al ging het te ver om het een glimlach te noemen.

Pas op dat moment merkte Lady Smallpeace Cecilia op, die er bijzonder mooi uitzag in een kleur waarvan Lady Mary al had gezegd dat deze haar flatteerde. 'U mag zich gelukkig prijzen met uw dochter, Mrs Foster,' zei Lady Smallpeace terwijl ze Cecilia bekeek. 'Ze lijkt me een heel bescheiden jongedame.' Deze opmerking werd benadrukt met een afkeurende blik op Sophie om het contrast tussen de nichten aan te geven. De blik van Lady Smallpeace was echter nog maar half zo vernietigend als de blikken die ze Sophie had geschonken vóórdat ze de band tussen hun families ter sprake had gebracht.

'Kom hier zitten, Mrs Foster, naast mij. Ik zou meer willen weten over uw familie. De jongeren gaan het water halen.' Lady Smallpeace wendde zich tot haar dochter. 'Zorg ervoor dat je neef ook wat water drinkt, Mary. Ik heb gezien dat hij het weggiet als hij denkt dat ik niet oplet.' Toen Lord Courtney deze beschuldiging spottend van de hand wees en protesteerde dat hij in uitstekende gezondheid verkeerde en zo'n geneesmiddel niet nodig had, zei Lady Smallpeace: 'Onzin! Vooral een jonge man in de bloei van zijn leven kan ervan profiteren. Het versterkt het bloed en de mannelijke vitaliteit.'

Niemand wist waar Lady Smallpeace op doelde toen ze het over Lord Courtneys 'mannelijke vitaliteit' had, maar ze waren allemaal van mening dat het waarschijnlijk iets was wat niet in het openbaar besproken moest worden. (Sophie was bang dat ze eigenlijk 'viriliteit' bedoelde en de begrippen had verward.) Dus de jonge mensen volgden snel het bevel van de douairière op en vertrokken, met achterlating van Mrs Foster en haar. Toen ze wegliepen, hoorden ze Lady Smallpeace vragen: 'De Fosters zijn een familie uit Northumberland, meen ik? Daar waren ze vóór de Slag bij Hastings al gevestigd, nietwaar?'

Lord Courtney hield zijn arm op voor Cecilia, die hem met een kokette blik aannam, en Sophie ging naast Lady Mary lopen. Voordat Sophie een gespreksonderwerp kon bedenken, begon Lady Mary al eindeloos te kletsen, zonder op antwoord te wachten, waardoor Sophie weinig anders kon doen dan een geeuw onderdrukken.

Maar toen berispte Sophie zichzelf dat ze niet zo aardig deed. Lady Mary was zich waarschijnlijk bewust van haar moeders onbeschoftheid en probeerde daar alleen de aandacht van af te leiden. Het viel vast niet mee om de dochter van zo'n vrouw te zijn. Dus verdubbelde Sophie haar inspanningen om aandacht te schenken aan het verhaal van haar metgezellin, dat inmiddels ging over hoe moeilijk het was om betrouwbare dragers te vinden voor de speciaal ontworpen draagstoel van haar moeder. Sophie moest zich intens concentreren, aangezien Lady Mary een zachte stem had en de menigte op dit tijdstip van de dag enorm aangezwollen was, evenals hun volume, terwijl het orkest ijverig zijn best deed daarmee te concurreren, en dan vooral de trompet. Sophie hoopte maar, eenmaal bij het waterbuffet aangekomen, dat het beroemde water eigenschappen bezat die haar hoofdpijn zouden verlichten.

Eindelijk stonden ze dan zelf bij de pomp en terwijl ze wachtten tot de bediende hun een glas water zou aanreiken, voelde Sophie hoe iemand naar haar keek. Toen ze haar blik in de ruimte rond liet gaan, zag ze op amper drie meter afstand Sir Edmund staan, en haar gezicht lichtte op.

Sir Edmund fronste eerst licht, maar toen hij haar verheugde reactie zag, klaarde ook zijn gezicht op en hij kwam naar voren en boog voor haar. Hij boog ook voor Lady Mary, die glimlachte en een groet mompelde. Maar aangezien de bediende Lady Mary bijna onmiddellijk na deze begroeting al een glas water overhandigde, was er geen gelegenheid verder nog in gesprek te gaan. Nu Lady Mary afgeleid was, maakte Sophie van de gelegenheid gebruik om bij haar weg te lopen, en dichter naar Sir Edmund toe te stappen. Omdat Sophies plaats onmiddellijk werd ingenomen door een kennis van Lady Mary, die een gesprek met haar aanknoopte, feliciteerde Sophie zichzelf ermee dat ze niet eens gemist zou worden.

Ze vroeg zich af of Sir Edmund misschien dacht dat ze hem de vorige avond niet had wíllen spreken. Toen hij haar net had zien staan, had hij veel koeler dan normaal geleken en haar ontreddering bij hem een verkeerde indruk te wekken was bijna net zo groot als haar agitatie toen ze Mr Maitland na zoveel jaren weerzag. Dus was ze vastbesloten om Sir Edmund duidelijk te maken dat ze nog altijd zijn vriendin was. Als dat inderdaad de rol was die hij haar had toebedacht.

'Sir Edmund! Ik heb u gisteravond in de Assembly Rooms gezien, maar ik had geen gelegenheid om met u te praten...'

'Ja, u was met een man. Aan het dansen, bedoel ik,' zei hij een beetje schutterig. Hij leek net zo nerveus en ongemakkelijk als zij.

'O ja. Dat klopt. Mr Maitland is een oude... dat wil zeggen, hij was een vriend van mijn vader. Uit mijn jeugd.'

'Uw jeugd, Miss Lattimore?' vroeg hij, en zijn gezicht ontspande wat. 'Misschien doelt u op uw kindertijd. Uw jeugd is immers nog niet voorbij.'

Hij gebruikte het als een excuus om haar gezicht nauwkeurig te bestuderen, en ze sloeg haar ogen neer om niet in het zijne te kijken, want ze vond het moeilijk om helder te blijven denken als ze dat deed. 'Ik ben achtentwintig,' zei ze, alsof ze zijn veronderstelling dat ze jong was weersprak, hoewel ze niet begreep waarom ze dat deed. Ze vroeg zich af, niet voor het eerst, waarom ze elke flirterige toenadering automatisch dwarsboomde. Het was bijna alsof ze vond dat ze zulke aandacht niet waard was.

'Dat is inderdaad bejaard. Slechts twee jaar jonger dan mijn gevorderde leeftijd,' zei hij, en ze was blij dat ze eindelijk wist hoe oud hij was.

'Misschien moeten we allebei van het water drinken,' opperde Sophie schalks. 'Het zou uit een bron van de eeuwige jeugd afkomstig zijn.'

Onder het praten hadden ze wat rondgewandeld, en ze waren een flink eind van de pomp afgedwaald, een besef dat dankzij Sophies opmerking tot Sir Edmund doordrong. 'Mijn excuses, Miss Lattimore, ik heb u belet het water te nemen en heb u van uw metgezellen gescheiden. Zal ik u naar hen terugbrengen?'

Hij begon over de menigte uit te kijken en Sophie nam aan dat hij op zoek was naar Lady Mary of de Fosters.

'O nee! Alstublieft, ik blijf liever bij u,' zei ze, veel enthousiaster dan misschien verstandig was. Ze voelde haar wangen gloeien en veranderde haastig van onderwerp. 'Blijft u in Bath, Sir Edmund? Of bent u hier voor een kort bezoek?'

'Mijn plannen staan nog niet vast,' zei hij op een toon en met een blik op haar die suggereerden dat zij misschien iets met die plannen te maken had. Dat hoopte ze tenminste. Maar toen herinnerde ze zich dat het zijn bedoeling was om toekomstige bruiden te ontmoeten en zei ze weer tegen zichzelf dat ze hem als een vriend moest beschouwen en niet meer dan dat.

'Hebt u uw kring van vrouwelijke kennissen kunnen uitbreiden sinds u naar Bath bent gekomen?' vroeg Sophie.

'Ik heb kennisgemaakt met Lady Smallpeace en Lady Mary en heb gedanst met Miss Foster. Toen u met die man was, zoals u weet.'

'Maar u kende mij en mijn nichtje al. Het is de bedoeling dat u om zich heen kijkt of er ándere geschikte dames zijn.'

'Als u nu eindelijk aanbiedt om als koppelaarster voor mij op te treden, denk ik dat het úw taak is om de bewuste dame te vinden,' zei Sir Edmund, maar hij maakte duidelijk een grapje.

'Ik zie wel dat het u nooit lukt als u het zelf moet zien te regelen. Ik heb misschien geen andere keuze dan u te helpen bij deze kwestie.' Sophie keek even de kamer rond en zag een groep jongedames geïnteresseerd Sir Edmunds kant op staren terwijl ze achter hun waaiers fluisterden en giechelden. 'Mij dunkt dat een volwassen dame een betere keuze zou zijn, niet een meisje dat net het klaslokaal heeft verlaten en nog maar pas haar haar opsteekt. Hebt u bezwaar tegen een weduwe?' vroeg Sophie.

'Zoals Lady Smallpeace, wellicht?'

Sophie moest lachen. 'Ik weet niet zeker of die wel op uw avances in zou gaan, Sir Edmund. Nee, het zou iemand moeten zijn die geen kind is en ook geen zestigjarige weduwe.'

'Met andere woorden, iemand van uw leeftijd,' zei hij, en Sophie keek hem wantrouwend aan en vroeg zich af of ze iets achter zijn opmerking moest zoeken. Zijn gezicht verraadde echter niets en voordat ze kon antwoorden, hoorde ze dat haar naam geroepen werd.

Sophie draaide zich om en zag Mr Maitland naderbij komen, met een warme uitdrukking op zijn gezicht. 'Miss Lattimore, wat heerlijk u weer te zien.'

'Goedemorgen, Mr Maitland,' zei Sophie, voordat ze zich tot Sir Edmund wendde, die stijfjes naast haar stond. 'Sir Edmund, mag ik u voorstellen aan Mr Maitland?'

De twee heren knikten naar elkaar, Mr Maitland breed glimlachend en Sir Edmund heel wat gereserveerder.

'Ik geloof dat we elkaar al eerder hebben ontmoet, nietwaar, Sir Edmund?' vroeg Mr Maitland.

'Dat zou kunnen, maar het spijt me te moeten zeggen dat ik me de gelegenheid niet herinner.'

'Misschien laat mijn geheugen me in de steek,' zei Mr Maitland, hartelijk als altijd.

De drie bleven een ogenblik zwijgend staan, een stilte die beladen leek, tot Sir Edmund zei: 'Als u ons wilt excuseren, Mr Maitland, ik stond net op het punt Miss Lattimore naar de pomp te begeleiden.'

'Maar ik ging ook net die kant op! Ik laat zelden een dag voorbijgaan zonder van het water te drinken. Het is zo vreselijk heilzaam,' zei Mr Maitland. 'Zullen we samen gaan?'

Mr Maitland stak zijn arm uit naar Sophie, en met een blik op Sir Edmund legde die haar hand op de arm van Mr Maitland, omdat ze meende dat ze geen andere keus had. Ze vroeg zich af of Sir Edmund ook zijn arm zou aanbieden, maar het leek erop dat ze niet het genoegen mocht smaken de twee knapste mannen in de zaal elk aan één arm te hebben.

Sir Edmund boog alleen maar en zei: 'Aangezien u al een escorte hebt, Miss Lattimore, verzoek ik u mij te excuseren. Tot ziens.'

Sophie was teleurgesteld over het vertrek van Sir Edmund, maar merkte dat ze niet veel tijd kreeg om zijn afwezigheid te betreuren, aangezien Mr Maitland bijzonder spraakzaam en charmant was en vastbesloten leek haar te amuseren.

Cecilia vond háár escorte lang niet zo vermakelijk. Ze stonden al een hele poos bij de pomp voordat Sophie er arriveerde. Lord Courtney had galant een glas voor Cecilia gehaald, maar weigerde er zelf van te drinken.

'Niet aan mijn tante vertellen, maar ik vind het vreselijk onsmakelijk, dat spul. Het smaakt alsof het is opgewarmd in een plas langs de kant van de weg.'

Omdat hij dit zei precies op het moment dat Cecilia haar eerste slokje had genomen, had ze plotseling grote moeite om het water door te slikken en wenste ze dat hij zijn observaties voor zich had gehouden. Maar ze was zich ook bewust van het feit dat Lord Courtney de rijkste, hoogstgeplaatste heer in de zaal was, en dat andere jonge dames jaloerse blikken haar kant op wierpen. Zelfs zonder de expliciete instructies van haar moeder wist Cecilia wel dat Lord Courtney de allerbeste partij van haar generatie was en dat het haar betaamde om deze kans optimaal te benutten.

Maar hij maakte het haar absoluut niet gemakkelijk.

'Ik vraag me af of die typische geur misschien van de varkens komt,' overpeinsde hij hardop.

'De varkens?' herhaalde Cecilia.

'Dat hebt u toch vast wel gehoord. Het zwijn van een of andere zieke edelman heeft in de bronnen liggen wentelen. Ergens in de vorige eeuw. Het zouden de varkens van koning George geweest kunnen zijn. Hij heeft waarschijnlijk te veel van deze geur opgesnoven, gezien zijn mentale, eh, moeilijkheden,' zei Lord Courtney, terwijl hij met zijn vinger tegen de zijkant van zijn hoofd tikte. 'Sakkerloot, dat zou ik tegen mijn oudtante moeten zeggen. Niks geen mannelijke vitaliteit, wat u?' vroeg hij, hardop lachend om de geniale manier waarop hij de aanspraak van Lady Smallpeace weerlegd had.

Cecilia was bepaald niet belezen, maar zelfs zij wist dat het verhaal van Lord Courtney kant noch wal raakte. Ze herinnerde zich wel een verhaal over een melaatse prins en zijn varkens, maar ook al had ze bar weinig verstand van de Britse geschiedenis, ze wist wel dat de ontdekking van de bronnen minstens duizend jaar geleden had plaatsgevonden, en waarschijnlijk zelfs meer dan twééduizend. En zeker niet pas tijdens het leven van hun huidige gekke koning. En toen Lord Courtney naar het standbeeld van Beau Nash wees dat in een nis boven hen stond en zei: 'Dat daar is koning George. Heeft echt dat air van een prins-regent, nietwaar?' kon Cecilia nog net voorkomen dat ze haar water in zijn gezicht spuugde.

Dus toen Mr Hartwell op dat moment opdook, was hij in haar ogen alweer haar verlosser. Cecilia stelde hem onmiddellijk voor aan Lord Courtney, blij dat ze een excuus had om van onderwerp te veranderen voordat ze haar kalmte volledig verloor.

De twee heren wisselden beleefdheden uit en Cecilia kreeg zichzelf weer onder controle. Toen ze hen daar zo naast elkaar zag staan, realiseerde Cecilia zich dat ze de gewoonte had om de aantrekkelijkheid van Mr Hartwell schromelijk te onderschatten. Hij was zeker niet zo broeierig knap als Sir Edmund, en ook niet zo lang, maar hij had een krachtig, gezond voorkomen en hij was gespierder dan Lord Courtney, die, als hij geen burggraaf was, terecht zou worden uitgemaakt voor spillebeen.

Maar toen berispte Cecilia zichzelf onmiddellijk omdat ze überhaupt de benen van de heren had opgemerkt. Ten eerste was het reuze ongepast, en ten tweede deed het absoluut niet ter zake als het om de uiterst serieuze kwestie van het kiezen van een echtgenoot ging.

6

Sophie en Mr Maitland, die hun water hadden gedronken met slechts een minimaal vertrekken van hun gezicht, liepen net door de zaal terug naar Mrs Foster toen Mr Maitland midden in een zin stopte, en zijn aandacht ineens werd getrokken door iets of iemand. Sophie volgde zijn blik en zag tot haar verbazing Priscilla Beswick, geboren Hammond, de ruimte binnenkomen.

'Wat een knap schepseltje,' mompelde Mr Maitland, en Sophie wierp hem een geërgerde blik toe.

'Ik kan u wel voorstellen, als u wilt,' zei Sophie.

Mr Maitland meende dat Sophie enigszins beledigd was. 'Hoe kan ik interesse hebben in andere dames als jij hier bent, Sophie?' fluisterde hij, terwijl hij haar trakteerde op een van die smeulende blikken die hij tot in de perfectie beheerste.

'Dat is een intrigerende vraag,' antwoordde Sophie. 'En eentje die ik mezelf ook al eens heb gesteld.'

Mr Maitland wist even niet wat te zeggen, en daar was Sophie blij om. Ze had gemerkt dat hij weer vervallen was in de gewoonte haar voornaam te gebruiken, en deze neiging en zijn verleidelijke toon brachten haar als vanouds van haar stuk. Als een andere heer commentaar had gegeven op het uiterlijk van een andere vrouw in haar aanwezigheid, zou het haar niet hebben gestoord; ze wist best dat ze niet kon wedijveren met Priscilla Beswicks fysieke aantrekkelijkheid en was niet jaloers op haar onvoorstelbare schoonheid. Het zou onoprecht zijn als een man deed alsof hij die niet opmerkte.

Maar toen Mr Maitland Priscilla prees, en de vurigheid waarmee hij dat deed, deed het Sophie alleen maar denken aan zijn verraad van vroeger en vroeg ze zich af of hij wel echt veranderd was. Speelde hij alweer een wreed spel met haar?

Terwijl deze uitwisseling plaatsvond, had Priscilla Sophie gezien en was onmiddellijk naar haar toe gekomen. 'Miss Lattimore,' zei ze, en ze boog haar hoofd even.

'Mrs Beswick, hoe gaat het met u?' vroeg Sophie, en toen ze vernam dat het haar goed ging, stelde ze Mr Maitland voor.

'Uw toegewijde dienaar, Mrs Beswick,' zei Maitland, en Sophie hield zich in en rolde niet met haar ogen. Het was weliswaar een onschuldige platitude, maar die hoefde hij toch niet zo enthousiast te brengen?

Priscilla was blijkbaar net zo onder de indruk van Mr Maitland als hij van haar en ze schonk hem een stralende glimlach.

'Is Mr Beswick bij u in Bath?' vroeg Sophie, die van mening was dat Priscilla eraan herinnerd moest worden dat ze al getrouwd was.

'Charles?' vroeg Priscilla, alsof er een andere Mr Beswick was naar wie Sophie zou kunnen verwijzen. 'Nee, hij is niet mee. Hij is thuis, in Devon. Hij reist zelden. Hij verkiest het platteland boven de stad,' zei ze op verbaasde toon, alsof dat een onbegrijpelijke voorkeur was.

'Als hij een verstandig man was, dan zou hij toch zeker liever daar zijn waar zijn charmante echtgenote vertoeft,' zei Maitland, en Sophie rolde nu toch enigszins met haar ogen, ervan overtuigd dat de andere twee het toch niet zouden merken. En dat deden ze inderdaad niet, want ze waren helemaal in beslag genomen door elkaar. Sophie moest toegeven dat ze een interessant plaatje vormden, want ze waren twee van de fraaiste exemplaren van hun respectievelijk sekse die ze ooit had gezien, en hen samen bekijken was alsof ze een schilderij van Boucher of Fragonard tot leven zag komen.

'Het is fijn u te zien, Mrs Beswick, maar zo te zien maakt mijn gezelschap zich op om te vertrekken,' zei Sophie, knikkend naar de plek waar Mrs Foster en Cecilia stonden te wachten. 'Ik moet afscheid van u nemen. Ik hoop u nog eens te zien nu u in Bath bent.'

'Maar, Miss Lattimore, ik sta erop dat we elkaar weer ontmoeten, dus u hoeft niet tevergeefs te hopen,' zei Priscilla. 'Ik zal u een bezoek brengen. Waar verblijft u?'

Sophie gaf haar het adres en Priscilla antwoordde net dat ze heel dicht in de buurt van Sophie logeerde, namelijk op Catharine Place, toen Mrs Foster en Cecilia zich bij hen voegden. Voor Mrs Foster was het de eerste kennismaking met Priscilla Beswick, maar Cecilia kende haar goed, al was dit hun eerste ontmoeting sinds Lord Fitzwalter met Cecilia's vriendin Lucy was getrouwd in plaats van met Priscilla, en dus voelde Cecilia zich een beetje ongemakkelijk. Maar Priscilla lachte en maakte grapjes en complimenteerde Cecilia alsof ze al jaren boezemvriendinnen waren in plaats van slechts vage kennissen.

Nadat ze de Pump Room hadden verlaten en wachtten op de draagstoel voor Mrs Foster, wendde Cecilia zich verbaasd tot Sophie. 'Waarom zou Priscilla Beswick naar Bath gekomen zijn, denk je? Dat is heel eigenaardig, aangezien ze nog maar pas getrouwd is. En ze reisde hier alleen naartoe, zonder haar man. Wat vind jij daarvan?'

Maar Sophie wist niet wat ze ervan moest denken. Ze wist alleen dat het leek alsof Priscilla Beswick niet helemaal gelukkig was met haar huwelijk. En dat ze misschien vond dat Sophie daar schuldig aan was.

Nadat de dames naar hun logement waren teruggekeerd, had Mrs Foster veel te vertellen over de activiteiten van die ochtend

'Cecilia, ik was erg blij met je uiterlijk en gedrag vanmorgen. Het was duidelijk dat Lord Courtney net zo opgetogen was.'

'Lord Courtney,' zei Sophie verrast. 'U hebt hém toch niet voor ogen voor Cecilia.'

Mrs Foster glimlachte welwillend naar haar nichtje. 'Sophronia, ik begrijp wel dat je misschien meent dat het een tikje... ambitieus van mij is om Cecilia aan te moedigen zo hoog te grijpen, maar in dit geval denk ik niet dat het ertoe doet dat haar bruidsschat niet groter is dan die is. Lady Smallpeace verzekerde me dat familieachtergrond haar belangrijkste overweging is bij het zoeken naar een bruid voor haar achterneef, en nu ze op de hoogte is van onze verwantschap, in combinatie met Cecilia's bescheiden en beschaafde optreden, denk ik dat ze in haar wel zeker een geschikte echtgenote voor Lord Courtney zou zien.'

'Maar... wat doen familieachtergrond en fortuin ertoe als er geen tedere gevoelens zijn? Cecilia, je wilt me toch niet vertellen dat je geïnteresseerd bent in Lord Courtney?'

Voordat Cecilia kon antwoorden, zei Mrs Foster: 'Sophronia! Ik begin te geloven dat de populariteit die je de laatste tijd geniet je naar het hoofd is gestegen, precies zoals Lady Smallpeace al had voorspeld! Het is waar dat jouw tussenkomst namens Lord Fitzwalter goed uitgepakt heeft; Priscilla Hammond bezat alleen haar schoonheid ter aanbeveling en was duidelijk een onverstandige keuze voor een heer met de standing van Lord Fitzwalter. Maar in het algemeen dienen dergelijke zaken aan oudere en wijzere familieleden te worden overgelaten. Een verloving mag niet uitsluitend of zelfs niet primair worden aangegaan op basis van gevoelens, die in de loop van de tijd kunnen vervagen. Als Cecilia met Lord Courtney trouwt, wordt haar zoon een burggraaf!'

Sophie wilde heel graag antwoorden: 'En een idioot', maar ze had het gevoel dat haar tante dan nog ontstemder zou raken. En het was waar dat, hoewel Lord Fitzwalter en Lucy gelukkig leken te zijn, Sophies inmenging in de zaken van Priscilla en Charles Beswick niet zo goed voor hen leek uit te pakken, dus ze kon zeker niet beweren een expert te zijn in dit soort aangelegenheden. Bovendien zag Sophie er niet het nut van in om op eventuele problemen vooruit te lopen; het was nog vroeg en Lord Courtney zou misschien niet over de brug komen. In dat geval zou Cecilia hoogstwaarschijnlijk de hofmakerij van Mr Hartwell serieuzer nemen, die volgens Sophie veel beter bij haar nichtje paste. Dus besloot ze voorlopig haar mond te houden, hoewel ze het zeer oneens was met de opvattingen van haar tante.

Mrs Foster was echter nog niet klaar. 'Nu we het toch over dit onderwerp hebben, Sophronia, wil ik je gelukwensen met je verbintenis met Mr Maitland.'

'Mij gelukwensen met... wát?'

'Ik besef dat hij nog niet formeel om je hand heeft gevraagd, maar het is vrij duidelijk dat hij je oprecht het hof wil maken, en ik weet dat je lieve ouders blij zouden zijn geweest dat je zo goed terechtkomt.'

'En hij is zo knap, nicht! Niet dat dat van belang is, natuurlijk,' eindigde Cecilia mistroostig, zich herinnerend dat haar nieuwe beau in dat opzicht niet iemand was om mee te pronken.

'Knap trekt knap,' verklaarde Mrs Foster, al snapte Sophie niet wat dat met hun gesprek te maken had.

'Er is geen sprake van een op handen zijnde verloving, tante Foster. Ik begrijp niet hoe u daarbij komt.'

'Nou, als dat niet zo is, dan vind ik je gedrag op zijn zachtst gezegd nogal impertinent. Ik was gedwongen om Lady Smallpeace het idee te geven dat je met je aanstaande aan de wandel was.'

'Tante Foster, ik heb liever niet dat u roddels over mij en Mr Maitland verspreidt, of over mij en enig ander heerschap. Ik heb geen weet van de intenties van Mr Maitland, en men moet niet opgeven over een verovering voordat deze daadwerkelijk is behaald!'

Dit werd Mrs Foster te gortig. Ze had nog nooit enige kritiek van haar nichtje gehoord en was zeer beledigd dat Sophie het waagde die nu te leveren. 'Wie ben jij, jongedame, om mij raad te geven over wat gepast gedrag is? Ik denk dat jij je plaats in dit huishouden bent vergeten. Misschien moet je maar eens naar je kamer gaan om je daarop te bezinnen.'

Sophie slikte elk antwoord dat ze had willen geven in, stond waardig op en liep de kamer uit. Toen ze Cecilia passeerde, zag ze hoezeer haar jonge nichtje van streek was. Maar Sophie kon zich er niet toe brengen geruststellend naar haar te glimlachen. Daarvoor was ze zelf te overstuur.

Ongeveer een uur later klopte Cecilia op de deur van Sophies kamer voordat ze naar binnen glipte. Ze trof haar nicht liggend op het bed, hoewel ze niet sliep. Cecilia ging naast haar op de rand van het bed zitten.

'Sophie, het spijt me zo, maar ik weet dat mijn moeder de beste bedoelingen heeft. Zij en ik meenden allebei dat jij en Mr Maitland een zekere verstandhouding hadden, want hij kijkt je zo vol genegenheid aan. Alsof hij al jarenlang een warm plekje voor je in zijn hart heeft.'

'Terwijl hij getrouwd was met een andere vrouw en zij zijn kinderen baarde?' vroeg Sophie sarcastisch.

Cecilia bloosde en keek weg. 'Ik geef toe dat ik het niet helemaal begrijp. Hij lijkt respect voor je te hebben, maar zoals je zei, hij is met iemand anders getrouwd. Was je te jong toen hij je vroeger kende?'

Sophie zuchtte en ging rechtop in bed zitten. 'Nee, ik ben het die me moet verontschuldigen. Als ik mijn geschiedenis met Mr Maitland uit de doeken had gedaan, was mijn tante misschien niet tot haar aannames gekomen. Maar het is echt zo dat ik hem zelf niet zo goed begrijp.'

Sophie zweeg even en Cecilia wachtte zonder iets te zeggen tot ze verder zou gaan, zelfs toen de stilte iets te lang leek te duren. Cecilia begon te beseffen dat de vroegere omgang van haar nicht met Mr Maitland enigszins pijnlijk was geweest, en ze wilde haar niet nog meer van streek maken door voor haar beurt te spreken.

'Ik was even oud als jij; ik was net achttien toen hij mijn vader kwam bezoeken, die hij had ontmoet toen ze allebei voor de Oost-Indische Compagnie werkten. Ik was kort ervoor gedebuteerd en was redelijk populair. Natuurlijk had ik geen groots Londens debuut zoals jij, maar op plaatselijke bijeenkomsten en privébals was mijn balboekje altijd gevuld, vooral door één jongeman. Hij was niet onstuimig of romantisch, maar we waren vrienden en het leek mogelijk dat het iets meer zou worden... totdat Mr Maitland opdook.

En Mr Maitland was wél onstuimig en romantisch, dus ik vergat die andere jongeman al snel en bracht in plaats daarvan al mijn tijd met Mr Maitland door. We gingen uit rijden in zijn rijtuig, naar diner dansants; we verkeerden zo veel mogelijk in elkaars gezelschap en flirtten enthousiast met elkaar, maar wel binnen de grenzen van het fatsoen. Het was heel duidelijk dat hij me het hof maakte, en de mensen om ons heen dachten dat het een kwestie van tijd was voordat onze verloving werd aangekondigd. Net als ik.' Sophie glimlachte vol zelfspot. 'In plaats van zijn verloving met mij aan te kondigen, verliet hij de streek en maakte wat later zijn verloving met een andere jonge vrouw bekend. Ik hoorde er toevallig van via een wederzijdse kennis; hij had niet het fatsoen om het me zelf te vertellen. Mijn vader wilde hem achternagaan en hem de les lezen, maar ik smeekte hem de kwestie te laten rusten, want het zou alleen maar tot nog meer geklets leiden als hij Mr Maitland zou opzoeken. En ik was ook bang dat er een duel van zou komen en dat papa dan gewond zou raken of zelfs gedood werd. Hoe kon ik met mezelf leven als mijn dwaasheid te denken dat Mr Maitland verliefd op me was, zou resulteren in het letsel of de dood van een ander? Dat was het niet waard. Maar ik ontdekte dat de populariteit die ik vóór de komst van Mr Maitland had genoten, met zijn vertrek volledig verdampte. Er gingen veel geruchten dat ik hem had afgewezen, en mijn gedrag, dat volkomen acceptabel zou zijn geweest als onze verloving was aangekondigd, werd als zeer impertinent beschouwd gezien het feit dat de man in kwestie zich verloofde met een andere dame.

De uitnodigingen droogden op, en op de weinige bijeenkomsten waar ik naartoe ging, vroeg niemand me ten dans. Stoppen met uitgaan was minder pijnlijk, vooral toen de gezondheid van mijn vader begon te verslechteren. Dus werd ik wat je nu voor je ziet: een ouwe vrijster die zich ophoudt in de schaduw, en wier enige grote liefde besmet is door het schandaal.'

Cecilia bleef nog een moment zwijgend zitten, verbijsterd door wat ze had gehoord. 'Nicht, ik vraag me af waarom je hem niet direct in zijn gezicht hebt geslagen of hem de rug toekeerde toen je hem weer zag.'

Sophie glimlachte. 'Die vraag heb ik mezelf ook gesteld. Ik was zo overrompeld, en toen vroeg hij me ten dans, alsof er niets gebeurd was, en ik wilde die oude roddels niet aanwakkeren.' Ze haalde haar schouders op. 'En ik vraag me nog steeds af of er een verklaring is die hem vrijpleit van schuld. Die zou ik dan erg graag van hem horen. Vooral omdat ik hem de afgelopen tien jaar als mijn verloren liefde ben gaan zien.'

'Ik weet niet of er iets is wat hem vrij kán pleiten,' zei Cecilia, en Sophie herinnerde zich hoe het was om achttien te zijn en zo'n oprechte verontwaardiging te voelen.

'Het is niet allemaal zijn schuld. Hij weet waarschijnlijk niet eens hoe ik werd behandeld na zijn vertrek. En het is heel gemakkelijk om dingen vanuit je eigen gezichtspunt te bekijken. Misschien vond hij het niet meer dan een onbeduidende flirt en heeft hij niet het gevoel dat hij mij onrecht heeft aangedaan.'

'Maar om je op zo'n manier aan het lijntje te houden...'

'Ja, dat is inderdaad wat ik hem niet echt kan vergeven. Misschien verbeeldde ik me zijn gevoelens voor mij, maar hij moet hebben geweten dat ik verliefd op hem was. Ik was te weinig vrouw van de wereld om dat te verhullen. En ik was pas achttien, terwijl hij zesentwintig was. Dus zeer zeker oud genoeg om in te zien dat hij het hoofd van een dwaas jong meisje op hol had gebracht.'

'En ben je nog steeds verliefd op hem?' vroeg Cecilia.

Sophie dacht hier even over na. 'Ik weet niet wat ik precies voel, maar er speelt nog steeds wel íéts tussen ons. Ik weet zelf niet wat het is, ik weet niet hoe ik het moet omschrijven, behalve dat er een soort van... pijn is als hij bij me in de buurt is. En ik ben bang dat hij mijn hart opnieuw zal breken.'

'Maar... wat als hij deze keer wél met je wil trouwen?'

Sophie stond op van het bed en liep naar het raam.

Het was gaan regenen, een plotseling onweer, terwijl tegelijk de zon nog scheen. Zonweer. Als ze bijgelovig was, zou ze er misschien iets in lezen, maar dat was ze niet, en ze had al genoeg moeite om haar leven te begrijpen zoals het was zonder er weerfenomenen bij te betrekken. 'Ik weet het niet,' zei Sophie, net toen Cecilia begon te denken dat ze geen antwoord zou geven. 'Het liefst zou ik zeggen dat ik hem dan zou weigeren, maar ik weet het gewoon niet. Hij zou me al de dingen bieden die ik heb gemist: een huwelijk, kinderen, een thuis.' Sophie draaide zich om en keek Cecilia aan. 'Ik wil me niet beklagen; je moeder was heel vriendelijk om me in huis te nemen, en ik ben jullie echt dankbaar. Maar het is een precair en onzeker bestaan om voor het dak boven je hoofd van anderen afhankelijk te zijn, en hoewel ik een plek heb om te wonen, heb ik niet het gevoel dat ik een echt thúís heb. En als alleenstaande vrouw zonder kapitaal is de kans dat ik dat ooit nog krijg heel klein. Een huwelijk zou me dat tenminste bieden.'

Cecilia had het gevoel dat ze haar nicht voor het eerst echt zag. En dan te bedenken dat Sophie al zes jaar bij hen woonde terwijl Cecilia nooit had geweten dat ze zich zo voelde. Ze sprong op van het bed en rende naar haar toe om haar te omhelzen. 'Nicht, het spijt me zo. Ik beloof je dat dit gaat veranderen. Wij zíjn jouw familie en je hébt een thuis bij ons.'

Ze huilden allebei een beetje en ze moesten lachen tegelijkertijd, en Sophie had het gevoel alsof ze zélf een zonweersbui was. Toen ze zichzelf weer onder controle had, zei ze: 'Cecilia, jouw geval is totaal anders dan het mijne, maar je kunt wel profiteren van mijn fouten. Je moet echt niet het gevoel hebben dat je haast moet maken. Als ik me niet zo snel had ingebeeld dat ik verliefd was op Mr Maitland, dan had ik mezelf niet blootgesteld aan een dergelijke teleurstelling en vernedering. Jij hebt financiële zekerheid en een gelukkig thuis. Je hoeft nog niet te trouwen, en je kunt gerust de tijd nemen om te beslissen of en met wie je dat zou willen doen.'

Cecilia knikte, maar kon haar nicht niet echt aankijken, en Sophie besefte dat ze waarschijnlijk geen advies wilde aannemen van een verarmde oude vrijster die net zelf had verkondigd dat ze een vruchteloos bestaan leidde.

'Wat gaat je doen aan Mr Maitland?' vroeg Cecilia.

'Ik zal veel voorzichtiger zijn dan ik de eerste keer was. Het verontrustte me zeer om je moeder dezelfde dingen te horen zeggen die tien jaar geleden over mij werden gezegd, en ik weiger om nog eens het onderwerp te worden van dat soort roddels. Ik zal hem heel duidelijk maken dat er met mij niet meer te spelen valt.'

Maar het was gemakkelijker die woorden uit te spreken dan ernaar te handelen, merkte Sophie. Mr Maitland dook weer overal op waar zij was, en ze vond het moeilijk om een evenwicht te vinden tussen belangeloze vriendelijkheid tonen en het aanmoedigen van zijn avances. Hij leek haar nog ijveriger het hof te maken dan de eerste keer, en het voelde wel alsof hij oprecht was waar het zijn genegenheid voor haar betrof. Sophie begon te geloven dat hij tien jaar geleden echt van haar had gehouden, maar door het fortuin van zijn overleden vrouw was verleid om een veel gunstiger huwelijk te sluiten. Misschien was het verstandig om te doen wat Cecilia geadviseerd had en het contact met hem helemaal te beëindigen, maar een deel van haar kwam nog steeds in de verleiding. Ze had ooit van hem gehouden en had dolgraag zijn vrouw willen worden, en nu kreeg ze een tweede kans. Zou het niet dwaas van haar zijn om die kans weg te gooien en terug te keren naar haar vroegere lege bestaan als arme inwonende nicht?

Al moest gezegd worden dat haar situatie in het huis van haar tante was verbeterd en zelfs steeds beter werd. Cecilia had met haar moeder gesproken, en hoewel Mrs Foster nooit echt lief voor Sophie zou zijn – dat lag gewoon niet in haar aard – had Sophies verhaal wel degelijk het medeleven van haar tante gewekt. En als Mrs Foster iets begreep dan was het wel dat de hele toekomst van een dame werd bepaald door haar kansen op een huwelijk met een goede partij. En het was geen geheim dat een heer met de genegenheid van een jongedame kon spelen, haar reputatie kon ruïneren zonder zelf daarvan nadelige gevolgen te ondervinden. Dus hoewel Mrs Foster zich nooit zou verwaardigen zich te verontschuldigen bij haar nichtje, onthield ze zich van verdere gesprekken over de man die haar nichtje het hof maakte, zowel in het openbaar als privé.

Sophie besloot uiteindelijk dat ze het best het advies kon opvolgen dat ze zelf aan Sir Edmund had gegeven toen die haar had gevraagd hoe hij een jongedame kon leren kennen zonder onvervulde verwachtingen te wekken. Sophie besloot dat ze niet met Mr Maitland zou omgaan zoals ze had gedaan toen ze jong en dwaas was, maar in plaats daarvan alleen tijd met hem zou doorbrengen in het gezelschap van anderen. Ze werd daarbij geholpen door een onverwachte bondgenoot: Mrs Priscilla Beswick.

Mrs Beswick leek altijd op te duiken wanneer Sophie en Mr Maitland samen waren, en hoewel Mr Maitland haar niet zoveel aandacht schonk als Sophie, leek Priscilla zeker te genieten van de aandacht die zij van hem kreeg.

Sophie moest uiteindelijk concluderen dat Priscilla, die het heerlijk had gevonden dat ze het populairste meisje in Londen was geweest, de ruil voor de titel 'Mrs Beswick' niet bevredigend vond.

Sophie hoefde zich niet lang af te vragen waarom Priscilla Beswick naar Bath was gekomen, want al snel bracht die haar beloofde bezoek en trof Sophie alleen thuis. Cecilia en Mrs Foster waren naar de Pump Room gegaan om Lady Smallpeace, Lord Courtney en Lady Mary te ontmoeten, maar Sophie had besloten dat ze genoeg had van de Edele Ezelsveulens (zoals ze hen in gedachten noemde) en bleef liever thuis om te lezen.

Met tegenzin legde ze haar boek weg toen Priscilla werd aangekondigd. Ze stond echter op van haar stoel om haar de hand te schudden voordat ze Priscilla uitnodigde te gaan zitten en haar wat te drinken aanbood.

Toen de bediende de kamer had verlaten, wendde Priscilla zich tot Sophie met een ernstige uitdrukking op haar gezicht. 'Miss Lattimore, ik moet bekennen dat ik met opzet ben gekomen omdat ik u alleen wilde spreken. Toen ik u niet in de Pump Room zag met de dames Foster, hoopte ik al dat ik u hier alleen zou treffen.'

Sophie vond deze bekentenis enigszins alarmerend. Ze kon geen enkele reden bedenken waarom Priscilla Beswick haar privé zou willen spreken, behalve om op haar te foeteren omdat ze zich met haar zaken had bemoeid. Dus glimlachte ze zo bemoedigend als ze kon en hoopte dat het geen lang bezoek zou worden.

'U zult zich vast afvragen waarom ik u wilde spreken, maar ik wil graag dat u eerst mijn vragen beantwoordt voordat ik antwoord geef op die van u. Hoe wist u, zoals u schreef in uw brief aan Lord Fitzwalter, dat ik gehecht was aan een andere heer? Hebt u misschien occulte krachten? Want zelfs onze meest intieme vrienden waren niet op de hoogte van ons geheim.'

Sophie besefte dat ze deze vraag had kunnen verwachten. Het moest voor Priscilla oprecht een raadsel zijn hoe iemand die ze nauwelijks kende weet kon hebben van haar privéaangelegenheden. 'Ik moet me verontschuldigen, Mrs Beswick. Het lijkt waarschijnlijk een afschuwelijke inbreuk op de privacy dat ik uw geheim heb ontdekt. Dat was per ongeluk, dat verzeker ik u, en ik heb het niemand anders verteld dan Lord Fitzwalter. En zelfs hem heb ik niet de naam gegeven van de heer...'

'Dat weet ik wel, Miss Lattimore. Lord Fitzwalter las me de brief voor. Althans, hij las me het gedeelte voor dat op mij van toepassing was.' Priscilla stond op van haar stoel en begon door de kamer te ijsberen. 'Hij was erg vriendelijk. Hij zei dat hij mijn woord boven dat van een anonieme briefschrijver zou stellen. Maar toen hij me rechtstreeks vroeg of ik mijn hart al aan iemand had geschonken, kon ik niet tegen hem liegen.' Priscilla trok een grimas. 'Hoewel ik me achteraf wel heb afgevraagd of ik dat niet beter wel had kunnen doen.'

Sophie begon aan een onsamenhangende verontschuldiging, maar Priscilla legde haar met opgestoken hand het zwijgen op. 'U hoeft zich niet te verontschuldigen. Ik moet toegeven dat ik boos was over uw inmenging, maar ik kon u vergeven toen ik inzag dat het mijn christenplicht was om dat te doen.' Sophie vond dit niet echt een heel overtuigende vergiffenis. 'Maar ik moet weten,' vervolgde Priscilla, 'hoe u de waarheid over mij en Charles hebt ontdekt? Dat ik dat niet weet is om gek van te worden. Toen Lord Fitzwalter me hiermee confronteerde, wist hij ook niet wie de brief had geschreven, dus ik dacht dat ik gedoemd was in onwetendheid te blijven. Maar toen schreef een Londense vriendin me dat u het was en ik móést gewoon weten hoe u erachter bent gekomen.'

Sophie schaamde zich het te moeten bekennen en wenste dat ze een charmantere verklaring had voor haar gedrag. 'Ik was de onzichtbare getuige van een woordenwisseling tussen u en Mr Beswick op een bal. Ik was naar een balkon gegaan voor wat frisse lucht, en u kwam ook naar buiten en begon te praten voordat ik mijn aanwezigheid kenbaar kon maken. En vervolgens was u even snel ook weer verdwenen.'

'O jee,' zei Priscilla, rood van schaamte. 'Ik weet naar welke woordenwisseling u verwijst; Charles woonde tijdens mijn seizoen in Londen maar één bal bij, maar ik kan me niet precies herinneren welke woorden we toen hebben gewisseld. Ik denk dat ik me gelukkig mag prijzen dat u de inhoud van ons gesprek met niemand hebt gedeeld.'

'Dat zou ik natuurlijk nooit doen! En ik zou het niet op mij hebben genomen die brief te schrijven als ik me niet bewust was geweest van Miss Barretts liefde voor Lord Fitzwalter en van het feit dat uw gehechtheid aan hem niet zo sterk leek te zijn. Maar ik heb me misschien vergist?' vroeg Sophie, die immers uit eigen ervaring wist dat andermans observatie niet altijd de beste indicatie was als het om persoonlijke gevoelens ging, en ze begon er ineens spijt van te krijgen dat ze zich in de hele affaire had gemengd.

'Nee, u verkeerde terecht in de veronderstelling dat mijn gevoelens voor Charles sterker waren dan die voor Lord Fitzwalter. Maar...' – en Priscilla liep snel de kamer door om naast

Sophie op de bank te gaan zitten en haar handen vast te pakken – 'Miss Lattimore, heb ik me misschien niet vergist in mijn gevoelens? Ik dacht dat die brief een antwoord was op mijn gebed, want hij stelde me in staat eerlijk mijn gehechtheid toe te geven en mijn hart te volgen, maar wat als mijn hart het mis had? Wat als mijn grootste geluk niet bij Charles ligt, zoals ik dacht, maar toch bij Lord Fitzwalter?' Op fluistertoon vervolgde ze: 'Misschien heb ik wel al het toekomstig geluk dat ik ooit dacht te zullen bezitten stukgemaakt.'

En toen welden er tranen op in die kristalheldere groene ogen die Sophie zo droevig en vol emotie aanstaarden.

Sophie bedacht dat dit misschien wel het meest ongemakkelijke moment was dat ze ooit had meegemaakt. Haar handen, die klam waren van het zweet, werden tussen die van Priscilla Beswick geklemd, die veel te dichtbij zat en in Sophies ogen staarde alsof ze op zoek was naar antwoorden waarvan Sophie wist dat ze die niet had. En toch had ze het gevoel dat ze niet de eerste kon zijn die haar blik mocht afwenden, aangezien Priscilla dat dan zou kunnen opvatten als een afwijzing van haarzelf en van de vertrouwelijkheden die ze deelde. Dus zat Sophie er zo eindeloos lang buitengewoon ongemakkelijk bij in die opgelegde nabijheid. Zo dichtbij dat ze de gerookte haring kon ruiken die Priscilla kennelijk bij het ontbijt had genuttigd, en ze vroeg zich af of Priscilla dit zelf niet ongemakkelijk vond. Toen trok Priscilla zich eindelijk terug en Sophie maakte van de gelegenheid gebruik om nog verder bij haar vandaan te schuiven terwijl Priscilla bezig was haar ogen droog te betten met haar zakdoek.

'Neem me niet kwalijk, Miss Lattimore,' zei Priscilla, nadat ze zich herpakt had. 'Het was niet mijn bedoeling om mijn hart op deze manier te luchten.'

Sophie wenste vurig van niet, maar begon zich af te vragen of Priscilla misschien dol was op dramatische scènes met zichzelf in de hoofdrol. Sophie vond het vreemd dat zo'n mooie jonge vrouw zo naar aandacht hongerde dat ze die zocht zodra ze de kans kreeg, maar toch bleek dit het geval te zijn. Niettemin leek Priscilla oprecht van streek en Sophie bedacht dat ze geen keus had en wel moest proberen haar te helpen, aangezien het om te beginnen allemaal haar schuld was omdat ze haar neus in Priscilla's zaken had gestoken.

Priscilla legde Sophie uit dat zij en Charles Beswick elkaar al hun hele leven kenden, maar pas toen Charles thuiskwam van school en de bijna volwassen Priscilla had gezien namen de zaken een romantische wending. Het bleek alleen dat Charles' idee van romantiek niet overeenkwam met dat van Priscilla, zoals ze Sophie uitgebreid liet weten.

'Ik heb een gloednieuwe uitzet laten maken door Madame Devy in Bond Street. U weet hoe voortreffelijk haar ontwerpen zijn, Miss Lattimore! Welnu, mama moest bijna een week zeuren om mijn vader zover te krijgen dat hij haar die opdracht gaf. Hij vond dat de kleren die ik voor mijn debuut had laten maken wel voldoende waren. Mannen! Maar ik dwaal af. Het punt is dat ik sinds onze bruiloft geen gelegenheid meer heb gehad om mijn nieuwe uitzet te dragen! Dat wil zeggen, niet voordat ik hier kwam, naar Bath.' Ze zweeg even om de rok van haar prachtige wandeljapon liefdevol glad te strijken voordat ze Sophie vragend aankeek.

'Beeldig. Heel chic,' mompelde Sophie, en dat leek Priscilla tevreden te stellen, want ze hervatte haar verhaal. 'Charles regelde een huwelijksreis naar het jachthuis van zijn broer; een somber, ellendig, piepklein huisje in de wildernis en nergens in de wijde omtrek enig gezelschap te bekennen.'

'Misschien wilde hij die tijd alleen met u doorbrengen,' opperde Sophie.

'Als dat zo is, heeft hij daar niets van gezegd. Hij geeft me zelden complimenten, Miss Lattimore. Je zou denken dat ik een opgedroogde oude vrijster ben, zo weinig lieve woorden krijg ik van hem. Neem me niet kwalijk,' zei ze ineens. En

Sophie kon hieruit alleen maar afleiden dat Priscilla meende dat de woorden 'opgedroogde oude vrijster' haar beledigd hadden, wat niet zo was totdat Priscilla zich begon te verontschuldigen. Voordat Sophie kon reageren, vervolgde Priscilla: 'Mr Fitzwalter zei er áltijd iets van als ik een nieuwe jurk droeg en benoemde zelfs het effect van bepaalde kleuren op mijn teint.'

'Maar Mrs Beswick, u kunt niet verwachten dat het huwelijk een constante stroom van complimenten over uw uiterlijk met zich meebrengt!' Priscilla leek het niet eens te zijn met deze stelling en keek dan ook verbaasd. Sophie besloot dat ze het over een andere boeg moest gooien. 'Waarom was u dan zo verliefd op Mr Beswick? Waar spraken jullie over toen jullie elkaar het hof maakten?'

Priscilla zuchtte en haar gezicht kreeg een dromerige uitdrukking. Sophie was wat bemoedigd; dit leek haar toch een positief teken. 'Hij vertelde me dat het leek alsof in de tijd dat hij op school zat een onhandig kalf was veranderd in een prijskoe van het Zuid-Devon-ras. Vanwege mijn haar, begrijpt u wel,' zei Priscilla zedig. En hoewel Sophie zich realiseerde dat het Zuid-Devon-ras beroemd was om zijn koperen vacht en Priscilla's haar een vergelijkbare licht roodbruine tint had, vond ze het niet verwonderlijk dat Priscilla zich beklaagde over het gebrek aan complimenten.

Maar Sophie was niet van plan om op Charles' gebreken als minnaar te wijzen. Er moest iets zijn wat deze twee bij elkaar had gebracht; iets waar een toekomstige relatie op gebaseerd zou kunnen zijn.

Iets anders dan Priscilla's gelijkenis met Charles' favoriete koeienras.

7

Sophie was de andere taak die ze met tegenzin op zich had genomen niet vergeten, namelijk een potentiële bruid vinden voor Sir Edmund. Ze wist niet wat ze moeilijker vond: Priscilla helpen met haar huwelijk of Sir Edmund áán een huwelijk helpen. Maar Sophie wilde de vriendschap van Sir Edmund niet verliezen, ze begreep zijn dilemma maar al te goed en waardeerde dat hij zich ervan bewust was dat hij een andere dame niet moest aandoen wat Sophie was aangedaan. Dus in de loop van de volgende weken begon ze serieus te zoeken naar een passende aanstaande.

Terwijl ze daarmee bezig was, merkte ze dat Cecilia hem weer met belangstelling bekeek. Verscheurd tussen een geweldige partij, namelijk de kleurloze Lord Courtney, of de minder welvarende en hooggeplaatste maar veel aantrekkelijkere Sir Edmund, was Cecilia duidelijk haar opties opnieuw in overweging aan het nemen. Sophie had echter niet het gevoel dat Sir Edmund en Cecilia bij elkaar zouden passen en bovendien dacht ze niet dat hij Cecilia zelf als een potentiële bruid zag. Hij schonk haar geen speciale aandacht, en was even beleefd en hoffelijk tegen haar als hij tegen haar moeder was. Hij bekeek haar niet eens op die keurende manier waarop een man soms naar een vrouw kijkt als hij denkt dat zij dat niet doorheeft. (Natuurlijk waren er mannen die er niet om maalden of ze betrapt werden op het openlijk keuren van een dame, maar Sir Edmund behoorde daar beslist niet toe.) Uiteindelijk leek Cecilia echter tot dezelfde conclusie te komen als Sophie wat betreft Sir Edmunds gebrek aan interesse in haar, aangezien alle toenaderingen die ze deed om zijn aandacht te trekken op niets uitliepen. Hij begroette hen met een beleefde glimlach, en wendde zich meestal vervolgens tot Sophie, en niet tot Cecilia.

Sophie was dankbaar dat Sir Edmund haar bijna net zo vaak opzocht als Mr Maitland. Ze merkte dat zijn aanwezigheid de aandacht van Mr Maitland minder deed opvallen, en zo kon ze zich wat ontspannen zonder zich zorgen te hoeven maken dat ze hetzelfde schandelijke lot zou ondergaan als op haar achttiende mocht Mr Maitland zich andermaal niet aan haar willen binden. En ze wist nog steeds niet welk antwoord ze zou geven als hij haar een aanzoek zou doen, dus ze waardeerde het oprecht dat ze door Sir Edmunds onverwachte aandacht de vrijheid kreeg om in alle rust tot een besluit te komen.

Sophie en de Fosters waren al bijna een maand in Bath en hadden hun kennissenkring inmiddels zo uitgebreid dat ze bijna overal bij naam werden begroet. Ze hadden er een gewoonte van gemaakt om elke ochtend naar de Pump Room te gaan, en dit bleek ook de gewoonte te zijn van de meeste van hun kennissen. 's Avonds werd er gedanst in de Assembly Rooms, of waren er besloten diners of concerten.

Het was op een ochtend in de Pump Room dat Sophie werd voorgesteld aan een uitstekende huwelijkskandidate voor Sir Edmund.

Miss Emily Woodford was de op één na oudste dochter van een herenboer met een groot gezin en was naar haar grootmoeder in Bath gestuurd om de huwelijksmarkt op te gaan. Ze was ouder dan Cecilia maar jonger dan Sophie; Sophie ontdekte later dat ze tweeëntwintig was. Miss Woodford was niet rijk, en haar grootmoeder ook niet; de twee vrouwen leefden zeer bescheiden. Maar Sir Edmund had nooit gezegd dat hij zich een rijke bruid wenste, en Sophie dacht op basis van hun eerdere gesprek niet dat rijkdom (of het gebrek daaraan) zelfs maar een overweging was bij zijn keuze.

Emily Woodford was lang niet zo mooi als Priscilla Beswick, maar ze zag er heel aantrekkelijk uit met haar honingblonde haar en donkere ogen. En hoewel haar kleding niet duur was, gaf die duidelijk blijk van haar goede smaak en flatteerde haar zeer. Ook haar grootmoeder leek een zeer elegante, aangename vrouw, en Sophie vond dat deze twee vrouwen van meer adel blijk gaven dan Lady Smallpeace of Lady Mary, ondanks de rang en titels van die laatste twee.

Het was de eerste die Sophie op een ochtend in de Pump Room aan de Woodfords voorstelde. Mrs en Miss Woodford hadden naar Lady Smallpeace geknikt in het voorbijgaan, maar waren niet blijven staan voor een praatje totdat Lady Smallpeace hen riep.

'Wacht u eens, Mrs..' Ze zweeg en vroeg hoorbaar aan Lady Mary: 'Hoe heet deze vrouw?' En toen Lady Mary 'Woodford' fluisterde, zei ze, al even hoorbaar: 'Dat was het, ik herinner het me weer. Uitermate landelijk,' alvorens nogmaals te roepen: 'Mrs Woodford, Miss Woodford, sta mij toe u voor te stellen aan Miss Lattimore en de Fosters.' Sophie was zeer verrast dat Lady Smallpeace zich zo onverwacht tot zo'n kennismaking verwaardigde, en dacht eerst dat het een vriendelijk gebaar was, ingegeven door de wens om Sophie een beminnelijke kennis te gunnen, maar ze besefte al snel dat haar geste niet bedoeld was als een gunst maar als een manier om Sophie op haar plaats te wijzen.

'Miss Lattimore, u zult merken dat u veel gemeen hebt met Miss Woodford. Haar vader is een landjonker, en ook zij treedt op als gezelschapsdame voor een vrouwelijk familielid,' zei Lady Smallpeace, terwijl ze de dames aan elkaar voorstelde om vervolgens aan de Woodfords uit te leggen dat Sophies tante Foster 'zo ruimhartig was geweest om Miss Lattimore intrek te laten nemen in haar huis.' Omdat Lady Mary opnieuw door haar moeder heen aan het praten was door op te merken dat het weer duidelijk was omgeslagen en het die ochtend nogal ongebruikelijk koel was geweest, schreeuwde Lady Smallpeace bijna toen ze aankondigde dat Sophie 'met heel weinig inkomen' achtergebleven was, en dat ze 'veel had om dankbaar voor te zijn'.

Op dat moment keken Sophie en Miss Woodford elkaar recht in de ogen en ze zag dat de laatste geërgerd en geamuseerd tegelijk was door de capriolen van Lady Smallpeace en haar dochter. Er lag ook enig medeleven in haar blik, alsof ze begreep hoe het voelde om altijd als 'het arme familielid' te worden bestempeld. Dus toen Lady Smallpeace de Woodfords weer snel wegstuurde nadat ze hen had gedwongen te blijven staan, vroeg Sophie aan Miss Woodford of ze met haar mee mocht lopen.

De grootmoeder van Miss Woodford besloot dat ze genoeg gewandeld had en er werd een stoel voor haar gezocht; Miss Woodford bood aan haar een glas water te brengen voordat ze met Sophie naar de pomp liep.

De twee jongedames begonnen met het uitwisselen van onbeduidende maar oprechte complimenten voor elkaars kleding voordat ze overstapten op een meer diepgaand gesprek over Miss Lattimore's indrukken van Bath. Mrs Woodford woonde al vele jaren in Bath, dus Miss Woodford was er vaak op bezoek geweest en kende de stad heel goed. Ze bood aan Miss Lattimore enkele van haar favoriete wandelingen te laten zien, een uitnodiging die Sophie graag aannam.

Tegen het einde van de ochtend, die ze al converserend en de zaal op en neer kuierend hadden doorgebracht, waren de twee jonge dames heel blij kennis te hebben gemaakt met iemand die voorbestemd leek om een vriendin te worden. Ze hadden zelfs dat belangrijkste kenmerk gemeen: ze rekenden dezelfde boeken tot hun favorieten. En toen ze ontdekten dat ze die avond allebei naar de Upper Assembly Rooms zouden gaan, beloofden ze elkaar daar op te zoeken.

Het was echter een andere jongedame die Sophie aanschoot toen haar gezelschap arriveerde. Priscilla Beswick kwam naar hen toe met een aanzienlijk aantal verliefde jonge heren in haar kielzog, die ze vriendelijk voorstelde aan Cecilia voordat ze Sophie bij de arm nam en haar vroeg met haar mee te lopen naar de theesalon.

Sophie, die had gehoopt om thee te drinken met Miss Woodford, had eigenlijk geen keus, aangezien Priscilla die kant al op liep en Sophie met zich meetrok nog voordat Sophie zelfs maar de kans had gekregen om te reageren. Ze gingen aan een tafel zitten en Priscilla wendde zich gretig tot Sophie. 'Miss Lattimore, hebt u nog nagedacht over mijn situatie?'

Sophie hád erover nagedacht, maar was er zeker van dat Priscilla niet blij zou zijn met de conclusie die ze had getrokken. 'Mrs Beswick, ik vind echt dat ik me niet verder moet bemoeien met uw privézaken.'

'Noem me Priscilla, alsjeblieft. En mag ik jou Sophia noemen?' vroeg Priscilla.

'Mijn naam is Sophronia.'

Priscilla trok haar perfecte neusje duidelijk afkeurend op. Sophie zuchtte. 'Maar noem me alsjeblieft Sophie.'

'Ik wist wel, na ons vertrouwelijke gesprek van laatst, dat we elkaar spoedig bij de voornaam zouden noemen!' zei Priscilla met een tevreden glimlach op haar gezicht. Ze keek om zich heen, alsof ze wilde controleren of er niet per ongeluk een bekende binnen gehoorsafstand was, voordat ze haar stem dempte, blijkbaar van plan om nog meer geheimen te delen. 'Sophie, ik heb iets bedacht wat je zou kunnen doen. Om te helpen, bedoel ik. Omdat het immers jouw schuld is dat ik me in deze ongelukkige situatie bevind.'

Voordat Sophie kon antwoorden hoorde ze haar naam roepen. Ze keek op en zag Lady Mary naderen, en Sophie was voor het eerst sinds ze kennis met haar had gemaakt verheugd haar te zien. Ze luisterde opgewekt naar haar eindeloze overpeinzingen over de temperatuur van het theewater zonder ook maar enige behoefte haar te onderbreken. 'Het is lauw, of misschien drinkt u het altijd zo, Miss Lattimore,' zeurde Lady Mary voort. 'Mrs Beswick, geeft u ook niet de voorkeur aan een warmere temperatuur? Of is dat misschien gevaarlijk? Hemeltje, God verhoede dat u zich brandt. Dat zal vast de reden zijn waarom het water helemaal niet heet is; het is voor onze bescherming. Ik zou niet moeten klagen als het niet helemaal naar mijn smaak is, want het alternatief, nou, dat is helemaal vreselijk, nietwaar, Miss Lattimore?'

Eindelijk, na een minuut of twee verbaasd Lady Mary's lawine aan dwaasheden te hebben aangehoord, onderbrak Priscilla haar en zei: 'Wilt u mij alstublieft excuseren, maar ik geloof dat ik weer terugga naar de Assembly Rooms. Ga je met me mee, Sophie?'

En opnieuw redde Lady Mary Sophie van een ongemakkelijk gesprek met Priscilla Beswick door aan te bieden met hen mee te gaan. 'Want mijn moeder zal naar mij op zoek zijn; en echt, de thee is niet naar mijn smaak, hoewel ik niet mag klagen.'

Priscilla moet zich hebben gerealiseerd dat haar kans om met Sophie te praten verkeken was, en ze onderbrak Lady Mary's geklets opnieuw om tegen Sophie te zeggen: 'Ik kom morgenochtend bij je op bezoek. Dan kunnen we ons gesprek voortzetten.' Ze liet Sophie en Lady Mary samen achter en ging op zoek naar Mr Andrews, aan wie ze de volgende quadrille had beloofd.

Sophie was blij Miss Woodford te zien zodra ze de Assembly Rooms weer binnenkwam. Ze nam afscheid van Lady Mary en liet haar achter, want de afgelopen tijd had ze geleerd dat je, hoe onbeleefd en ongemakkelijk het ook mocht voelen, bij haar weg moest lopen als ze nog aan het woord was, want ze stopte nooit.

Sophie had net Miss en Mrs Woodford begroet toen Sir Edmund plotseling naderbij kwam om haar ten dans te vragen. Sophie accepteerde zijn verzoek, maar vroeg eerst of hij de dames Woodford al kende. Ze keek aandachtig naar Sir Edmund en Miss Woodford terwijl zij hen aan elkaar voorstelde, maar geen van beiden gaf er enig blijk van dat er een gebeurtenis van enige betekenis had plaatsgevonden. Sophie wist niet of dit haar opluchtte of teleurstelde, maar besloot uiteindelijk dat ze haar plicht jegens Sir Edmund niet vervuld had met alleen deze introductie; als ze hen wilde koppelen, dan moest ze daar meer moeite voor doen.

Dus toen de dans was begonnen en de passen Sir Edmund naar haar toe voerden, vroeg ze: 'Wat vindt u van mijn vriendin Miss Woodford? Ze is erg knap, vindt u ook niet?' Ze gingen uiteen voordat hij kon antwoorden, maar ze zag Sir Edmund achteromkijken naar Miss Woodford, alsof de vraag nog niet bij hem opgekomen was. Toen de danspassen hen weer bij elkaar brachten, zei hij: 'Heel knap. Al is er naar mijn mening een mooiere dame aanwezig.'

Sophie schatte haar eigen aantrekkingskracht niet erg hoog in en zou nooit hebben aangenomen dat hij het over haar had, en aangezien Mrs Beswick zich bij hun quadrille had gevoegd met Mr Andrews, ging ze er onmiddellijk van uit dat zij het was naar wie Sir Edmund verwees. 'Mrs Beswick is inderdaad ongeëvenaard wat schoonheid betreft, maar ze is al getrouwd,' zei ze, vastbesloten hem te wijzen op Miss Woodford als een mogelijke huwelijkskandidate.

'De dame over wie ik het heb is ongehuwd.' Aangezien hij deze keer zijn woorden vergezeld liet gaan van een veelbetekenende blik in Sophies ogen, kon zijn bedoeling haar onmogelijk ontgaan. Voordat ze echter kon reageren, stak een andere danser zijn arm door die van haar, wat haar even de tijd gaf om tot bedaren te komen. En toen ze terugkeerde aan Sir Edmunds zijde, was het bijna alsof hij haar nooit een compliment had gegeven, zo stil en ongemakkelijk leek hij. Sophie was er helemaal van in de war. Maar ze was er ook verlegen van geworden, dus ze waagde zich verder niet aan een gesprek. De rest van de dans werd in stilte uitgevoerd, al vroeg Sophie zich af of er ondertussen nog boodschappen werden overgebracht. Hield Sir Edmunds hand haar iets langer vast dan strikt noodzakelijk was toen hij die van haar beetpakte, of verbeeldde ze zich dat maar? En waarom voelde ze zich nog steeds zo aangetrokken tot Sir Edmund als ze overwoog om Mr Maitlands aanzoek te aanvaarden? Dat was buitengewoon verontrustend, en ze bedacht opnieuw hoe geestig het was dat ze bekendstond om haar vaardigheid in het koppelen van anderen terwijl ze voor zichzelf zo hopeloos was in het liefdesspel.

Al was dat natuurlijk helemaal niet geestig.

Cecilia peinsde ook over de deprimerende kwestie van het vinden van een echtgenoot. Lord Courtney was inmiddels heel duidelijk geworden waar het zijn attenties betrof, maar Cecilia wist dat dat niet noodzakelijkerwijs met haar charmes te maken had, maar omdat Lady Smallpeace het feit aanstond dat Cecilia een band had met hun familie en hem daarom aanmoedigde haar het hof te maken. (Al begreep ze niet zo goed waarom Lady Smallpeace haar mening over het belang van een gedeelde adellijke bloedlijn niet bijstelde, aangezien Lord Courtney een nogal teleurstellend specimen daarvan was en Cecilia zich weleens afvroeg of dat kwam doordat zijn ouders wat al te nauw aan elkaar verwant waren.) Ze bedacht dat Sophie misschien gelijk had toen ze zei dat Cecilia geen haast moest hebben en dat een dergelijke beslissing op iets anders moest worden gebaseerd dan op materiële of maatschappelijke vooruitzichten. Maar aan de andere kant was er het voorbeeld van Priscilla Beswick. Priscilla, die met een edelman had kunnen trouwen maar haar hart volgde en in plaats daarvan tot het platteland was gedegradeerd, als een prachtige bloem die ongezien en niet gewaardeerd achter de heggen bloeide.

Cecilia was trots op zichzelf vanwege deze diepzinnige en poëtische vergelijking en vroeg zich af of ze hem op papier moest zetten, maar net op dat moment schopte Lord Courtney haar per ongeluk – het was maar een kort schopje, niets ernstigs – en moest ze hem geruststellen dat hij haar niet bezeerd had voordat ze haar overpeinzingen kon hervatten.

Iets anders dat in tegenspraak was met Sophies advies, dacht Cecilia, was Sophies eigen voorbeeld. Als ze met haar brief niet de aandacht van de Londense society had getrokken (die haar overigens net zo gemakkelijk had kunnen veroordelen) en als de eerste Mrs Maitland niet was overleden, zou Sophie voorbestemd zijn geweest om de rest van haar leven een ouwe vrijster te blijven. En waarom? Omdat ze er niet in was geslaagd zich van een echtgenoot te verzekeren tijdens die korte tijdspanne na haar achttiende jaar waarin ze daar de kans toe had gehad. Niet dat dat haar eigen schuld was, natuurlijk; Cecilia voelde niets dan een warm medeleven met haar nicht en had nog steeds moeite om hartelijk te doen tegen Mr Maitland; maar het bewees wel dat een jongedame maar beperkt de tijd had en dat Cecilia er goed aan deed het beste te maken van haar vooruitzichten voordat die tijd verstreken was.

De quadrille was afgelopen en Lord Courtney bracht Cecilia terug naar haar moeder, waar Mr Hartwell wachtte om met haar te dansen. Cecilia was opgelucht dat ze kon stoppen met piekeren over de toekomst en kon genieten van haar dans met Mr Hartwell zonder enige druk te voelen om tot een beslissing te komen die ze niet wilde nemen. Ze waardeerde het niet-veeleisende gezelschap van Mr Hartwell zo ontzettend.

Sophie had na haar dans met Sir Edmund een dans beloofd aan Mr Maitland, en als ze gedwongen werd om de twee dansen met elkaar te vergelijken, dan zou ze moeten toegeven dat de laatste plezieriger was, aangezien Mr Maitland veel meer naar haar glimlachte dan Sir Edmund had gedaan. Maar Mr Maitland leek altijd goedgeluimd te zijn. Sophie nam aan dat dat een punt in zijn voordeel was, hoewel ze zich soms afvroeg of een weduwnaar en vader van twee kinderen niet íéts serieuzer zou moeten zijn.

En net toen die gedachte bij haar opgekomen was, werd hij inderdaad heel serieus. Tegen het einde van hun dans samen verflauwde zijn glimlach en vroeg hij zomaar ineens: 'Die Sir Edmund, wat betekent die voor jou? Is hij een aanbidder?'

En Sophie, die geïrriteerd was dat hij het recht meende te hebben om haar zo'n vraag te stellen, antwoordde: 'Ik weet het niet. U zou het hem moeten vragen. Ik heb geleerd om nergens meer van uit te gaan wat de heren betreft.'

Ze was blij te zien dat hij haar leek te begrijpen; hij leek even schuldbewust, maar nam toen snel zijn gebruikelijke hoffelijke houding weer aan. 'Je bent te bescheiden, Sophie. Het is duidelijk dat dat heerschap verliefd op je is. En geef hem eens ongelijk. Je bent ronduit aanbiddelijk.'

En ze reageerde precies zo op zijn bewonderende blik en het compliment, dat hij op zachte, verleidelijke toon had uitgesproken, als waarschijnlijk zijn bedoeling was: door te blozen en het onderwerp te laten voor wat het was en geen verklaring te vragen voor zijn eigen gedrag. Die verraderlijke pijn in haar buik, de fysieke manifestatie van dat absurde verlangen dat ze nog steeds naar hem had, baarde haar zorgen.

Toen ze terugkeerden bij Mrs Foster, troffen ze haar aan in gesprek (als het zo genoemd mocht worden) met Lady Mary en Lady Smallpeace. Sophie wilde dat ze hen eerder had opgemerkt, zodat ze die uit de weg had kunnen gaan, maar nu dat niet zo was, was ze gedwongen Mr Maitland aan hen voor te stellen.

Hij zag er zeer aantrekkelijk uit toen hij naar de twee dames glimlachte, en Sophie dacht dat zelfs Lady Smallpeace zijn charme niet zou kunnen weerstaan. En inderdaad, ze had net die scheve grimas van haar getrokken die moest doorgaan voor een lachje toen Mr Maitland een kapitale fout beging.

Hij wendde zich tot een wonderlijk zwijgzame Lady Mary en vroeg of die hem het genoegen gunde van de volgende dans.

Lady Mary werd rood en haar mond viel open van verbazing, maar voordat ze ja of nee kon zeggen, reageerde Lady Smallpeace nog veel heftiger. 'De brutaliteit! Het lef! Mijn dochter danst de wals niet, meneer!' Het was duidelijk dat Lady Smallpeace behoorde tot dat deel van de society dat de wals als een lage en immorele dans beschouwde.

'Neem me niet kwalijk,' zei Mr Maitland, nog steeds breed glimlachend. 'Ik had moeten beseffen dat ze dat niet deed, anders had ze al op de dansvloer gestaan.'

Lady Smallpeace noch Lady Mary wist wat hierop te antwoorden, en beiden staarden Mr Maitland aan alsof hij een vreemde soort was die ze nog nooit eerder waren tegengekomen. Vervolgens boog Mr Maitland ten afscheid, schonk Sophie nog een speciale glimlach, en liep bij hen vandaan. Sophie zag hem vervolgens de dansvloer op gaan met Priscilla Beswick, die een opgetogen indruk maakte met haar danspartner, en terecht, want hij was onmiskenbaar de knapste en charmantste man in de zaal.

8

Priscilla Beswick kwam de volgende ochtend bij Sophie op bezoek, zoals ze had beloofd, en Sophie had spijt dat ze geen concretere afspraak met Miss Woodford had gemaakt. Toch realiseerde ze zich dat ze Priscilla niet eeuwig uit de weg kon blijven gaan en stemde ermee in om met haar mee te lopen naar een nabijgelegen hoedenmaker. Priscilla was zo afgeleid door alle uitgestalde waren dat ze bijna vergat met welk doel ze Sophie kwam bezoeken, en Sophie moest haar eraan herinneren. Op de terugweg van de winkel kwamen ze langs enkele tuinen en Sophie stelde Priscilla voor om daardoorheen te lopen.

'Ik ben het lopen nogal beu, Sophie, maar als jij nog verder wilt lopen, er is een linnenzaak waar ik graag langs zou willen gaan...' Priscilla begon zich in die richting om te draaien toen Sophie haar tegenhield.

'Ik had het gevoel dat we meer privacy zouden hebben in de tuinen. Voor ons gesprek.'

'O! O natuurlijk! Ja! Ons gesprek. Ik ben zo blij dat je me eraan herinnert. Laten we door de tuinen wandelen.' Priscilla wendde zich echter eerst tot haar dienstmeid en vroeg die om naar het logeeradres van Miss Lattimore in Rivers Street te gaan en daar op haar te wachten. Sophie voegde eraan toe dat het meisje Jonas moest laten weten dat Miss Lattimore had gezegd dat hij haar mee moest nemen naar de keuken en haar alles moest geven wat ze maar wenste.

De meid vertrok en Priscilla ging door het hek de tuinen in, vol energie nu ze aan haar doel was herinnerd, en Sophie moest zich haasten om haar bij te houden. Ze waren het hek nog niet door of Priscilla zag een bankje en Sophie volgde haar in die richting.

'Denk je dat het te vies is om op te zitten?' vroeg ze aan Sophie, en ze keek bedenkelijk van haar smetteloze rokken naar het bankje. Sophie haalde prompt een zakdoek uit haar reticule en veegde de zitting af. Maar toen Priscilla er nog steeds met gefronste wenkbrauwen naar keek en niet ging zitten, legde Sophie de zakdoek zelf voorzichtig neer en gebaarde ze Priscilla plaats te nemen.

'Je bent zo slim, Sophie! Jij denkt ook aan alles! Dit is precies de reden waarom ik bedacht dat jij degene was die me zou kunnen helpen.' Sophie dacht dat het was omdat ze Priscilla's leven had 'verwoest' dat ze met deze ongewenste taak opgezadeld werd, maar ze was niet van plan om Priscilla daaraan te herinneren. Dus vroeg ze alleen welke hulp Priscilla van haar wenste.

'Aangezien je zo goed bent in het schrijven van brieven, dacht ik dat jij er misschien eentje aan Charles zou kunnen schrijven.' Ze moest de onmiddellijke negatieve reactie van Sophie hebben gevoeld, want ze haastte zich eraan toe te voegen: 'O, maak je geen zorgen, hij hoeft nooit te weten dat de brief van jou kwam. Het zou een anonieme brief zijn, want die schrijf je immers zo graag.'

'Maar waarom schrijft u Mr Beswick niet gewoon zelf, als u een boodschap voor hem hebt?' vroeg Sophie.

'Ik kan Charles niet schrijven. We hebben ruzie. Tijdens ons laatste gesprek zei hij dat ik niet naar Bath mocht gaan.'

'En je bent toch gekomen?'

'Wat kon ik anders, toen hij me het uitdrukkelijk had verboden? Ik kon hem toch niet laten denken dat hij iets over me te zeggen heeft?' Bij Sophies ongelovige gezicht begon Priscilla haar wat sceptisch aan te kijken. 'Ik moet zeggen, Sophie, ik begin te betwijfelen of je wel echt zoveel weet over de omgang met heren als de geruchten beweren.'

'Je hebt helemaal gelijk. Mijn expertise wordt sterk overdreven,' verzekerde Sophie haar.

Priscilla was uit het veld geslagen, maar dat duurde maar kort. 'O, nou, samen komen we er vast wel uit. Ik kan je een algemeen idee geven van wat je zou moeten overbrengen, en dan kun jij het op die elegante manier van je opschrijven. Ik twijfel er niet aan dat je dat kunt, want ik heb een voorbeeld van je werk gezien,' zei Priscilla wat somber, en Sophie besefte dat dit nog wel een poos een twistpunt tussen hen zou blijven.

'Wat is het "algemene idee" dat je wilt overbrengen?' vroeg Sophie, die besloot de belangrijkere vraag nog even uit de weg te gaan, namelijk of ze hier al dan niet haar medewerking aan zou verlenen.

'Nou, ik dacht dat als jij eens uitlegt hoe populair ik hier ben, dat alle heren in de rij staan om met me te dansen... enfin, je weet wel,' zei Priscilla. 'Je moet gewoon een beeld schetsen waaruit duidelijk wordt dat hij zo snel mogelijk naar Bath zou moeten komen.'

'Hem jaloers maken, met andere woorden,' stelde Sophie.

'Precies!' zei Priscilla tevreden. 'Misschien ben je toch niet zo onwetend als ik dacht.' Ze zei dit alsof ze Sophie een groot compliment wilde maken, en Sophie veronderstelde dat een vrouw die meende dat het romantisch was om met een koe te worden vergeleken waarschijnlijk meende dat ze iemand lof toezwaaide door te stellen dat zij toch niet zo onwetend was. 'Dus je gaat die brief schrijven?' vroeg Priscilla.

'Ik denk dat we nog eens goed moeten nadenken over die strategie,' zei Sophie, en ze ging verder voordat Priscilla kon protesteren. 'Als Charles ook maar een greintje verstand heeft, weet hij al wat je wilt dat ik hem schrijf. Ik denk niet dat het ontvangen van een anonieme brief waarin hem wordt verteld dat zijn vrouw populair is bij andere heren hem zal motiveren om naar je toe te snellen. Het is goed mogelijk dat hij boos zal zijn dat je hem blijft uitdagen of dat hij je ervan verdenkt zelf de anonieme briefschrijver te zijn. Hoe dan ook, zijn vastberadenheid om weg te blijven wordt er alleen maar groter op.'

Priscilla's teleurgestelde uitdrukking sloeg om in een blik waar ontzag en respect uit sprak. 'Ik denk dat de geruchten toch kloppen. Jij begrijpt de heren wel degelijk.'

Sophie vond dit de meest ironische uitspraak ooit gedaan, maar ze was niet van plan Priscilla tegen te spreken en haar weer aan het twijfelen te brengen. 'Ik ben ouder dan jij en heb een groot deel van die tijd observerend doorgebracht. Ik weet wel het een en ander over menselijk gedrag. Wat je moet doen is dit...'

Ze keerden terug naar het huis aan Rivers Street en toen ze ontdekten dat de dames Foster naar de Pump Room waren vertrokken, besloten ze de brief meteen maar te schrijven. Sophie had Priscilla er inmiddels van overtuigd dat het geen zin had dat Sophie de brief schreef; die moest van Priscilla zelf komen. En al had Priscilla hier zogenaamd mee ingestemd, toch moest Sophie de brief uiteindelijk voor haar schrijven, nadat ze twee vellen papier had verpest en luid en lang had geklaagd over het risico haar kleren of handen met inkt te bevlekken. Toen Sophie echter aankondigde dat ze klaar was, legde Priscilla gewillig het exemplaar van *The Lady's Magazine* neer dat ze had zitten lezen terwijl Sophie aan de brief werkte en zette zwierig haar naam onder de brief.

Priscilla keek er tevreden naar. 'Dit is mooi werk van ons, vind ik, Sophie,' zei ze, hoewel ze er zelf weinig tot niets aan had bijgedragen. 'Nu heeft Charles geen andere keuze dan te komen.'

'En ik heb je gevoelens correct uitgedrukt? Je mist hem en

verlangt naar zijn gezelschap, en betreurt het dat jullie boos uit elkaar zijn gegaan?'

'O, natuurlijk. Alles wat je schreef klonk geweldig. Hoewel ik me afvraag...'

Sophie leunde naar voren en nam de brief van Priscilla aan, in de hoop dat het niet al te moeilijk zou zijn om hem te bewerken. 'Ja?' drong ze aan.

'Denk je dat Charles het hoedje met het geborduurde sluiertje niet mooier had gevonden? Misschien had ik die moeten kopen in plaats van de Cambridge-hoed met de struisvogelveren.'

En toen begon het tot Sophie door te dringen dat deze brief haar net zoveel problemen zou opleveren als de eerste brief die ze schreef.

Hoewel Priscilla haar soms kon irriteren, begon Sophie toch een zekere genegenheid voor haar te koesteren. Ze vond dat Priscilla een beetje op een ondeugend katje leek: je wist nooit of het naar je zou blazen of zou gaan spinnen zodra je je hand uitstrekte om het te aaien, maar het zag er allebei even snoezig uit. De volgende ochtend had Sophie echter een uitje met Miss Woodford gepland en moest ze toegeven dat ze daar veel meer plezier in had. Ook zij gingen wandelen, maar naar de bibliotheek in plaats van naar de hoedenmaker, en in plaats van een ongelukkig huwelijk te bespreken hadden ze het over boeken, toneelstukken en muziek. Sophie hoorde van alles over de broers en zussen van Miss Woodford en ze benijdde haar enorm, want het klonk alsof het leven in een landhuis met vier broers en zussen zeer aan te bevelen was, ook als dat betekende dat er minder geld voor iedereen overbleef.

Ze raakten zo verdiept in hun gesprek dat ze totaal verrast werden toen het begon te regenen terwijl ze Milsom Street op en neer liepen en zonder iets te zien in de etalages tuurden.

Geen van beiden had een paraplu meegebracht en de regen was behoorlijk hevig, dus renden ze alsof ze het zo afgesproken hadden door de dichtstbijzijnde winkeldeur naar binnen, zonder te letten op wat dat voor een zaak was. Tot hun verrassing bevonden ze zich in een laarzenmakerij, eentje die een voornamelijk mannelijke klantenkring bediende, of in elk geval op het moment dat zij ademloos en druipend naar binnen holden, tot grote vreugde van de aanwezige heren.

Sophie en Emily (zoals ze elkaar inmiddels noemden) bleven een moment als aan de grond genageld staan, terwijl een van de onbehoorlijker mannen grapte dat het lieve jongedames regende. De twee vrouwen draaiden zich om en wilden weer vertrekken, maar schrokken toen ze naar de regenbui keken die nu zo hevig was dat ze met geen mogelijkheid weer naar buiten konden.

Toen hoorde Sophie een bekende stem. 'Miss Lattimore, kan ik u helpen?'

Ze draaide zich om en zag Mr Hartwell, die er in de donkere en klamme winkel engelachtiger uitzag dan ooit, met een bezorgde uitdrukking op zijn gezicht.

'O, Mr Hartwell! Wat fijn om u te zien,' zei Sophie enthousiast, en Mr Hartwell bloosde een beetje, iets wat hij al snel deed omdat hij zo licht van teint was. 'Hebt u Miss Woodford al eens ontmoet?'

En Sophie besefte eens te meer hoe volkomen onwetend ze was wat die wonderlijke alchemie betrof die fysieke aantrekkingskracht was. Want waar Sir Edmund twee avonden eerder helemaal geen enkele reactie aan Emily ontlokte, leek een kennismaking met de minder knappe Mr Hartwell haar enorm in de war te brengen.

Emily stak haar hand naar hem uit, maar trok die toen terug nog voordat hij hem kon aanvatten, maakte in plaats daarvan een buiging en verloor bijna haar evenwicht, zodat Sophie een hand uitstak om haar op te vangen, maar Mr Hartwell was haar voor, pakte Emily's arm en zei: 'Voorzichtig, Miss Woodford. De vloer is glad door de regen.'

Een uitdrukking van aanbidding verscheen op Emily's gezicht en ze zei: 'Dank u, Mr Hartwell. Het is me werkelijk een genoegen om u te ontmoeten.'

Sophie, die net uren met haar had gesproken, was nogal gealarmeerd toen ze hoorde hoe Emily dit zei op een zachte, aanminnige toon die Sophie tijdens hun eerdere gesprekken nooit had opgemerkt. Mr Hartwell werd nog roder en schraapte zijn keel. Voorzichtig haalde hij zijn hand van Emily's arm en deed een paar stappen naar achteren voordat hij zich tot Sophie richtte. 'Misschien kan ik voor de dames op zoek gaan naar een draagstoel?' opperde hij.

'O, als u dat zou willen doen?' vroeg Sophie. 'Maar ik zou het vreselijk vinden als u in dit weer naar buiten moet...' Ze eindigde de zin met een gebaar naar het raam.

'Ik denk dat mijn hoed veel beter bestand is tegen de elementen dan die van u,' zei Mr Hartwell met een brede lach. En inderdaad, Sophie blies net op dat moment een verfomfaaid stuk kant van haar bonnet weg van haar gezicht. 'Wacht u hier maar, dames.' Vervolgens keek hij om zich heen naar de heren die het tafereel met grote belangstelling gadesloegen. 'Niemand zal u lastigvallen,' zei hij op dreigende toon, en de mannen wendden onmiddellijk hun blikken van de dames af en deden alsof ze het druk hadden met andere zaken.

'Zou u niet nog heel even wachten, tot het iets minder hard regent?' vroeg Emily aan Mr Hartwell. Maar in de paar minuten dat ze hadden gesproken was het al minder hard gaan regenen zodat het in elk geval niet meer leek op die stortvloed van Bijbelse proporties. 'Hartelijk dank voor uw bezorgdheid, Miss Woodford. Ik geloof dat het al iets begint op te klaren,' zei Mr Hartwell terwijl hij haar glimlachend aankeek. Miss Woodford was behoorlijk lang, en Mr Hartwell was maar een centimeter of twee groter, dus Sophie vroeg zich af of dat soms de reden was dat Emily zo geconcentreerd in zijn ogen leek te staren. Sophie begon zich nu toch echt vrij ongemakkelijk te voelen, maar misschien kwam dat door de warmte en drukte in de winkel en niet doordat haar vriendin ineens zo in vuur en vlam stond.

Sophie kon niet zeggen of Mr Hartwell eenzelfde aantrekkingskracht ervoer. Hij gedroeg zich even vriendelijk en hoffelijk als altijd. Sophie wist ook dat hij oprecht gecharmeerd was van Cecilia en hij leek haar niet het type dat zijn genegenheid lichtvaardig over liet gaan op een andere dame. Ze vond zelfs dat ze Emily moest waarschuwen voordat deze aantrekkingskracht uitgroeide tot iets meer, of ze zichzelf in verlegenheid bracht door er in het openbaar wat al te duidelijk blijk van te geven. Dus toen Mr Hartwell uiteindelijk vertrok en Emily zich tot haar wendde en zei: 'Wat een vriendelijk heerschap!' stemde Sophie daarmee in en zei tegen haar: 'Ja, hij is altijd buitengewoon hartelijk. Hij is een van de aanbidders van mijn nichtje Cecilia.'

Maar Emily leek eerder verward dan teleurgesteld. 'Dat begrijp ik niet,' zei ze. 'Ik dacht dat Lord Courtney degene was die je nichtje het hof maakte.'

'Ach, nou ja, mijn nichtje is nog zo jong,' begon Sophie, voordat ze zich realiseerde dat ze eigenlijk geen verklaring had voor Cecilia's gedrag, en dat alle heren leken te zijn gestopt met wat ze aan het doen waren om haar gesprek met Emily af te luisteren. Sophie besloot dat een verandering van onderwerp op zijn plaats was en begon een gesprek over borduren, wat de heren die hen omringden, zeker niet boeide, en haar en Miss Woodford ook nauwelijks, maar zo kwamen ze in elk geval de tijd door totdat de draagstoelen arriveerden.

De volgende avond hadden Sophies tante en nichtje plannen om een concert bij te wonen in het gezelschap van Lady

Smallpeace en haar familie. Aangezien Mrs Foster zelf meeging, was Sophie niet nodig in de rol van chaperonne, maar als alleenstaand familielid had ze de keuze om haar familieleden te vergezellen of thuis te blijven, en dus koos ze ervoor om het evenement bij te wonen in de hoop daar wat sympathieker gezelschap te treffen.

Ze hield zich met opzet op een afstandje toen er stoelen werden gezocht voor de leden van hun gezelschap. Cecilia werd geflankeerd door Lord Courtney en haar moeder, die naast Lady Smallpeace plaatsnam. Lady Mary zat naast Lord Courtney, en dus koos Sophie de stoel aan de kant van Lady Mary, die niet het beste zicht op de muzikanten bood, maar wel aan het einde van een bankje was, zodat ze zo nodig gemakkelijk kon ontsnappen. Er was daar ook genoeg ruimte over zodat er iemand naast haar kon zitten; dat wil zeggen, als iemand dat zou willen. Sophie wist niet zeker wie zij daar graag naast zich had, totdat ze, toen ze opkeek van het programma, Sir Edmund de kamer in zag lopen.

Ze kon de plotselinge blijdschap op haar gezicht niet verhullen en hoopte dat ze zich weer in de hand had voordat hij het opmerkte, maar alsof hij aangetrokken werd door haar blik keek hij onmiddellijk in haar richting. Hij glimlachte en liep op haar af, maar aarzelde toen en keek met wie zij daar zat. Ze besloot dat een beetje aanmoediging geen kwaad kon, want op dat moment wist ze zeker dat er niemand was die ze liever naast zich wilde hebben dan Sir Edmund. Dus knikte ze enthousiast naar hem, en maakte een gebaar waarvan ze hoopte dat het duidelijk was dat ze hem uitnodigde om met haar te komen praten.

Hij liep weer verder, boog toen hij bij haar was en vroeg: 'Goedenavond. Is deze plek nog vrij?'

'Zeker. Komt u toch zitten,' antwoordde Sophie, en Sir Edmund nam plaats. Lady Mary merkte zijn aanwezigheid op en hij knikte naar haar, maar tot Sophies opluchting ging ze verder met haar gesprek met Lord Courtney nadat ze naar Sir Edmund had geknikt.

'Denkt u niet dat er... gekletst wordt als ik hier naast u zit?' vroeg Sir Edmund op zo'n zachte toon dat Sophie haar hoofd een beetje naar hem toe moest buigen om hem te kunnen verstaan. Toen ze besefte wat hij had gezegd en hoe dicht ze bij hem was, deinsde ze snel achteruit, waarbij ze per ongeluk tegen Lady Mary aan botste en haar om vergeving moest vragen. Ze wendde zich weer tot Sir Edmund, maar zijn woorden maakten dat ze ineens minder plezier in zijn gezelschap had. Ze vond dat haar beide 'aanbidders' (als dat is wat ze waren) nog veel te leren hadden over hoe men een dame het hof maakt. Mr Maitland luisterde te weinig naar de mening van de mensen om hen heen en Sir Edmund te veel.

'Geklets, Sir Edmund?' vroeg ze. 'Als we alleen maar naast elkaar op een bankje zitten tijdens een openbaar concert?'

'Heb ik u beledigd? Neem me niet kwalijk. Dit is precies de reden waarom ik überhaupt uw advies wilde inwinnen, zoals u zich misschien nog wel herinnert,' zei Sir Edmund. 'Ik ben hopeloos in de omgang met dames.' Sophie vroeg zich af of ze tot dusverre niet te voorzichtig was geweest. Ze was nog steeds niet zeker of hij iets meer van haar verlangde dan vriendschap, maar hoe kon hij weten dat zij een warmere band zou verwelkomen als ze hem dat niet duidelijk maakte? Hij was de enige man, op Frederick Maitland na, die ooit zo'n sterke aantrekkingskracht op haar had uitgeoefend, maar in tegenstelling tot Mr Maitland móćht ze hem ook zo graag. Ze besloot om haar voorzichtigheid overboord te gooien. 'Bedoelt u, Sir Edmund, dat u wilt leren flírten?'

Sir Edmund keek even verbaasd, maar toen verscheen er een duidelijke glinstering van interesse in zijn ogen. 'Biedt u mij nu aan om me daarin te onderrichten?' vroeg hij, terwijl hij zijn stem nog verder dempte opdat Lady Mary hen niet zou horen. Sophie voelde vlinders in haar buik als reactie op die hese toon, en ze bedacht dat ze met vuur aan het spelen was. Plotseling was het net alsof ze alleen met hem was in hun hoekje van de verduisterde zaal, terwijl het flikkerende kaarslicht zachtjes de trekken van zijn gezicht benadrukte en in zijn ogen fonkelde. Ze vond hem altijd al aantrekkelijk, zoals ze net aan zichzelf had toegegeven, maar vanavond in zijn avondkleding, met die hese en intieme fluisterstem, gaf hij Sophie een beetje het gevoel alsof ze een fragiele mot was die rond een vlam danste, op het punt haar vleugels te schroeien. Maar ze had er genoeg van zo voorzichtig te zijn, hield ze zichzelf voor.

'Ik denk dat u vaardiger bent dan u zich voordoet, Sir Edmund,' antwoordde ze ten slotte, nadat de stilte tussen hen ondraaglijk luid was geworden in Sophies oren, vervuld als die was van het bonzen van haar hart.

'Maar ik ben slechts een beginneling in die kunst, Miss Lattimore. Ik leg mezelf volledig in uw handen,' zei hij, met een uitdrukking die erop wees dat hij zich bewust was van zijn dubbelzinnigheid die in tegenspraak was met zijn bewering dat hij niet bedreven was in dit spel.

'U leert snel,' prees Sophie hem. 'Toch verraadt uw onervarenheid u. Een heer die hier echt bedreven in is zou hebben gevraagd om het programma van het concert met de dame te mogen delen.'

Ze keken allebei naar het papier op haar schoot. 'Wat als ik er zelf een had?' vroeg hij met een vleugje humor in zijn zachte stem.

'Hebt u die dan?' vroeg Sophie.

Er klonk een ritselend geluid toen Sir Edmund opzettelijk zijn programma opvouwde en in zijn vestzak stopte. 'Ik geloof dat ik mijn programma kwijt ben, Miss Lattimore. Mag ik misschien dat van u met u delen?'

Sophie schrok wel wat van haar eigen durf tot dusver, maar was niet van plan zich nu nog in te houden. Ze schoof dichter naar Sir Edmund toe op het bankje, met het programma tussen hen in, en hij boog zijn hoofd dichter naar dat van haar. Ze voelde hoe zachte wolkjes van zijn adem de krullen op haar wang en nek plaagden, en zijn been streek langs het hare. Ze was helemaal vergeten dat het de bedoeling was dat zij hém onderricht gaf.

'En wat moet ik nu dan doen, Schone Instructrice?' fluisterde hij in haar oor.

Sophie kon helemaal niets bedenken, althans, ze kon niets bedenken wat ze van hem wilde wat gepast was tussen een ongetrouwd stel in een openbare gelegenheid. Ze wist niet eens zeker of ze nog wel een woord kon uitbrengen, zo overweldigd was ze door zijn nabijheid. Eindelijk slaagde ze erin te fluisteren: 'Misschien kunt u iets zeggen over de geneugten die de avond in petto heeft.'

'Doelt u dan op de dingen die in het programma te lezen zijn, of geneugten zoals die belichaamd worden door de charmes van mijn huidige gezelschap?' vroeg hij. En hoewel zijn stem een beetje haperde, alsof het hem ook niet meeviel om op een natuurlijke manier te converseren, vond Sophie het niet eerlijk dat hij in staat was sneller te reageren dan zij.

Ze had niet kunnen zeggen of het programma zelfs maar in het Engels was gesteld, want de woorden leken door elkaar te dansen. Maar blijkbaar kon Sir Edmund het wel lezen en deed hij zijn best om het nog beter te zien, want hij stak zijn hand uit om een hoekje van het programma vast te pakken, zodat zijn hand die van haar aanraakte.

Sophie was zo geschrokken en opgewonden dat ze, toen de muziek op dat moment begon, verrast opveerde en Lady Mary deed schrikken.

'O, Sir Edmund,' zei Lady Mary toen ze zag dat ze het papiertje met elkaar deelden. 'U hebt geen programma. Neemt u dat van mij, alsjeblieft, ik doe wel samen met mijn neef.' En ze schoof het ongewenste programma in zijn hand, en babbelde door, totdat iemand achter hen zijn keel schraapte.

Sir Edmund wachtte even tot Lady Mary zich had afgewend en fluisterde toen tegen Sophie: 'Nu is het uw beurt om uw programma kwijt te raken.' Sophie, haar zintuigen overprikkeld door de muziek en zijn nabijheid, reageerde niet met woorden, maar leunde achterover tot ze haar schouder tegen de zijne kon laten rusten. Het voelde bijna alsof hij haar omhelsde, aangezien hij van zijn plek was geschoven zodat zijn arm achter haar rug lag, en zo zaten ze, en Sophie voelde zich het grootste deel van de avond meer gekoesterd dan in jaren het geval was geweest. Af en toe streelde zijn hand of voet die van haar, en ze voelde een heerlijke tinteling als reactie. Ze was zich veel meer bewust van hem dan van de muziek, en tijdens de rit in het rijtuig naar huis had ze haar tante en nichtje geen enkele intelligente mening over het concert te bieden, hoewel ze zelden meer had genoten.

9

Het had Sophie verrast dat Mr Maitland het concert niet had bijgewoond, en de afgelopen dagen sowieso nergens te bekennen was. Onder de veelbetekenende blik van Mr Maitland had ze vast niet zo ongegeneerd durven flirten met Sir Edmund, en dus wist ze niet of ze spijt had van zijn afwezigheid of dat ze hem er dankbaar voor was. Ze voelde zich soms even wispelturig als Cecilia, door de manier waarop ze twee mannen aan het lijntje hield, maar het verschil was dat ze zich oprecht aangetrokken voelde tot zowel Mr Maitland als Sir Edmund, terwijl Cecilia Lord Courtney nauwelijks kon velen. Een ander verschil was dat Cecilia zeker was van de bedoelingen van Mr Hartwell, terwijl Sophie helemaal nergens zeker van was. Sophie was bang dat als ze een poging deed om Sir Edmund aan zich te binden, ze Mr Maitland zou verliezen en uiteindelijk niemand overhield, aangezien het zou kunnen dat Sir Edmund geen romantische bedoelingen met haar had.

Het enige wat Sophie zeker wist, was dat ze geen trek meer had in het leven als arm inwonend familielid en eenzame oude vrijster. Ze was vastbesloten om haar verblijf in Bath af te sluiten met een verloving. Ze wist alleen niet zeker met welke heer.

Al had ze gisteravond enorm genoten van het concert, toch was ze nu bang dat het een verschrikkelijke vergissing was geweest om Sir Edmund bijles aan te bieden. Want als hij met haar bleef flirten, hoe kon ze dan weten of het allemaal gespeeld was of dat hij echt om haar gaf? En ze schaamde zich ook wel een beetje dat zij hém lessen in romantiek aanbood, alsof ze een moderne Circe was. Niets zo pathetisch als een oude vrijster die deed alsof ze nog meetelde, vooral gezien het feit dat Sir Edmund zo'n knappe man was en duidelijk geen hulp van haar nodig had om vrouwen aan te trekken. Dus als ze terugdacht aan die avond, wat ze veelvuldig deed, werd ze verscheurd tussen gevoelens van vernedering en opwinding.

Het hielp niet dat zij en Sir Edmund allebei verlegen waren geweest bij hun enige ontmoeting sinds het concert. Al hadden de omstandigheden van de twee ontmoetingen ook niet meer kunnen verschillen.De tweede vond immers niet in een verduisterde concertzaal plaats, maar in de Pump Room tijdens het lichtste deel van de dag, waar ze werden omringd door waterdrinkers en roddelaars.

Sophie was een rondje aan het lopen met Emily Woodford toen ze Sir Edmund zag. Sophie mocht Emily steeds meer, vooral omdat Sophie haar plicht had gedaan door haar aan Sir Edmund voor te stellen en Emily zo vriendelijk was geweest niet verliefd op hem te worden. Maar Sophie zou een nog hogere dunk hebben van Emily als die zich, toen Sir Edmund zich bij hen voegde, ineens een dringende afspraak zou hebben herinnerd en Sophie en Sir Edmund samen verder had laten wandelen. Want Sophie was ervan overtuigd dat Sir Edmunds terughoudendheid die ochtend voor een groot deel werd veroorzaakt door Emily's aanwezigheid.

Maar aangezien Emily niet plotseling een wonderbaarlijk vermogen om gedachten te lezen had gekregen en vertrok, besloot Sophie dat ze haar best zou doen om Emily en Sir Edmund meer op hun gemak te stellen bij elkaar. En ze slaagde erin hen allebei uit hun schulp te krijgen toen Emily precies dat onderwerp aansneed waarbij Sóphie zich het minst op haar gemak voelde.

Ze hadden het over wat er zoal aan amusement te vinden

was in Bath en Emily vroeg Sir Edmund of hij de avond ervoor het concert in de Upper Assembly Rooms had bijgewoond. 'Ik weet dat jij daar was, Sophie, al heb ik je niet meer gezien nadat je de Octagon Room had verlaten. Was u er ook, Sir Edmund?'

'Ja, ik was er,' zei hij, met een zijdelingse blik op Sophie. 'Ik heb er erg van genoten.'

Sophie voelde dat ze bloosde, maar keek Sir Edmund toch even aan, en ze deelden een geheime glimlach.

'Wat vond u beter, de Italiaanse of de Duitse componisten?' vroeg Emily, tot Sophies ontsteltenis. Ze had niet gedacht dat ze aan de tand gevoeld zou worden over de inhoud van het concert waar ze absoluut geen aandacht aan had besteed.

Sir Edmund redde haar door te zeggen dat hij een voorliefde had voor Pleyel en vroeg Emily naar haar favoriet. Gelukkig kon Emily eeuwig doorgaan over muziek, en Sir Edmund en Sophie lieten haar begaan terwijl ze van tijd tot tijd naar elkaar gluurden om te zien of de ander keek, om vervolgens hun blik verlegen af te wenden omdat ze betrapt werden.

Het geheim van de afwezigheid van Mr Maitland werd de volgende dag onthuld toen hij de dames in hun logement bezocht. Hij was niet hun enige bezoeker; de salon was op dat moment vol en nadat hij Mrs Foster zijn respect had betuigd, begroette hij Lady Smallpeace en Lady Mary, die even afwijkend van elkaar reageerden als altijd. Lady Smallpeace leek beledigd en deed kortaf, terwijl Lady Mary met blozende verwarring en wijdlopige zinnen reageerde.

Mr Hartwell en Lord Courtney waren ook aanwezig, evenals Mrs Beswick, en Mr Maitland leek aanvankelijk juist langs te zijn gekomen om Priscilla te spreken, want hij schonk haar veel aandacht en was ogenschijnlijk nogal opgetogen over haar gezelschap. Sophie, die probeerde Lord Courtneys aandacht van Cecilia af te leiden zodat Mr Hartwell met haar kon praten, had daar zoveel werk aan dat ze geen tijd had zich beledigd te voelen dat Mr Maitland haar verwaarloosde. Toen hij uiteindelijk naar haar toe kwam, was haar voornaamste emotie verbazing, zo afgeleid was ze door Cecilia's domheid om zich door Lord Courtney het hof te laten maken en daardoor de genegenheid van Mr Hartwell op het spel te zetten.

Toch vroeg ze zich ook af waar Mr Maitland was geweest en ze was blij dat hij haar nieuwsgierigheid kwam bevredigen, al vond ze dat hij dat ook best op een minder provocerende manier had kunnen doen. 'Heb je me gemist?' vroeg hij met een smeltende blik.

'Ik heb dagenlang gehuild,' antwoordde ze droogjes, en hij lachte, zoals haar bedoeling was, maar er hing een ongemakkelijke sfeer tussen hen, omdat ze beiden onwillekeurig herinnerd werden aan de vorige keer dat hij vertrok zonder een woord te zeggen, en dat ze ook echt dagen, zo niet maanden had gehuild.

'Ik was in Wiltshire. Ik heb daar een aardig boerderijtje dat ik na mijn bruiloft heb gekocht,' zei hij om snel verder te gaan, alsof hij zich realiseerde dat haar herinneren aan zijn vroegere verraad niet de beste manier was om haar het hof te maken. 'De kinderen verblijven daar meestal bij hun nanny, maar ik heb ze mee teruggenomen naar Bath.'

Sophie knipperde met haar ogen, niet zeker wat dit betekende. 'O ja?' vroeg ze uiteindelijk, omdat ze dat een aardig, neutraal antwoord vond.

'Ja. Voor een ontmoeting met jou,' voegde hij er zachtjes aan toe, na even snel rondgekeken te hebben, om er zeker van te zijn dat niemand anders luisterde.

'Ik zou ze graag ontmoeten. Wij allemaal,' zei ze, in een poging wat van de lading van zijn woorden weg te nemen.

Mr Maitland keek haar even aan zonder iets te zeggen. 'Je gaat het me niet makkelijk maken, hè Sophie?' vroeg hij ten slotte, voordat hij haar een zelfverzekerd glimlachje schonk.

Het was gevaarlijk, die glimlach, net als die vonk in zijn ogen. 'Toch vind ik het niet erg. Ik geniet van de gedachte om je voor me te moeten winnen. Mijn schat,' zei hij teder, en nu was Sophie degene die uit angst voor toehoorders om zich heen keek.

Omdat dit veel ernstiger leek dan flirten, en ze plotseling in paniek raakte dat als Mr Maitland zich in het openbaar zo zou blijven gedragen tegenover haar, ze niet langer de luxe zou hebben zelf haar bestemming te kiezen. Dan was haar lot bezegeld.

Later, toen alle gasten vertrokken waren, haar tante naar haar kamer was gegaan en Sophie en haar nichtje samen in de salon achterbleven kwam ze tot de ontdekking dat iemand hen wel degelijk had geobserveerd.

'Sophie, ik hoop niet dat je het onbeschaamd van me vindt om ernaar te vragen, maar hebben Mr Maitland en jij nu een overeenstemming bereikt?' zei Cecilia.

Sophie keek Cecilia aan en zag dat die er heel bleek en vermoeid uitzag. Sophie had de indruk dat ze tegenwoordig niet meer zo van Bath genoot. Dat verbaasde Sophie niet, aangezien Cecilia veel van haar tijd doorbracht met Lady Smallpeace en Lord Courtney, die niet het meest sympathieke gezelschap waren. 'Overeenstemming? Je bedoelt of we verloofd zijn?' vroeg Sophie en Cecilia knikte. 'Nee, natuurlijk niet. Je denkt toch niet dat ik een geheime verloving zou aangaan? Als ik verloofd ben, zal ik het zeker in de kranten aankondigen, daar kun je van op aan.' Sophie zei dit laatste gekscherend, al was haar luchthartigheid schijn, want de moed zonk haar in de schoenen bij Cecilia's vraag.

'Zijn aandacht lijkt zo vreselijk... persoonlijk. Je twijfelt er toch niet aan dat hij je een aanzoek zal doen?' vroeg Cecilia.

'Ik zal wel enige twijfel blijven houden totdat hij daar echt mee komt, geloof ik, maar je hebt gelijk dat hij deze keer serieus lijkt.'

'En heb je besloten wat je antwoord dan zal zijn?'

Sophie zuchtte. 'Ik heb besloten... dat ik het nog helemaal niet weet,' zei ze met een wrange glimlach. 'Als hij mij een aanzoek doet terwijl hij me nog steeds geen verklaring heeft gegeven voor zijn gedrag in het verleden, dan zal ik die eisen voordat ik mijn antwoord geef. Maar om de een of andere reden vervult de gedachte om me te binden me met paniek – al had ik ooit gedacht dat er geen grotere vreugde bestond dan zijn vrouw te worden.'

'Ik begrijp het volkomen,' zei Cecilia. 'Ik ben ook panisch bij de gedachte me vast te leggen op een verloving.'

Ze bleven even stil. Sophie nam Cecilia op terwijl die zonder iets te zien naar een portret van een onbekende dame met een grote plooikraag staarde dat bij het huis hoorde, en bedacht weer dat ze haar anders zo gelukkige nicht nog nooit zo neerslachtig had gezien. Ze wilde er dolgraag met Cecilia over praten, maar was bang dat als ze haar woorden niet zorgvuldig zou kiezen, ze Cecilia tot de verkeerde beslissing zouden kunnen aanzetten. En Sophie was zich er ook van bewust dat zij zelf niet het beste voorbeeld was voor haar jongere nichtje, nu haar eigen romantische affaires zo'n janboel waren. Toch moest ze het proberen.

'Ik wil me nergens mee bemoeien, maar raak je zo in paniek bij de gedachte aan een verloving met Lord Courtney?' vroeg Sophie.

Cecilia knikte.

'Cecilia, als je zo ongelukkig bent met zelfs maar het vooruitzicht om met hem te trouwen, waarom blijf je hem dan aanmoedigen?'

Blijkbaar waren dit niet de juiste woorden, want Cecilia rechtte haar rug en keek Sophie fronsend aan. 'Je bent je er toch wel van bewust, nicht, dat hij voor mijn generatie de allerbeste partij is.'

'Ik ben me daarvan bewust, en het is volslagen onzin. Waarom? Omdat hij rijk is? Omdat driehonderd jaar geleden een of andere door pokken geteisterde koning werd omgekocht om zijn voorvader een titel te geven? Uiteindelijk woon je met een man samen, Cecilia. Niet met zijn geld of titel.'

'Dat jij míj denkt te kunnen adviseren. Denk je dat ik niet heb gezien hoe je Sir Edmund aanmoedigt je het hof te maken terwijl je Mr Maitland aan het lijntje houdt? Je speelt een gevaarlijk spel, Sophie, dus ik zou je willen waarschuwen om eerst je eigen handel en wandel onder de loep te nemen voordat je de mijne bekritiseert!'

Cecilia stormde de salon uit en Sophie bleef achter met de dame met de plooikraag. Ze wendde zich tot het portret. 'Ik hoop dat ik zojuist niet een van uw familieleden heb beledigd. En misschien heb ik onderschat hoeveel jaar geleden de door pokken geteisterde koning de voorouder van Lord Courtney zijn titel gaf. Lady Smallpeace zou het me vast en zeker kunnen vertellen.'

Toen ze zich realiseerde dat het niet aanging om met een levenloos voorwerp te praten, verliet Sophie zelf ook de salon.

Voordat Sophie de kinderen van Mr Maitland kon ontmoeten, werd ze vereerd met een ander soort kennismaking. Mr Beswick was in Bath aangekomen en Priscilla nam hem de volgende dag mee naar Rivers Street. Ze stuurde eerst een briefje naar Sophie met het verzoek haar te mogen bezoeken, en aangezien Cecilia en Mrs Foster hun gebruikelijke afspraak met hun vrienden hadden in de Pump Room, zei Sophie dat ze zonder haar moesten gaan en dat zij zou achterblijven om de Beswicks te ontvangen.

Ze was een tikje bezorgd dat Mr Beswick boos op haar zou zijn vanwege haar bemoeienis met zijn zaken, omdat ze niet wist of hij het een zegen of een vloek vond dat hij Priscilla voor zich had gewonnen, vooral gezien haar gedrag daarna. Maar toen Priscilla en hij de salon binnen werden geleid, leek zijn stemming, hoewel niet bepaald aangenaam, niet te worden veroorzaakt door enige wrok die hij jegens Sophie zou koesteren, maar eerder door het feit dat hij naar Bath had moeten reizen.

Sophie had Charles Beswick slechts één keer eerder gezien, in een slecht verlichte balzaal en niet langer dan een paar minuten, en ze zou hem waarschijnlijk niet hebben herkend als ze hem op straat was gepasseerd. Nu ze de tijd had om zijn uiterlijk te bestuderen, ontdekte ze dat hij eruitzag als een herenboer, of in ieder geval als iemand die veel van zijn tijd buitenshuis doorbracht. Hij had een gebruinde huidskleur en hij droeg de kraag van zijn overhemd en jas lager dan de heren die Sophie kende. Toch was hij niet ónmodieus. Zijn informele, nonchalante uitstraling deden het voorkomen alsof hij niets gaf om de mening van anderen, waarmee hij zijn eigen toon zette.

Maar hij zag er zeker niet uit alsof hij thuishoorde aan Priscilla's zijde, want die zag er altijd uit alsof ze zo uit een illustratie in *La Belle Assemblée* was gestapt. Vandaag zag ze er zelfs nog ravissanter uit dan anders, maar haar inspanningen gingen voorbij aan Mr Beswick, die het kennelijk niet op leek te merken dan wel op prijs te stellen dat Priscilla volgens de laatste mode gekleed ging.

En kennelijk hadden ze ook hun meningsverschillen nog niet opgelost. Nadat Priscilla Sophie aan Mr Beswick had voorgesteld en Sophie haar gasten had uitgenodigd om plaats te nemen, viel er een ongemakkelijke, gespannen stilte in de salon. De situatie werd er niet beter op toen Sophie aan Mr Beswick vroeg hoe lang ze zich in zijn gezelschap in Bath mochten verheugen.

'Verheugen! Ha!' sprak Mr Beswick, tot Sophies verbazing en ontsteltenis. Priscilla deed snel een poging om de situatie te redden.

'Charles heeft een onredelijk vooroordeel jegens Bath, al is hij hier nooit langer gebleven dan twee dagen.'

'Het is hier veel te druk en erg onhandig als je een rijtuig hebt.'

'Er zijn mooie wandelingen te maken, vind ik,' probeerde Sophie.

'Ik rij veel liever,' zei Charles.

'Ik heb Charles verteld dat als hij eenmaal naar een bijeenkomst in de Upper Assembly Rooms is geweest of het water in de Pump Room heeft gedronken, hij het hier net zo leuk zal gaan vinden als wij allemaal,' zei Priscilla.

Het leek Sophie niet waarschijnlijk dat een van die twee excursies Mr Beswicks negatieve oordeel over Bath zou kunnen veranderen. Maar net toen Sophie er zeker van was dat zijn afkeer van de stad onherroepelijk was geworden, leek Mr Beswick ineens zijn slechte humeur van zich af te schudden. Hij glimlachte liefdevol naar Priscilla en zei: 'Ach, Pris, ik had gedacht dat je me beter zou kennen.'

Priscilla bloosde bij deze opmerking en schonk hem een liedevolle glimlach, en Sophie koesterde de hoop dat het paar dichter bij een verzoening was dan ze had aangenomen.

Maar toen vervolgde Mr Beswick: 'Ik ben niet van plan naar een van die gelegenheden te gaan.'

Sophie had het gevoel dat haar vergelijking van Priscilla Beswick met een ondeugend katje zelden toepasselijker was geweest toen die haar fraaie neusje optrok, en haar vingers plotseling krulde zodat die eruitzagen als klauwtjes. Sophie haastte zich tussenbeide te komen en zei: 'Mr Beswick, wijs de attracties hier in de buurt toch alstublieft niet zo snel van de hand. Ik neem aan dat u een heer bent die van sportieve activiteiten houdt. Priscilla heeft een grote vriendenkring hier in Bath, van wie sommigen dezelfde voorkeuren hebben als u. Ik weet zeker dat we een aantal excursies kunnen bedenken die u op prijs zult stellen.'

Charles leek genegen deze olijftak te aanvaarden en boog

zijn hoofd naar Sophie. Priscilla keek echter teleurgesteld en zei: 'Maar... ik zou veel liever gaan dansen.'

Bij deze opmerking verscheen er meteen weer een ontevreden uitdrukking op Charles' gezicht, en dus begon Sophie maar snel een onschuldig gesprek over het weer. Plotseling voelde ze sympathie voor Lady Mary.

Sophies daaropvolgende kennismaking, die met de kinderen van Mr Maitland, was een veel belangwekkender en meer openbare aangelegenheid. Mr Maitland had een ontbijt geregeld in Sydney Gardens, met thee, vleeswaren en pasteitjes in een privéruimte. Het was duidelijk dat Sophie niet de enige aanwezige kon zijn buiten het gezin van Mr Maitland en de nanny, en zelf wilde ze die dag ook niet alleen met hen doorbrengen.

Dus had Mr Maitland ook de beide dames Foster en hun adellijke vrienden uitgenodigd. Lady Smallpeace sloeg de uitnodiging voor zichzelf af, omdat ze zich niet wilde verlagen voor een doodeenvoudige 'Mr Maitland' uit Nergenshuizen die geen familieleden kon noemen van wie Lady Smallpeace ooit had gehoord. Maar verrassend genoeg accepteerden Lady Mary en Lord Courtney de uitnodiging wel en waren dus aanwezig, net als Priscilla en Charles Beswick. Sophie had het terechte vermoeden dat Mr Maitland Priscilla had uitgenodigd vóórdat hij hoorde van de komst van haar echtgenoot en de uitnodiging niet kon intrekken nadat hij had ontdekt dat zij hem mee zou brengen. Hoewel Sophie inmiddels vermoedde dat Mr Maitland echt dol op haar was en een aanzoek ophanden leek, wist ze ook dat hij veel meer genoot van het gezelschap van dames dan van heren. Vooral dames die er mooi uitzagen, zoals Priscilla.

En Priscilla had zichzelf overtroffen. Ze was natuurlijk altijd tot in de puntjes gekleed, maar haar kleren hadden die dag in een kunstgalerie tentoongesteld kunnen worden en mensen zouden entree hebben betaald om ze te mogen zien. Haar jurk en bijpassende jakje waren van een intens groen, een kleur die haar haren en ogen enorm flatteerden. Het jakje was gevoerd met zwarte zijde en boven de kraag was nog een kraag van opstaande witte kant te zien die haar gezicht omlijstte. Maar het was haar hoed die de show stal, en ze had de rest van haar outfit wijselijk relatief eenvoudig gehouden, zodat de hoed alle aandacht kreeg. Het was een zwartfluwelen toque met een barokke afzetting in eveneens zwart koord, terwijl er ook nog fiere zwarte en groene zilverreigerveren uit staken. Aan de zijkant was een kleine ronde witte aigrette met een twijg van groene bessen bevestigd.

Sophie vond het de mooiste hoed die ze ooit had gezien, maar ze vroeg zich af waarom Priscilla ervoor had gekozen hem te dragen tijdens een uitstapje naar de tuinen. Een bandeau hield het hoofddeksel op haar hoofd, maar het had geen linten, waardoor Sophie vermoedde dat Priscilla hem vast moest houden als er een windvlaag kwam.

Evenzo leken Priscilla's muiltjes, hoewel sierlijk en van een prachtig groen dat perfect bij haar jurk kleurde, niet de meest comfortabele keuze voor een wandeling, en Sophie was blij dat ze er zelf voor had gekozen stevige halfhoge laarzen en haar favoriete strohoed te dragen, ook al verbleekte haar outfit bij die van Priscilla Beswick.

Mr Maitland had nog een andere alleenstaande heer uitgenodigd, Mr Andrews, zodat de dames de mannen niet volledig in aantal zouden overtreffen. Van de vier aanwezige heren was Mr Beswick de enige die zich kon meten met Mr Maitland wat betreft uiterlijke aantrekkelijkheid, en hij was getrouwd. Hoewel Sophie niet wist of Mr Maitland de zaken met opzet zo had geregeld, kon ze niet ontkennen dat hij, in tegenstelling tot Lord Courtney en Mr Andrews, het toppunt van mannelijke perfectie was, de beau waar elke vrouw van droomde.

Sir Edmund was zeer zeker níét uitgenodigd. Sophie hield

zich voor dat ze heel blij was dat Sir Edmund er niet bij was. Ze moest hem vergeten en die vreemde hunkering naar zijn gezelschap zien te overwinnen. Het was Mr Maitland die ze wilde en die ze al sinds haar achttiende had gewild. Dat was toch zo? Dat wilde ze toch? Goeie genade, ze wist het nog steeds niet. Ze hoopte dat ze na deze dag eindelijk het antwoord zou hebben.

Sophie probeerde haar nervositeit te bedwingen bij het idee de kinderen van Mr Maitland te ontmoeten, en hield zich voor dat ze de gelegenheid niet te belangrijk moest maken, anders zou ze zich niet natuurlijk kunnen gedragen. (De hele excursie voelde toch al als een bezoek aan de tandarts.) Maar toen de Fosters en zij bij de lusthoven waren aangekomen, was het grootste deel van het gezelschap al aanwezig, en het was er een drukte van belang toen iedereen een stoel zocht en elkaar begroette. Sophie kon zich dus een beetje ontspannen, dankbaar dat er zoveel mensen uitgenodigd waren en ze zich op de achtergrond kon houden.

De kinderen waren er met hun nanny, en de aanwezigheid van de andere volwassenen om hen heen liet hen onverschillig. Sophie had al van Mr Maitland vernomen dat zijn dochter Jane zes jaar oud was en haar kleine broertje Frederick, vernoemd naar zijn vader, drie. Freddie leek erg op Mr Maitland, want hij was nu al een knap kind, met zijn vaders sprankelende blauwe ogen en een vroegrijpe glimlach. Het verbaasde Sophie helemaal niet toen ze in de loop van de dag ontdekte dat hij heel goed in staat was de aanwezige dames, inclusief haarzelf, om zijn vinger te winden en zo te krijgen wat zijn hartje begeerde.

Zijn zus was lang niet zo knap of charmant. Sophie was geen deskundige op het gebied van kinderen, maar ze vond Jane erg klein en mager voor haar leeftijd, met een gespannen, bleek gezichtje en een humeurig karakter. Toen Sophie hoorde over de kinderen van Mr Maitland, had ze zich voorgesteld dat wanneer zij en Jane elkaar ontmoetten ze zich onmiddellijk tot elkaar aangetrokken zouden voelen, aangezien ze aannam dat een klein meisje vooral haar moeder zou missen en blij zou zijn met een oudere dame als vriendin. En hoewel Jane zich inderdaad aangetrokken voelde tot zo'n oudere dame, was de dame in kwestie helaas niet Sophie.

Mr Maitland had hen allemaal heel terloops aan de kinderen voorgesteld door naar de hoek te gebaren waar ze met hun nanny zaten en had tegen niemand in het bijzonder verkondigd: 'Die schurk daar is Frederick, en de kleine dame is Jane.' Mensen knikten en glimlachten en Priscilla riep uit: 'Wat een knap knaapje! Hij is een miniatuurversie van u, Mr Maitland. Wat enig!'

Sophie kromp ineen bij deze opmerking, omdat ze zeker wist dat die arme Jane het al vaak had gehoord en dat het feit dat haar broer alle aandacht kreeg haar vast niet ontging. Dus liep ze naar het kleine meisje toe, knielde neer en zei: 'Het is zo leuk je te ontmoeten, Miss Jane. Jeetje, wat een mooie reticule heb je daar. Mag ik hem eens zien?' Sophie stak haar hand uit en wilde het tasje alleen even bekijken en weer teruggeven nadat ze het had bewonderd, maar Jane keek haar aan alsof ze de duivel zelve was en schreeuwde: 'Nee!' om zich vervolgens van Sophie af te wenden en haar gezicht in de rokken van haar nanny te begraven.

De nanny berispte het kleine meisje onmiddellijk, dat toen begon te huilen, en Sophie werd gedwongen tussenbeide te komen: 'Ach nee nee, geef haar geen standje, alstublieft.' Ze kon zich niet herinneren zich ooit in haar leven zo beschaamd te hebben gevoeld en wist niet goed hoe ze zich uit haar hachelijke situatie moest redden. De toestand verbeterde enigszins toen Freddie naar haar wees en schreeuwde: 'Mooie dame!' (Hij leek met de minuut meer op zijn vader.) Dankbaar dat ten minste één van de kinderen haar leuk vond, glimlachte Sophie naar hem en zei: 'Dank u vriendelijk, meneer,' voordat ze opstond en bij de kinderen vandaan liep. Het was duidelijk dat de anderen zich plaatsvervangend schaamden, en Cecilia probeerde de aandacht van het incident af te leiden door haar mening te ventileren over de kans dat de regen de rest van de dag zou uitblijven, maar haar pogingen werden tenietgedaan toen Lord Courtney luid zei: 'Het meisje dacht waarschijnlijk dat Miss Lattimore haar portemonnee wilde stelen.'

Mr Maitland leek helemaal niet aangedaan door het incident, gedroeg zich alsof er niets onaangenaams was gebeurd en deed in het algemeen alsof de kinderen er niet waren. Sophie zat ineengedoken op haar stoel te wensen dat ze ergens anders was, en droeg niets bij aan het gesprek. Haar vernedering was compleet toen Jane, die hersteld was van haar huilbui, zich naar Lady Mary waagde en haar de reticule overhandigde en zei: 'Ú mag hem wel vasthouden.' Dit werd met een triomfantelijke blik Sophies kant op gezegd en met de eerste glimlach die deze op het gezicht van het kind had gezien.

10

Jane bracht de rest van de dag door aan Lady Mary's zijde, hoewel haar nanny haar probeerde mee te nemen, omdat ze meende dat de zesjarige de adellijke dame vast zou ergeren. Lady Mary verzekerde haar echter dat ze graag tijd met Jane doorbracht, en ze leek nogal in haar schik met de duidelijke voorkeur van het kleine meisje voor haar gezelschap.

Toen het gezelschap klaar was met het ontbijt, vroeg Mr Maitland wat ze graag wilden doen. 'Misschien een wandeling door het Labyrint? Miss Lattimore?'

Sophie keek op en zag dat hij zijn arm naar haar uitstak. Ze nam aan dat hij van plan was zijn kinderen in de eetkamer achter te laten, en ze was blij met de kans om het toneel van haar vernedering te kunnen verlaten. Maar het voelde nogal ongepast om de rest van het gezelschap in de steek te laten en met Mr Maitland aan de wandel te gaan. 'Dat lijkt me heel leuk,' zei Sophie. 'Heeft iemand anders zin om met ons mee te gaan?'

Ze legde haar hand op zijn arm toen de Beswicks begonnen te overleggen of ze wilden lopen. Priscilla had aanvankelijk geen interesse in een dergelijke inspanning en beweerde dat het veel te warm was, maar Charles zei haar dat hij niet van plan was om de rest van de middag broodjes te eten en thee te drinken. 'En de wandeling zou je goeddoen,' zei hij. 'Vroeger was je een geweldige wandelaar en nu zet je amper tien stappen per dag.'

'Maar... een labyrint,' protesteerde Priscilla met verschrikte ogen. 'Wat als we verdwalen?'

Mr Maitland zwaaide triomfantelijk met een stuk papier. 'Ik heb een kaart gekocht bij de receptie.'

'Wat slim van u!' zei Priscilla, terwijl ze haar handen voor haar boezem ineensloeg.

'Het is een zeer aangename wandeling, en in het midden hangt een schommel,' zei Sophie tegen haar.

'Een schommel van Mr Merlin, om precies te zijn,' zei Mr Maitland. 'Ik was van plan om er met Miss Lattimore in te gaan, maar er passen gemakkelijk vier mensen in.'

'Merlin,' zei Beswick, en zijn verveling sloeg om in enthousiasme. 'Ik heb enkele van zijn andere mechanische uitvindingen gezien. En hij ontwierp deze schommel, zegt u? Ik zou het heel interessant vinden om die te zien.'

Mr Beswick zag er ineens zo aantrekkelijk uit, met die uitdrukking van goedmoedige gretigheid en intelligentie op zijn gezicht, en Sophie begreep waarom Priscilla verliefd op hem was geworden toen ze hem zo zag.

Mr Maitland wendde zich tot de andere gasten om enkele suggesties te doen waarmee zij zich konden vermaken voor het viertal aan hun wandeling begon. En nu pas begon Sophie te genieten van de dag en haar omgeving.

Ze hield echt van Sydney Gardens, al was ze er maar een paar keer geweest sinds ze in Bath was aangekomen, omdat tante Foster de voorkeur gaf aan de Pump Room. En ze had ook nog nooit een van hun gala-avonden bijgewoond, met vuurwerk en ander spectaculair amusement, naar het scheen. Toen ze de tuinen verkende met haar nichtje, had Sophie een paviljoen gezien dat zo uit het oude Griekenland had kunnen komen, een ijzeren brug in Chinese stijl die de gracht overspande, en zelfs een nagemaakt kasteel compleet met een slotgracht. Sophie en Cecilia hadden zich ook in het Labyrint gewaagd, al hadden ze de schommel niet geprobeerd. Zowel voor het Labyrinth als voor de schommel werd entree geheven, en al kostte het maar een paar shilling, Sophie had het gevoel dat ze er bij haar vorige bezoek geen tijd voor had gehad.

En door het Labyrint wandelen met een knappe mannelijke aanbidder was oneindig veel spannender dan het te doorkruisen met haar nichtje. Ze had er bijna spijt van dat ze de Beswicks had uitgenodigd om met hen mee te gaan.

Maar Mr Maitland leek niet ontmoedigd door hun gezelschap. Priscilla Beswick, hoe goed ze in het verleden ook had kunnen wandelen, leek nu niet erg bedreven in de kunst, en Mr Maitland liet zo wat afstand tussen hen en de Beswicks ontstaan, genoeg om met zachte stem met Sophie te kunnen spreken zonder angst om afgeluisterd te worden.

'En, wat vind je van mijn kinderen? Jane vertoont een ongelukkige gelijkenis met haar moeder, het arme kind, maar Freddie is een innemend klein ding, vind je niet?'

Sophie wist niet precies hoe ze hierop moest reageren, omdat het een impliciete belediging leek te zijn van zowel zijn overleden vrouw als zijn dochter. En de moed zonk haar in de schoenen nu ze ronduit moest toegeven hoe impopulair ze was bij het kleine meisje. 'Freddie is een buitengewoon knap kind, maar je moet gemerkt hebben dat Jane een hekel aan me had,' zei ze.

Mr Maitland wuifde dit weg en lachte even. 'Ik zei toch dat ze op haar moeder lijkt? Ze heeft het niet op aantrekkelijke dames. Ik denk dat ze zich zorgen maakt dat ik een nieuwe vrouw neem. Ze trekt wel weer bij, op den duur.'

'Ze leek Lady Mary wel aardig te vinden.'

'Lady Mary is niet bepaald een schoonheid,' zei hij. 'Eigenlijk doet ze me denken aan mijn eerste vrouw.' Maitland dacht er even over na en blijkbaar viel toen ineens het kwartje. 'Ik vroeg me al af waarom Lady Mary me zo vertrouwd voorkwam, alsof ik haar eerder had ontmoet! Zij en mijn vrouw hadden wel nichtjes kunnen zijn, zozeer lijken ze op elkaar.'

'Misschien moet je Lady Smallpeace vertellen dat je vermoedt dat Mrs Maitland familie van haar was,' opperde Sophie voor de grap, al vond ze het beetje ongemakkelijk om over zijn overleden vrouw te praten. 'Je zou zeker bij haar in de gunst komen als je zo verstandig bent geweest om met een van haar naaste familieleden te trouwen.'

'Ik zou niet durven.'

'Om te trouwen met iemand van haar familie of om haar dat te vertellen?' vroeg Sophie.

'Beide,' antwoordde Mr Maitland.

Cecilia bleef in het zaaltje achter met de twee minst aantrekkelijke heren van de groep, haar moeder, de kinderen en hun nanny. Onwillekeurig bedacht ze dat haar debuut, dat een paar maanden geleden nog zo'n opwindend vooruitzicht had geleken, totaal niet aan haar verwachtingen had voldaan.

Ze begon te denken dat ze haar ideeën over de liefde en het huwelijk moest herzien. Misschien had ze zich te veel door haar moeder laten beïnvloeden en waren haar ideeën over de perfecte partij te zeer gericht op de afkomst en materiële bezittingen van de heer in kwestie, zoals Sophie had gezegd. Cecilia was tot het besef gekomen dat ze haar debuut had gezien als een wedstrijd en dat zij degene had willen zijn die er met de grootste prijs op de huwelijksmarkt vandoor ging. Maar ze zag nu wel dat ze heel naïef was geweest. In haar meisjesachtige voorstellingen over het onderwerp was ze ervan uitgegaan dat een rijk man met een illustere titel automatisch iemand zou zijn die liefde en respect waard was, en dat het haar daarom niet zwaar zou vallen op zijn aanzoek in te gaan. Maar door haar omgang met Lady Smallpeace en Lord Courtney was ze gaan beseffen dat titulatuur en bloedlijnen geen garantie waren voor echte beschaving en nobelheid van geest.

En ze miste Mr Hartwell. Ze zag hem nog wel af en toe, maar het leek alsof zijn liefde voor haar bekoeld was. Gisteravond had hij haar bijvoorbeeld maar één keer ten dans gevraagd, en tijdens hun dans had hij nauwelijks geglimlacht. En hij was ook al drie dagen niet op bezoek geweest, terwijl ze eraan gewend was geraakt hem bijna elke dag in haar salon te treffen. Toen ze dacht aan hoe eindeloos behulpzaam hij altijd was geweest en aan de vele vriendelijke diensten die hij haar en haar familie had bewezen, begon ze zich te schamen dat ze dat allemaal zo lichtvaardig en hardvochtig had opgenomen.

Pas nu hij ze haar onthield, kon ze dergelijke daden, evenals de man die ze had uitgevoerd, op hun waarde schatten.

Op datzelfde moment zag Cecilia, die zomaar wat naar het park staarde, Mr Hartwell over een grindpad op haar toe komen lopen en dacht eerst nog dat hij een mirage was die was ontstaan door haar verlangen naar hem. Ze knipperde met haar ogen, maar toen ze die opende, was hij er nog steeds, verlegen en liefdevol glimlachend. Maar niet naar haar. Hij had aan elke arm een dame: Mrs Woodford en haar kleindochter Emily. En het was Emily Woodford naar wie hij lachte.

Alsof Mr Hartwell Cecilia's blik op zich gericht voelde, keek hij haar recht aan en zag dat ze naar hem keek. Zijn bleke gelaat rood, maar hij knikte en glimlachte in een poging nonchalant over te komen. Hij zei iets tegen Miss Woodford, die vervolgens Cecilia's kant op keek en begon te glimlachen en te zwaaien, het slinkse wicht. Maar Cecilia verdreef die gedachte snel, omdat ze diep in haar hart wist dat Emily Woodford een respectabele jongedame was, en duidelijk veel scherpzinniger dan zij.

Mr Hartwell en de dames Woodford kwamen in het zaaltje langs om de mensen die binnen zaten te begroeten. Cecilia's moeder was ook verrast Mr Hartwell met Miss Woodford te zien en wierp een snelle blik op Cecilia om haar reactie te peilen. Cecilia probeerde onaangedaan te lijken door de aanblik van haar voormalige beau met een andere vrouw, maar vroeg zich af of ze zich, door onverschillig te doen, niet nog erger in de kaarten liet kijken. Van de weeromstuit deed ze heel levendig en spraakzaam. Ze legde uit dat Sophie, Mr Maitland en de Beswicks het Labyrint waren in gegaan en, omdat ze even vergat dat Miss Woodford Bath veel beter kende dan zij, moedigde ze haar aan dat ook eens te proberen. Ze vreesde dat ze een spoor van medelijden hoorde in Emily Woodfords antwoord: 'Ik heb het in het verleden al eens bezocht en heb er toen erg van genoten.' Toen draaide Miss Woodford zich om en keek Mr Hartwell bedeesd aan en zei: 'Maar misschien, Mr Hartwell, wilt u zich naar binnen wagen?'

In plaats van te antwoorden, keek Mr Hartwell naar Cecilia, die zijn blik ontmoette, waarbij haar afstandelijke façade even zakte en haar tegenstrijdige gevoelens duidelijk op haar gezicht te lezen waren. Zijn uitdrukking verzachtte een beetje, maar toen koos Lord Courtney net dat ongelukkige moment om zijn aanwezigheid kenbaar te maken door drie keer snel achter elkaar te niezen en te zeggen: 'Neem me niet kwalijk. Er is iets wat een kriebelend gevoel in mijn neus veroorzaakt. Waarschijnlijk al deze verduvelde vegetatie.'

Hierop namen Mr Hartwell en zijn gezelschap afscheid en Miss Woodford vroeg Cecilia om Sophie te vertellen dat ze haar spoedig een bezoek zou komen brengen.

Mrs Foster draaide zich om, om met haar dochter te praten nadat de anderen waren vertrokken, maar zei toch maar niets toen ze de bevroren glimlach op Cecilia's gezicht zag. Later, toen ze Cecilia en haar adellijke aanbidder er ongemakkelijk zwijgend bij zag zitten, en de stilte tussen hen alleen werd onderbroken door zijn dwaze en onzinnige opmerkingen, kwam ook Mrs Foster tot een onwelkom besef.

Sophie kon zich niet herinneren dat de wandeling naar het hart van het Labyrint zo lang was en vroeg zich af of dat kwam doordat ze gedwongen waren langzamer te lopen omwille van Mrs Beswick. Charles raakte gefrustreerd en Sophie kon het hem niet kwalijk nemen, al vermoedde ze dat het hoogstwaarschijnlijk Priscilla's muiltjes waren die het probleem veroorzaakten, en niet Priscilla zelf.

'Priscilla, moet je nou echt zo langzaam lopen?' hoorde Sophie Charles aan zijn vrouw vragen, op de toon van een man die er duidelijk genoeg van had.

'Ik loop als een dame; jij bent degene die te hard loopt.'

'Het damestempo van Miss Lattimore is anders lang niet zo slakachtig als dat van jou,' zei Charles, en Sophie was in verlegenheid gebracht toen ze merkte dat ze een bron van onenigheid was geworden voor het echtpaar. Ze leken altijd te kibbelen. Ze begreep niet hoe ze ooit lang genoeg opgehouden waren met ruziën om verliefd te kunnen worden en te trouwen.

Mr Maitland bleef staan en draaide zich om naar het stel. 'Als een dame zo'n beeldschoon plaatje is als uw echtgenote, Mr Beswick, mag een man zich gelukkig prijzen dat hij in de gelegenheid is haar te bekijken en beklaagt hij zich er niet over dat hij de tijd krijgt om dat te doen.' Hij zette zijn opmerking kracht bij door voor Priscilla te buigen.

Sophie had niet het gevoel dat Charles Beswick deze opmerking op prijs stelde, en ze vond hem zelf ook een beetje irritant. Ze was dus niet zo erg teleurgesteld als ze had verwacht toen Charles Beswick zei: 'Prima. Loopt ú dan maar met haar.' Hij verliet Priscilla's zijde en liep naar Sophie toe en bood haar zijn arm aan. 'Miss Lattimore?'

Sophie nam zijn arm zonder iets te zeggen en Mr Maitland, hoewel hij Sophie spijtig aankeek, stak zijn arm uit voor Priscilla.

Mr Beswick begon stevig door te lopen en Sophie paste haar tempo aan dat van hem aan. In tegenstelling tot wat Priscilla eerder had gezegd over het feit dat het te warm was om te wandelen, had Sophie het wat koud gehad, omdat het een bewolkte dag was en de zon schuilging achter een wolk. Ze vond de verhoogde activiteit dus verwarmend en nogal opbeurend. Maar na een paar minuten hield Charles zijn pas in en keek haar fronsend aan. 'Neem me niet kwalijk, Miss Lattimore. U had waarschijnlijk liever met Mr Maitland gelopen.'

'Ik klaag niet,' zei Sophie.

'Het is aardig dat u dat zegt, maar ik ben me ervan bewust dat ik me kinderachtig gedraag.' Sophie antwoordde niet en even later ging hij verder. 'U zult zich wel afvragen waarom Priscilla en ik... Ziet u, Miss Lattimore, Priscilla en ik kennen elkaar sinds onze kindertijd. Ik was een paar jaar ouder en zij was "maar" een meisje, dus ik had natuurlijk geen tijd voor haar.' Zijn frons verdween en veranderde in een innige glimlach bij de herinnering. 'Maar toen ik thuiskwam van school, kon ik niet meer om haar heen. Ze reed sneller, rende verder...' Hij bleef staan en schudde zijn hoofd vol ongeloof. 'U had haar moeten zien paardrijden, Miss Lattimore, in een oude rijjapon, met haar haar dat wild onder haar muts vandaan wapperde. Zo vond ik haar veel mooier dan de avond dat ik haar in Londen zag in haar dure baljurk, met al die kerels aan haar voeten.'

Sophie was nogal verrast door het beeld dat hij zojuist schilderde van Priscilla. Sophie zou nooit hebben vermoed dat Priscilla geïnteresseerd zou zijn in enige vorm van fysieke activiteit. Als dit degene was met wie Charles had gedacht te trouwen, was het dan een wonder dat het sierlijke poppetje dat haar plaats had ingenomen hem teleurstelde?

'Ik weet dat u voor onze verloving hebt gepleit, Miss Lattimore, en ik was u destijds erg dankbaar, want ik hield oprecht van Priscilla en was wanhopig bij de gedachte haar te verliezen. Maar,' zei hij, terwijl zijn gezicht weer betrok, 'is het mogelijk dat ik haar al kwijt was? Waar is het meisje op wie ik verliefd werd? Ze geeft niets meer om de dingen die we ooit leuk vonden om samen te doen, en wil alleen nog maar praten over franje en bont, beaus en roddels, en verwacht constant complimenten over haar uiterlijk. Ik geef niets om al die dingen. Een man zou er nog door aan de drank raken!'

'Dat is begrijpelijk, Mr Beswick,' zei Sophie meelevend, omdat ze het oprecht met hem te doen had. 'Ik wist niet dat Priscilla's persoonlijkheid zo drastisch was veranderd. Maar het meisje op wie u verliefd werd, bestaat nog steeds, dat weet ik zeker,' zei ze, een beetje leugenachtig, want ze was daar helemaal niet zo zeker van.

Charles Beswick bleef ineens stilstaan, draaide zich om en greep Sophies hand. 'Kunt u ons helpen onze relatie te herstellen, Miss Lattimore? Priscilla vertelde me dat u talent hebt voor zulke dingen.'

Sophie dacht na over het feit dat niemand ooit meer gestraft had kunnen worden voor een daad van welwillende bemoeienis dan zij. En toch had ze duidelijk haar lesje nog niet geleerd, want ineens hoorde ze zichzelf Mr Beswick op het hart drukken dat ze haar best zou doen om hem en Priscilla te helpen met hun huwelijk. Zij, een oude vrijster, die niet in staat was haar eigen relatiedilemma op te lossen.

Sophie en Charles Beswick bereikten de schommel lang voordat het andere koppel arriveerde, maar aangezien er al een dame en een heer op zaten, redeneerde Sophie dat ze daarom sowieso hadden moeten wachten en onderdrukte het ongeduld dat ze misschien had gevoeld. Ook Charles Beswick leek zich geen zorgen te maken over de langdurige afwezigheid van zijn vrouw met een andere heer, maar leek meer geïnteresseerd in de mechanische aspecten van de schommel.

De schommel van Mr Merlin hing in een prieelachtig bouwwerk, met een dak maar open aan de zijkanten. Het compartiment waar de deelnemers in zaten had de vorm van een boot, met aan elk uiteinde twee zitbanken en met touwen aan het plafond opgehangen. Ook boven elke zitbank hing een touw, en door eraan te trekken kon een berijder de schommel heen en weer bewegen.

De bediende spoorde het andere koppel aan uit de schommel te stappen (ze zaten er kennelijk al een poosje in), maar Sophie legde hem uit dat ze op hun vrienden wachtten, dus liet hij het paar verderschommelen tot ze er genoeg van hadden. Ze waren nog niet uitgestapt of daar arriveerden Priscilla en Mr Maitland.

'Eindelijk!' zei Charles geïrriteerd, maar na een waarschuwende blik van Sophie wist hij zijn woede in te slikken. 'Jullie komen precies op tijd,' zei hij op veel mildere toon.

De bediende hielp hen in de schommel en gaf daarbij wat instructies, al vond Charles Beswick duidelijk dat hij die niet nodig had. Hij stond te popelen, en Priscilla zat nog maar net of hij trok al aan zijn touw.

'Hemel!' gilde Priscilla en ze greep de arm van haar man beet.

Mr Maitland en Sophie hadden naast elkaar op hun bankje tegenover de Beswicks plaatsgenomen, maar Sophie was ook nog niet helemaal klaar om zo in beweging te worden gekatapulteerd, aangezien ze bezig was te bedenken hoe ze haar rokken zo moest schikken dat die niet zouden opwaaien en zo voorbijgangers op een onoorbaar tafereel zouden trakteren. Toen de schommel in beweging kwam, hield Mr Maitland Sophie met een hand om haar middel in evenwicht, maar voordat ze de tijd had daar verlegen van te worden, haalde hij zijn hand alweer weg om het touw vast te pakken en eraan te trekken.

Priscilla had haar evenwicht hervonden, maar hield Charles nog steeds zo stevig mogelijk vast. Hij leek het niet erg te vinden, maar glimlachte liefdevol naar haar voordat hij nog een krachtige ruk aan het touw gaf.

Sophie was bang dat de mannen hen de ruimte in zouden lanceren, want het leek alsof ze een wedstrijd deden wie van hen de schommel het verst kon laten uitzwaaien. Omdat ze niet getrouwd was met Mr Maitland, vond ze dat ze hem niet kon vastgrijpen zoals Priscilla haar man vasthad, dus hield ze in plaats daarvan een hand om de zijkant van de boot en greep ze met de andere de onderkant van de bank beet. Ze had het vermoeden dat ze veel meer van de ervaring zou hebben genoten als zij en Priscilla degenen waren geweest die de touwtjes in handen hadden gehad. Al klaagde Priscilla voor deze ene keer niet over het gedrag van haar man, maar leek ze te genieten van het wilde schommelen. Lachend en gierend kneep ze de gespierde arm van haar man fijn. Sophie zag ineens een glimp van het meisje dat Priscilla vroeger was geweest, en uit de liefdevolle blikken die Charles naar haar wierp, leek het alsof hij hetzelfde zag.

Het was Sophie die behoefte voelde om te klagen, en ze had dat misschien ook gedaan als de bediende de twee heren niet luidkeels had gewaarschuwd niet zo hard aan de touwen te trekken.

Toen ze in een rustiger tempo zwaaiden en geen direct gevaar meer liepen om uit het gevaarte te worden geslingerd, draaide Mr Maitland zich naar Sophie. 'Je mag mijn arm wel vasthouden.'

Sophie had Mr Maitland vaak bij de arm gepakt als ze samen wandelden, maar het leek haar nogal ongepast om dat te doen terwijl hij bezig was en de activiteit zijn spieren deed aanspannen, iets wat Sophie door de stof van zijn jas kon voelen en wat ervoor zorgde dat ze het nog veel warmer kreeg dan tijdens haar stevige wandeling met Mr Beswick. Ze voelde zich buitengewoon slecht op haar gemak, en dat werd nog erger toen ze naar de Beswicks keek, die elkaar verhit aanstaarden alsof ze op het punt stonden hun onderbroken huwelijksreis ter plekke te hervatten.

Maar toen Charles aan het touw trok, raakte hij de zijkant van Priscilla's hoofd waardoor haar hoed loskwam. En net op dat moment was er een windstoot die hem van haar hoofd blies.

'O nee!' riep Priscilla, terwijl ze opstond in de schommel en het leek alsof ze eruit zou springen om haar hoed te achtervolgen, die een paar meter verderop op de grond was beland.

Charles hield haar tegen voordat ze dat kon doen, trok haar naast zich neer, lachte en zei: 'Het is maar een hoed, Priscilla. Ik koop wel een andere voor je.'

'Het is maar een hoed? Het is maar een hoed?' herhaalde Priscilla vol ongeloof. 'Mannen hebben ódes geschreven aan die hoed! Men vergeleek hem met de nimbus van een godin!'

Voordat Charles kon reageren, was de bediende al naar het hoofddeksel gerend. Hij raapte hem van de grond en sloeg hem tegen zijn dij om het eventuele vuil ervanaf te kloppen. Ze zagen allemaal dat een zilverreigerveer treurig naar de grond zweefde.

'Niks aan de hand,' zei de bediende. 'Hij wacht op u tot u klaar bent met de rit.'

Maar met dat incident was de rit al ten einde, want zelfs Mr Maitland kon de sfeer niet meer gladstrijken toen Charles niet het juiste berouw toonde (of zelfs helemaal geen) voor zijn aandeel in het vernietigen van Priscilla's favoriete *chapeau*. De pasgehuwden, die slechts enkele ogenblikken eerder nog zo verrukt waren van elkaar, wisselden nu nog nauwelijks een woord, en hun humeur was ook van invloed op Sophie en Mr Maitland. Het frustreerde iedere romantische toenadering van zijn kant. In plaats daarvan begonnen hij en Sophie beleefd over koetjes en kalfjes te praten in een poging te doen alsof er niets aan de hand was.

11

De excursie waarvan Sophie had gedacht dat die helderheid zou brengen over haar gevoelens, was in die zin jammerlijk mislukt, maar had blijkbaar het tegenovergestelde effect op Cecilia. Toen ze Sydney Gardens verliet wist ze zeker dat ze nooit met Lord Courtney zou trouwen en dat Mr Hartwell haar ware liefde was, die ze helaas aan een ander had verloren.

Sophie overwon heldhaftig het verlangen om 'Dat zei ik toch?' tegen haar te zeggen maar luisterde in plaats daarvan heel meelevend naar Cecilia's klaagzang. Sophie had niet alleen verdriet om haar nichtje, maar ook om zichzelf, omdat ze niet zag hoe ze haar vriendschap met Emily Woodford kon voortzetten, de vrouw die de genegenheid had gestolen van de man van wie haar nichtje hield.

Natuurlijk wist Sophie dat Emily niets te verwijten viel; ze was erbij geweest toen het paar elkaar voor het eerst ontmoette. Ze had gezien dat Emily Mr Hartwell oprecht aantrekkelijk vond, en Cecilia had heel openlijk een andere man aangemoedigd haar aandacht te schenken. Toch besefte ze dat het Cecilia pijn zou doen als ze gedwongen werd met het paar om te gaan vanwege Sophies vriendschap met Emily, en Sophie wist dat haar loyaliteit eerst en vooral bij Cecilia lag.

Sophie kon zich nog maar al te goed herinneren hoe het had gevoeld, op haar achttiende, toen de man die ze bewonderde haar afwees ten gunste van een ander, en hoewel Cecilia het verlies van Mr Hartwells affectie louter aan haar eigen domheid te wijten had, twijfelde Sophie er niet aan dat het daardoor des te heviger stak.

Mrs Foster had de kwestie niet met haar dochter besproken, aangezien Cecilia's betraande onthullingen plaatsvonden in de beslotenheid van Sophies slaapkamer toen ze terugkwamen uit de tuinen, maar Mrs Foster zei wel tijdens het diner dat ze allemaal vast moe waren van hun excursie en de avond voor de verandering maar eens thuis zouden doorbrengen in plaats van naar de Assembly Rooms te gaan.

Sophie had het gevoel dat dit de onvermijdelijke ontmoeting tussen alle betrokken partijen alleen maar uitstelde, maar ze besefte dat tante Foster op de hoogte leek te zijn van Cecilia's nood en dat ze probeerde te helpen. En toen ze later haar tante op Cecilia's deur hoorde kloppen met de vraag of ze haar even kon spreken, hoopte Sophie vurig dat ze deze kwestie niet wilde oplossen door druk uit te oefenen op haar dochter om toch vooral wel een rampzalige verloving met Lord Courtney aan te gaan.

Maar de volgende ochtend bij het ontbijt ontdekte Sophie dat haar zorgen ongegrond waren. Ze was alleen met Mrs Foster – Cecilia was niet naar beneden gekomen – en Mrs Foster zei dat ze nu haar dwaasheid inzag door Cecilia aan te moedigen het verzoek van Mr Hartwell af te wijzen ten gunste van Lord Courtney.

'Het valt me niet mee het toe te moeten geven,' zei Mrs Foster tegen Sophie terwijl ze speelde met het eten op haar bord, 'maar ik ben tekortgeschoten tegenover mijn dochter.'

Sophie wenste dat ze deze bewering kon ontkennen, aangezien tante Foster er die ochtend tien jaar ouder uitzag in het felle licht dat door het raam naar binnen stroomde en de donkere kringen onder haar ogen uitlichtte. Maar Sophie wist dat alle protesten die ze uitte loos en niet overtuigend zouden klinken, en dus zweeg ze. En even later begon Mrs Foster Sophie dingen te vertellen die ze nog nooit aan een levende ziel had toevertrouwd.

'Ik had een nichtje van mijn eigen leeftijd met wie ik ben opgegroeid; we debuteerden samen. Maar ze was in alle opzichten mijn meerdere; qua uiterlijk, manieren, charme. Ik werd volledig door haar overschaduwd, en toen ze een geweldige partij vond en zich verloofde met een rijke graaf, ervoer ik mijn eigen mislukking nog intenser. Ik was zelf verre van succesvol. Zo onhandig en verlegen en gewoontjes, althans zo voelde ik me in vergelijking met mijn nichtje. Mr Foster was de enige heer die mij een aanzoek deed, en dus nam ik dat aan.

Arme man,' zei Mrs Foster, en ze glimlachte vol zelfspot. 'Hij kreeg niet bepaald de hoofdprijs. En in plaats van te waarderen dat ik een man had die me vriendelijk behandelde en me een prachtige dochter schonk, bleef ik stilstaan bij wat ik dacht te hebben gemist: een adellijke titel en een respectabele positie. Ik zag mijn huwelijk als de bevestiging van hoe ik mezelf zag: ik was de mindere, onwaardig, een mislukkeling.'

'Was uw nichtje gelukkig in haar huwelijk?' vroeg Sophie.

Mrs Foster haalde haar schouders op. 'Ik weet het niet. Ze klaagde in ieder geval nooit, ook al stond de graaf alom bekend als rokkenjager. Ze leek te genieten van haar sociale status, maar veel tijd was haar daarvoor niet gegund. Ze stierf iets meer dan een jaar later in het kraambed.'

'Wat vreselijk.'

'Ja, het was heel verdrietig. Als ze langer had geleefd, zou ik misschien zijn gaan inzien hoe misplaatst mijn denkwijze was, maar in plaats daarvan bleef ik in die opvatting steken en bleef ik geloven dat mijn nichtje het toppunt van succes voor een vrouw had bereikt en dat ik een volslagen mislukking was. En toen Cecilia uitgroeide tot zo'n knappe jongedame, zo charmant en zelfverzekerd, begon ik te denken dat zij mijn kans op verlossing was, dat haar succes mijn tekortkomingen zou verzachten.'

'Tante Foster, u bent te streng voor uzelf...' begon Sophie, maar haar tante legde haar met een wuivend gebaar het zwijgen op.

'Maak je geen zorgen. Ik ben tot het besef gekomen, veel te laat, dat er wel wat af te dingen viel op mijn oordeel. En dat Mr Foster wel degelijk de hoogste huwelijksprijs was, al zag ik dat destijds niet in. Maar ik heb Cecilia aangemoedigd om dezelfde verwrongen kijk op het huwelijk te hebben die ik toen had, en ik zie dat het haar heel ongelukkig heeft gemaakt.'

Sophie kon dit niet ontkennen, en de twee zaten er een paar minuten zwijgend bij, voordat Mrs Foster voorzichtig zei: 'Misschien is het nog niet te laat voor haar en Mr Hartwell.'

'Misschien niet,' beaamde Sophie. 'Eén uitstapje naar het park met Emily Woodford maakt nog geen huwelijk. Maar ik zou niets doen om Cecilia's hoop in dat opzicht aan te wakkeren.'

'Nee, natuurlijk niet, maar misschien kun jij iets doen om je nichtje te helpen? Iets soortgelijks als wat je deed voor Lucy Barrett en Lord Fitzwalter?'

En alweer had Sophie reden tot spijt dat ze die brief ooit had geschreven.

Sophie was dankbaar toen Priscilla Beswick later die ochtend op visite kwam, aangezien ze haar kon overhalen om haar naar de Pump Room te vergezellen. Daar Cecilia en Mrs Foster er helemaal niet op gebrand waren Lady Smallpeace en Lord Courtney onder ogen te komen, schuwden ze voorlopig hun gebruikelijke uitjes, en Sophie zou in dat geval ook gedwongen zijn thuis te blijven. Dus begroette ze Priscilla hartelijk, ook al had ze haar voor het laatst gezien tijdens de rampzalige excursie naar Sydney Gardens. Dat was precies wat Priscilla wilde bespreken terwijl ze samen naar de Pump Room liepen. 'Ik besef dat ik misschien een beetje overdreven heb gereageerd op de verwoesting van mijn hoed, maar Charles is zo weinig sympathiek, het is gewoon ondraaglijk! Mr Maitland is zóveel begripvoller. Ben je van plan hem te nemen?' Sophie, die maar met een half oor had geluisterd naar Priscilla's geklaag over haar man (en haar kapotte hoed) was door deze abrupte vraag ineens weer helemaal bij de les. 'Pardon?'

'Toen ik pas in Bath aankwam dacht ik dat het Sir Edmund was die je bewonderde, en hij zou ongetwijfeld een veel betere partij voor je zijn, maar ja, Mr Maitland is zo...' hier zweeg Priscilla even totdat ze eindelijk het woord vond dat ze zocht en met een diepe zucht uitsprak, '...simpatico. Hij is zelfs nog aangenamer dan Lord Fitzwalter. Ik vraag me oprecht af, stel dat ik hem had ontmoet voordat ik Charles kende...' Priscilla haalde haar schouders op zonder haar zin af te maken. 'Maar nogmaals, als ik Charles niet had gekend, zou ik waarschijnlijk met Fitzwalter zijn getrouwd.'

Sophie was opgelucht dat Priscilla haar vraag over Sophies bedoelingen leek te vergeten toen ze aan een ingewikkelde analyse begon van haar eigen huidige en voormalige bewonderaars. Ze had niet meer nodig dan een instemmend knikje en wat meelevend gemompel, waardoor Sophie over haar eigen lastige situatie en die van haar nichtje kon nadenken. Toch was Sophie niet vergeten dat ze had aangeboden om ook de Beswicks te helpen, en dat probeerde ze, terwijl ze Priscilla's mijmeringen onderbrak met de vraag: 'Priscilla, is het waar dat je veel geïnteresseerder was in actieve bezigheden toen je Mr Beswick pas kende? Heb je er nooit bij stilgestaan dat hij het misschien plezieriger zou vinden om dergelijke dingen samen met jou te ondernemen, in plaats van bals en koffievisites af te lopen?'

'Die dingen vond ik inderdaad leuk toen ik jonger was, maar Charles moet toch beseft hebben dat ik daar klaar mee was toen ik mijn haar begon op te steken. Toen ik naar Londen ging kwam ik erachter dat mijn jeugdige gedrag, dat nog wel toegestaan was voordat ik mijn debuut had gemaakt, volkomen ongeschikt was voor een dame van enige standing. En trouwens, je mag niet eens galopperen in Hyde Park! Charles kan niet verwachten dat een vrouw die de populairste dame van heel Londen was zin heeft om rond te rennen als een wild schoolmeisje.'

Voordat Sophie iets kon bedenken om deze bewering tegen te spreken, hadden zij en Priscilla de ingang van de Pump Room bereikt waar ze werden begroet door een van Priscilla's talloze bewonderaars, en gedwongen hun gesprek te beëindigden.

Sophie had geen duidelijk idee hoe ze Cecilia kon helpen, behalve dat ze op de een of andere manier aan Mr Hartwell moest laten doorschemeren dat Cecilia had besloten Lord Courtneys hofmakerij niet langer in overweging te nemen. Want Sophie nam aan dat dit de reden moest zijn waarom Mr Hartwell geen aandacht meer aan Cecilia besteedde. Toen ze de Pump Room binnenkwam, was Sophie dan ook zo vastbesloten Mr Hartwell te vinden dat ze, toen ze in plaats daarvan meteen Sir Edmund tegen het lijf liep, volledig overrompeld was en helemaal in verwarring was gebracht.

'Miss Lattimore, hoe maakt u het?' vroeg hij, en ze maakte een reverence.

'Heel goed, dank u,' antwoordde ze, maar ze bloosde toen ze het zei en het zag er zo vreemd uit dat Sir Edmund het tegenovergestelde aannam.

'Weet u zeker dat u geen last hebt van de hitte? Wilt u misschien mijn arm nemen?' vroeg hij bezorgd.

'Nee, nee, het gaat wel,' zei Sophie, maar maakte toen toch gebruik van het excuus dat hij bood en vervolgde, 'al hebben Mrs Beswick en ik een nogal lange wandeling gemaakt, dus misschien ben ik een beetje oververhit.'

Ze wendde zich tot Priscilla voor bevestiging van deze opmerking, maar ontdekte dat die al verwikkeld was in een gesprek met Mr Andrews. Sophie realiseerde zich dat dit waarschijnlijk maar het beste was, aangezien Priscilla zo onvoorspelbaar was dat ze Sophies verklaring evengoed zou kunnen tegenspreken als bevestigen.

'Het is hier nogal druk. Misschien kunnen we wat dichter naar het raam toe lopen,' zei Sir Edmund.

Sophie pakte zijn arm en ze liepen naar een bankje bij een raam, waar ze ging zitten, zichzelf in gedachten vermanend voor haar gebrek aan kalmte. Maar het was een paar dagen geleden sinds ze Sir Edmund voor het laatst had gezien, en ze had verzuimd zich voor te bereiden op een ontmoeting met hem. Ze realiseerde zich plotseling dat, hoewel ze zich ook ongemakkelijk en verward voelde in de aanwezigheid van Mr Maitland, deze vreugde die ze nu voelde alleen door Sir Edmund werd veroorzaakt. Maar moest ze toegeven aan deze gevoelens? Wat als ze niet beantwoord werden? Zou Mr Maitland niet de veiligere keuze zijn?

Maar dit waren geen gedachten waar ze op dit moment bij stil kon staan, dus haalde ze een paar keer diep adem in een poging haar zelfbeheersing terug te krijgen.

'Hoe voelt u zich?' vroeg Sir Edmund.

'Uitstekend. Maar ik moet u wel bedanken, want het is veel plezieriger in deze hoek van de zaal.'

'Dat is het zeker,' zei Sir Edmund met een glimlach die iets flirterigs in zich had, en Sophie moest denken aan hoe ze had aangeboden hem bijles te geven in deze vaardigheid en bloosde opnieuw om haar dwaasheid. Het bleef even stil toen Sophie verlegen naar haar handen staarde en Sir Edmund haar opnam. Hij schraapte zijn keel voordat hij zei: 'Ik ben blij met deze gelegenheid om u alleen te spreken. Er is iets wat ik u wil vragen.'

Sophies ogen schoten meteen naar de zijne, maar hij sprak

meteen door, alsof hij zich realiseerde dat zo'n begin meer zou kunnen betekenen dan hij had bedoeld. 'Dat wat ik eigenlijk wil zeggen is dat ik u wilde uitnodigen.'

Sophie knikte bemoedigend. Het verwonderde haar hoe onhandig en bedeesd Sir Edmund soms kon zijn. Hij leek zelfs nog verlegener en ongemakkelijker bij het andere geslacht dan zij! Terwijl hij op andere momenten zo'n geoefende flirt leek, zoals ze maar al te goed wist.

'Ik vroeg me af of jij – en je tante en nichtje natuurlijk – een dagje op mijn landgoed, Newbrooke, zouden willen doorbrengen. Het is niet meer dan een uur rijden van Bath en ik kan vervoer regelen. En mijn huishoudster, Mrs Cooper, zorgt voor thee en dergelijke.'

Hij was amper klaar met zijn zin of Sophie haastte zich de uitnodiging verheugd te aanvaarden. 'Ja! Dat lijkt me heerlijk, dank u! Ik kan niets bedenken wat ik liever zou willen.'

'Ik zou vereerd zijn met uw bezoek,' zei Sir Edmund, glimlachend om haar enthousiasme. 'Is er nog iemand anders die ik moet uitnodigen? Uw goede vriendin Miss Woodford bijvoorbeeld?'

'Nee!' zei Sophie iets te fel, en Sir Edmund trok verrast een wenkbrauw op. 'Nee, dank u, niet Miss Woodford. Maar denkt u misschien... zou u Mr Hartwell willen uitnodigen?' vroeg Sophie. 'En ook, als het niet te veel gevraagd is, de Beswicks?'

Sir Edmund bleef even stil en begon toen te grinniken. 'Miss Lattimore, hebt u soms besloten u weer op het koppelen te storten, nadat u zo krachtig hebt geprotesteerd dat mensen hun eigen zaken moeten kunnen regelen en dat u zich er niet mee kunt en wilt bemoeien?'

Sophie keek om zich heen, om er zeker van te zijn dat niemand Sir Edmund had gehoord. 'Alstublieft, Sir Edmund, praat u toch wat zachter. Het gaat niet om koppelen. Het is eerder een poging om de problemen op te lossen die zijn veroorzaakt door eerdere inspanningen op dat gebied, zowel die van mijzelf als die van anderen.'

'Aha,' zei Sir Edmund, maar hij leek moeite te doen om een glimlach te bedwingen. 'Als Beswick en Hartwell komen, dan denk ik dat ik meer moet regelen dan alleen thee en koekjes. Rijdt u paard, Miss Lattimore?'

'Zeker, hoewel ik het al jaren niet meer heb gedaan.'

'En de andere dames? Op de een of andere manier kan ik me Mrs Beswick niet te paard voorstellen, in *ventre à terre*, want wat als haar kapsel dan in de war raakt?'

'O, het zou u verbazen. Mij is verteld dat ze een zeer goede amazone is. Maar misschien moet u gewoon een ritje plannen voor de heren.'

Hun tête-à-tête werd op dat moment onderbroken door de heer naar wie Sophie eerder op zoek was. Mr Hartwell begroette hen allebei en wendde zich toen tot Sophie, met een verlegen blik. 'U bent hier niet met uw tante en nichtje, zie ik. Ik neem aan dat ze allebei in goede gezondheid verkeren?'

Sophie stond op van de bank om gemakkelijker met Mr Hartwell te kunnen praten, aangezien Sir Edmund een beetje naar haar toegekeerd had gestaan, steunend met zijn arm tegen de muur zodat hij haar gedeeltelijk aan het zicht had onttrokken.

'Ze zijn niet ziek, maar Cecilia lijdt aan een lichte neerslachtigheid,' zei ze, en ze hoopte dat haar nichtje er nooit achter zou komen dat ze dat tegen Mr Hartwell had gezegd.

'Het spijt me dat te horen,' zei Mr Hartwell, maar hij leek eerder verward dan spijtig, alsof hij wist welke betekenis deze opmerking eventueel zou hebben. 'Breng haar mijn groeten over, alstublieft. Of, nee, ja, ik neem aan dat u mijn groeten wel kunt overbrengen. Als u denkt dat het haar stemming niet nog meer zal bedrukken,' zei Mr Hartwell, en hij keek opnieuw alsof hij niet zeker wist of hij op een dergelijke mogelijkheid moest hopen of juist niet.

'Ik denk dat het haar enorm zal opvrolijken dat u haar uw goede wensen overbrengt, en zelfs dat ze überhaupt in uw gedachten was,' zei Sophie, en ze probeerde Sir Edmunds kuchje te negeren, want ze voelde wel dat hij uitsluitend kuchte om haar te plagen.

'Ik weet zeker dat ze zich meer zorgen maakt over hoe Lord Courtney over haar denkt dan ik,' zei Mr Hartwell, en zijn open, kalme gezicht nam de meest bittere uitdrukking waar het toe in staat was aan, waardoor hij er een beetje uitzag als een knorrig cherubijntje.

Sophie had op zo'n opening gehoopt en ging er dankbaar op in. 'Mag ik u iets in vertrouwen vertellen, Mr Hartwell?' Ze wendde zich even tot Sir Edmund. 'Ik weet zeker dat ik Sir Edmund als heer kan vertrouwen en dat hij niets zal herhalen van wat ik te zeggen heb.' Sir Edmund maakte een ernstige buiging, al meende Sophie een ongepaste twinkeling in zijn ogen te zien. Ze negeerde hem, stapte dichter naar Mr Hartwell toe en dempte haar stem. 'Het lijkt erop dat mijn tante Foster haar zinnen had gezet op een verloving tussen mijn nichtje en... iemand die ik niet bij naam zal noemen, al geloof ik dat u die zojuist al hebt genoemd.' Sophie trok haar wenkbrauwen veelbetekenend op terwijl ze dit zei, en Mr Hartwell knikte begripvol. 'En Cecilia is zo'n plichtsgetrouwe dochter dat ze probeerde te voldoen aan de wensen van haar moeder, maar toen ze deze niet nader genoemde heer leerde kennen ontdekte ze dat niets haar ertoe kon brengen een verbintenis met hem aan te gaan. En nu is ze nogal ontroostbaar bij de gedachte haar moeder teleur te stellen. Mij dunkt dat u kunt begrijpen wat haar sombere stemming veroorzaakt, nietwaar, Mr Hartwell? En ik hoop dat u haar vriend blijft.'

'Maar natuurlijk! Arme Cecil- eh – Miss Foster; ik zal er alles aan doen om haar op te vrolijken.'

'Wat ben ik opgelucht dat te horen! Ik wist wel dat we op u konden rekenen, Mr Hartwell,' zei Sophie vol bewondering, en Mr Hartwell verschoot meteen van kleur. Sophie weigerde Sir Edmund aan te kijken, bang dat ze door zijn plagende blik haar kalmte zou verliezen. Dus ze was verrast en dankbaar toen hij op dat moment de leiding over het gesprek nam en Mr Hartwell uitnodigde om deel te nemen aan het bezoek aan zijn landgoed, dat voorlopig gepland stond voor een week later.

Toen deze plannen eenmaal waren gesmeed, nam Mr Hartwell al snel weer afscheid van hen beiden, en durfde Sophie eindelijk weer naar Sir Edmund te kijken, met opgetrokken wenkbrauwen alsof ze een vraag stelde. Hij beantwoordde haar blik met een glimlach en klapte toen zachtjes. '*Brava*! Wat een meesterlijk optreden,' zei hij. 'Ik ben onder de indruk. En ook een beetje bang, zoals elke ongehuwde heer in uw omgeving zou moeten zijn.'

'Onzin,' zei Sophie beschaamd. 'Alles wat ik zei was waar, al heb ik het gedrag van tante Foster misschien erger afgeschilderd dan het in werkelijkheid was.'

'Maar u moest wel, om de ridderlijke instincten in Mr Hartwell aan te wakkeren. En ik weet zeker dat elke moeder meer dan bereid zou zijn haar reputatie op te offeren voor zo'n doel,' antwoordde Sir Edmund. 'Waar was dit trouwens allemaal voor nodig? Ik dacht dat Hartwells hart al stevig in het bezit van je nichtje was. Heeft hij haar in de steek gelaten vanwege haar dwaasheid die lomperd van een Courtney aan te moedigen?'

'Ja, en omdat hij zijn heil al elders aan het zoeken was.'

'Dat moet Miss Foster vrij snel tot bezinning hebben gebracht. Dat had hij weken eerder moeten doen,' zei Sir Edmund.

'Toe maar, Sir Edmund, u schijnt zelf ook nogal bedreven te zijn in de kunst van het koppelen,' complimenteerde Sophie hem.

'Ach nee, ik ben helemaal niet bedreven in dergelijke zaken.

Ik buig voor uw superieure kennis. Ik moedig u inderdaad aan om uw talenten ook voor mij in te zetten. Ik schenk u mijn hart om ermee te doen wat u goeddunkt,' zei hij. Deze keer trok hij zijn verklaring niet snel in, en keek hij ook niet beschaamd weg, maar staarde haar veelbetekenend aan. Op dat moment kwam Priscilla Beswick op hen toe en zei dat ze Sophie overal had gezocht. Hoe kwam ze erbij zich in dit hoekje met Sir Edmund te verstoppen, en Sophie had de grootste moeite om zich los te rukken van Sir Edmunds betoverende blik.

12

Zodra Sophie thuiskwam van de Pump Room, ontdekte ze dat Cecilia verkouden was (misschien veroorzaakt door haar neerslachtigheid), wat de dames een uitstekend excuus gaf om geen visite te ontvangen of uit te gaan. Gelukkig was het geen ernstige ziekte en het leek erop dat ze volledig hersteld zou zijn tegen de tijd dat ze Sir Edmunds landgoed zouden bezoeken. Toen Cecilia hoorde dat Mr Hartwell hen zou vergezellen, begon ze bijna net zo uit te kijken naar de excursie als Sophie. Sophie, die voelde dat ze nu wist aan welke van haar vrijers ze de voorkeur gaf en die enige reden had om aan te nemen dat hij hetzelfde zou kunnen voelen, kon natuurlijk geen blijk geven van haar voorliefde voordat hij de zijne voor háár bekende, en ze hoopte maar dat dit zou gebeuren tijdens hun bezoek aan Sir Edmunds landgoed. Ze was dus net zo vastbesloten Mr Maitland te mijden als Cecilia Lord Courtney.

Mr Hartwell had Cecilia bloemen gestuurd, die ze op haar nachtkastje had gezet, en toen ze wat verlepten, koos ze er eentje uit om voorzichtig tussen de bladzijden van haar dagboek te drogen. (Sophie merkte op dat er een boeket van Lord Courtney in een donkere hoek van de salon was achtergelaten, waar het ongezien en niet-betreurd stond te verwelken.)

Sophie was ook niet verwaarloosd door haar vroegere aanbidder, aangezien Mr Maitland haar een gedicht had gestuurd dat hij had gevonden en dat was geschreven door een dichteres uit de vorige eeuw, Mary Leapor, getiteld: 'Advies aan

Sophronia'. Sophie was erg ontroerd toen ze het ontving en voelde zich zelfs schuldig dat ze Mr Maitlands genegenheid niet kon beantwoorden. Althans dat was het geval, totdat ze het gedicht las, iets waarvan ze zeker wist dat Mr Maitland daar niet de tijd voor had genomen.

'Als jeugd en charmes hun moedwillige vlucht hebben genomen,' begon het, 'en voorbijgaande schoonheid hen goedenacht wenst; Als haar ooit zo sprankelende ogen somber staan, laat dan de verheven ziel van de oude dame bestaan; Ruil aanstellerij, die vriend uit haar jeugd, in voor waarheid, voorzichtigheid, zuiverheid en deugd.'

Maar het beledigende advies aan de oude, krakkemikkige en klaarblijkelijk ijdele en oppervlakkige Sophronia hield daar niet op. Integendeel, het vervolg luidde:

De ruwe hand van de tijd heeft uw gezicht besmeurd
Geen vrolijk vermiljoen dat uw lippen nog kleurt.
Niemand heeft nog reden om over uw figuur te reppen
Nu de hangende lelies op uw boezem verleppen.

En na nog meer uitgelezen beschrijvingen van 'verschrompelde armen' en 'ooit zo mooie ogen', eindigde het met deze sombere profetie:

Gij medelijdend lot, opdat u deze verdorde dame redden mag
en haar veilig drage naar haar maagdelijk' graf.

Bij de eerste lezing was Sophie verrast en beledigd, maar toen moest ze lachen om wat Mr Maitland had bedoeld als groots romantisch gebaar, en besloot ze het uiteindelijk te bewaren in haar dagboek. Het was per slot van rekening het eerste gedicht dat ze ooit van een bewonderaar had gekregen. Er waren geen heren die odes aan Sophies kleding schreven, zoals aan die van Priscilla Beswick. Maar ze vergeleken haar ook weer niet met koeien, dus besloot ze uiteindelijk dat het geschenk van een gedicht met haar naam in de titel toch niet noodzakelijk een belediging was.

Nu hij weer in Cecilia's gunst was en zij in de zijne, had Mr Hartwell het op zich genomen om het vervoer van de dames naar Newbrooke te regelen. Omdat de Beswicks ook de uitnodiging van Sir Edmund hadden aanvaard, werd besloten dat de vier dames per koets zouden reizen terwijl de heren Beswick en Hartwell de koets te paard zouden vergezellen.

De eerste ontmoeting tussen Cecilia en Mr Hartwell sinds hun laatste ontmoeting in Sydney Gardens en Cecilia's besef van haar gevoelens voor hem was minder ongemakkelijk dan die had kunnen zijn, aangezien het een drukte van belang was bij de voorbereidingen voor de reis, zodat ze elkaar alleen konden begroeten, al deden ze dat met een blos op de wangen en een air van verlegenheid. Priscilla Beswick moest natuurlijk in het middelpunt van elke activiteit staan, en dat was die ochtend niet anders, en dus leidde ze al snel de aandacht af van het verlegen stel door ernstig te informeren naar de duur van de reis en of het mogelijk was dat ze met haar gezicht naar voren kon zitten, omdat ze last had van reisziekte. Charles keek ongeduldig bij de vragen van zijn vrouw, en Sophie moest toegeven dat als Priscilla echt de waaghals was die hij had omschreven, deze pretentie van delicaatheid een beetje overdreven was. Maar ze was gaan inzien dat Priscilla meende dat al deze aanstellerijtjes nu eenmaal hoorden bij hoe een vooraanstaande dame zich gedroeg. Nu Sophie deze denkwijze begreep, herkende ze zelfs de maniertjes die ze had gekopieerd van een paar populaire Londense schoonheden. En het was ook waar dat deze tactieken meestal resulteerden in nog meer aandacht van de heren. Het was alleen jammer dat Priscilla's eigen echtgenoot geen liefhebber was van dergelijke trucs. Daarom sprak Sophie Priscilla's beweringen over haar kwetsbaarheid niet tegen, maar bood ze snel aan om tegenover haar in de koets plaats te nemen, Cecilia bood hetzelfde aan zodat haar moeder ook naar voren kon kijken, en toen konden ze eindelijk op weg.

Zodra ze de stad goed en wel achter zich hadden liggen, zagen ze de heren met grote snelheid en duidelijk plezier langsrijden. Ze hadden alle reden om blij te zijn, want het weer werkte mee aan hun excursie, en hoewel er een paar dikke witte wolken aan de hemel dreven, had de lucht een verbazingwekkende intens blauwe kleur.

'Mr Hartwell heeft een goede zit,' merkte Priscilla plotseling op terwijl de dames de heren voorbij zagen komen, en Cecilia bloosde en keek verlegen. 'Maar ik vraag me af waarom híj u begeleidt. Ik dacht dat u zich met Lord Courtney wilde verloven,' zei ze tegen Cecilia, tot ontsteltenis van alle dames, die liever hadden gezien dat zo'n opmerking onuitgesproken was gebleven.

'Nou, ik... ik...' Cecilia stotterde en keek naar Sophie voor hulp.

'Priscilla, jij zou als geen ander moeten weten dat niets zeker is totdat men in ondertrouw is gegaan,' zei Sophie. Priscilla keek Sophie verbaasd aan terwijl ze probeerde haar woorden te begrijpen en kwam uiteindelijk uit op een interpretatie die Sophie niet had bedoeld. 'O hemel,' antwoordde Priscilla. 'Heb je weer zo'n brief geschreven?'

Er viel een korte stilte na Priscilla's opmerking en toen begon Sophie te lachen. Cecilia giechelde al snel ook, en zelfs de frons van Mrs Foster maakte plaats voor een glimlachje. Na dit luchtige begin van hun reis leidde Mrs Foster het gesprek af van elke verdere discussie over mannen of huwelijken door Priscilla te vragen naar haar huis in Devon, en het viertal was al snel gezellig in gesprek. Het was zo plezierig en boeiend dat toen het poortgebouw met de kantelen in zicht kwam, de vrouwen geschokt waren dat ze zo snel in Newbrooke waren aangekomen, en vooral Sophie was van slag dat ze niet meer aandacht had besteed aan de omgeving, omdat haar belangstelling voor het huis van Sir Edmund dieper ging dan die van de anderen.

Toen het rijtuig door het hek reed en het landgoed van Sir Edmund op reed, leunde Sophie naar voren om alles beter te kunnen zien en botste prompt tegen Priscilla, die hetzelfde deed. Maar voor deze ene keer liet Priscilla Sophie voorgaan, trok zich terug met een ondeugende glimlach en gebaarde dat Sophie uit het raam van de koets moest kijken. Sophie glimlachte dankbaar en leunde weer naar voren, maar voelde al snel Priscilla's hand op haar schouder en haar adem tegen haar wang, en het duurde niet lang of ze luisterde naar haar bewonderende commentaar over de grootsheid van Sir Edmunds landgoed.

Het wás ook groots. De beek waaraan het landgoed zijn naam ontleende, kabbelde opgewekt aan de ene kant van de oprijlaan voort, met een brug in de stijl van Palladio die in zicht kwam toen ze een bocht in de weg hadden genomen, terwijl ze een Griekse folly sereen op de top van een heuvel zagen staan zodra ze de volgende bocht uit kwamen. Sophie wist dat Sir Edmund als een 'goede partij' werd beschouwd en had dus aangenomen dat hij rijk was, maar toch was ze een beetje ontdaan. Ze begon zich af te vragen of ze zich zijn voorkeur voor haar gezelschap maar verbeeldde, en dat alle romantiek zich alleen in haar hoofd afspeelde. Zou het misschien zo zijn dat ze zich weer gedroeg zoals ze had gedaan toen ze achttien was, toen ze zo zeker was geweest van de achting van Mr Maitland en had gedacht dat hij op het punt stond een huwelijksaanzoek te doen? Waarom zou Sir Edmund Winslow van Newbrooke Miss Sophronia Lattimore van Nergenshuizen als een waardige bruid zien? Iets onwaarschijnlijkers bestond niet.

Ze was een beetje opgelucht toen ze eindelijk het huis naderden. Het was een prachtig landhuis, statig en elegant, en de honingkleurige kalksteen glansde in het late ochtendlicht, maar het was waarschijnlijk niet ouder dan honderd jaar en leek ook niet op het gigantische landhuis uit de tudor- of elizabethaanse tijd dat ze had verwacht. Maar toch, het was een heel stuk eleganter dan ze gewend was, en ze probeerde haar gehavende brokjes zelfrespect bij elkaar te rapen. Ze hield zich voor dat zij net als ieder ander liefde en geluk waard was, dat dat soort dingen helemaal niets te maken hadden met familiebanden, rijkdom of fysieke verschijning. Maar juist op dat moment viel haar blik toevallig op Priscilla Beswick, wier roodbruine haren keurig in model zaten en wier Franse koetsjapon elegantie uitstraalde, en Sophie kon niet nalaten te denken dat ze op zijn minst een nieuw paar handschoenen had moeten kopen voor deze gelegenheid.

Voordat ze tijd had om nog verder over haar gebreken te piekeren, werd het portier geopend en werd ze uit de koets geholpen. Zij en de dames werden via het bordes naar de vestibule geleid en vandaar naar de salon, waar de heren op hen wachtten.

Sir Edmund draaide zich bij hun binnenkomst om en Sophie was opgelucht toen ze zag dat hij zijn blik zonder pauzeren over de gezichten van de dames liet gaan, zelfs dat van Priscilla Beswick, totdat zijn blik op Sophie zelf viel, waarop zijn uitdrukking veranderde in een tedere glimlach.

'Daar bent u eindelijk! Ik ben zo blij jullie te mogen verwelkomen – welkom allemaal – welkom op Newbrooke,' zei hij, een buiging makend voor de vier dames, maar Sophie dacht niet dat ze zichzelf deze keer voor de gek hield door te geloven dat hij zich in het bijzonder tot haar richtte. Nadat ze in de eetkamer hadden genoten van een koude lunch, kondigde Sir Edmund aan dat zijn huishoudster de dames het huis zou laten zien terwijl hij de heren meenam op een tocht te paard over zijn landgoed. Mr Beswick stemde snel in met dit plan, maar Mr Hartwell aarzelde en wierp een snelle blik op Cecilia.

'We hebben de hele ochtend al gereden en ik zou graag het interieur van het huis willen zien. Ik ben erg geïnteresseerd in...' – hij zwaaide vaag met zijn hand, zoekend naar het juiste woord – 'inrichting. U weet wel, gordijnen, sofa's, vloerkleden en dergelijke. Ik denk erover om binnenkort zelf mijn inrichting aan te passen.'

'Dan moet jij ook mee, Charles, dunkt me,' zei Priscilla tegen haar man. 'Birch House heeft dringend een opknapbeurt nodig. Het kan natuurlijk nooit zo groots worden als dit huis, maar in zijn huidige staat ziet het er ronduit armoedig uit.'

'Ach liefste, ik had geen idee dat je geïnteresseerd was in dergelijke zaken. Wat ronduit echtgenoteachtig van je. Ik sta te popelen om aan deze rondleiding deel te nemen,' zei Charles, terwijl hij zijn arm naar zijn vrouw uitstrekte.

De huishoudster, die zag dat de heer des huizes toch aanwezig zou zijn, smeekte hem de rondleiding in haar plaats te geven, daar zijn kennis die van haar zou overtreffen.

'Onzin. Ik weet zeker dat het tegenovergestelde waar is. Mrs Cooper is veel bedrevener in het geven van rondleidingen dan ik, en u kunt van haar waarschijnlijk veel meer leren dan van mij,' zei Sir Edmund tegen de anderen. 'Maar ik zal deze rol deze keer op me nemen en erop vertrouwen dat mijn publiek veel geduld met me zal hebben,' besloot hij, aangezien hij wel zag dat zijn huishoudster nerveus was bij de gedachte om de rondleiding in zijn gezelschap te geven.

Sophie was blij dat hij zijn personeel zo vriendelijk bejegende en in het algemeen Newbrooke met zo'n zachte hand leek te besturen. Natuurlijk besefte ze dat ze hier amper twee uur was en de ware gang van zaken niet echt kon kennen, maar er hing een ontspannen, gemoedelijke sfeer onder de bedienden die ze tot dusver had gezien, en ze had landhuizen bezocht waar het tegenovergestelde het geval was en de ontevredenheid van het personeel onmiddellijk voelbaar was, als een donkere schaduw die over alle pracht van goede architectuur of vergulde meubels viel.

De rondleiding begon in de Blauwe Salon, waar ze elkaar voor het eerst hadden ontmoet, maar in de opwinding van de begroetingen had Sophie haar omgeving niet volledig in zich opgenomen. Dat lukte nog steeds niet helemaal, en dan vooral niet bij het prachtige pleisterwerk dat de muren en het plafond sierde. Ze was er zeker van dat ze kramp in haar nek zou krijgen van het omhoogturen, maar het was zo'n prachtig kunstwerk en er was zoveel te zien dat ze zich er niet toe kon brengen om weg te kijken.

Sophie had gelijk in haar veronderstelling dat het huidige huis niet eeuwenoud was, maar dat was alleen omdat, zoals Sir Edmund tijdens de rondleiding uitlegde, zijn betovergrootvader het landhuis dat in de tudorstijl was gebouwd dat er ooit had gestaan had gesloopt en Sir John Vanbrugh opdracht had gegeven om er een nieuw huis voor in de plaats te bouwen. De bouw van het huidige huis werd bijna honderd jaar geleden voltooid in 1720, maar toen was de grootvader van Sir Edmund, niet tevreden met de inspanningen van zíjn grootvader, in de jaren 1760 begonnen met een renovatie en had Robert Adam de opdracht gegeven om het interieur opnieuw te ontwerpen.

'En bent u van plan, Sir Edmund, het patroon van elke tweede generatie voort te zetten?' vroeg Charles Beswick hem.

Sir Edmund keek even verbaasd, alsof hij zelf niet had ingezien dat er een patroon was ontstaan en dat het aan hem was of dat zou worden voortgezet of verbroken. Ten slotte glimlachte hij en schudde zijn hoofd. 'Ik denk niet dat ik de inspanningen van mijn grootvader zou kunnen verbeteren, en het zou ook schandalig zijn om dit alles te ontmantelen,' zei hij, terwijl hij om zich heen wees naar de friezen, kroonlijsten en kunstwerken die er tentoongesteld werden. Sophie bekeek de meubels wat beter die volgens Sir Edmund grotendeels door Chippendale waren ontworpen in het algemene neoklassieke thema, en ze was het met Sir Edmund eens dat hij zo'n meesterwerk niet mocht veranderen. Maar weer drong zich de gedachte aan haar op dat haar bescheiden persoon niets te zoeken had in zo'n toonbeeld van elegantie en, omdat ze zich overweldigd voelde, volgde ze de groep in stilte naar de volgende kamer, al had Sir Edmund haar vragend aangekeken, alsof hij wachtte op haar commentaar.

De rondleiding door het interieur van Newbrooke eindigde bij de bibliotheek aan de achterkant van het huis, die uitkwam op een terras met uitzicht op de parterretuinen, dus zette de groep hun verkenningen als vanzelfsprekend voort door via de openslaande deuren de tuin in te lopen. Vanaf het terras wees Sir Edmund op verschillende bijzonderheden die in de verte te zien waren, waaronder een 'geheime' ommuurde tuin, de melkstal en de oranjerie, en vervolgens splitste iedereen zich op in paren, en zwierf naar eigen goeddunken rond nu de 'officiële' rondleiding was afgelopen. Mrs Foster, die vermoeid was geraakt door al het lopen, besloot de jongere leden van het gezelschap binnen op te wachten en werd door Mrs Cooper naar een gerieflijke plek gebracht.

En zo hadden Cecilia en Mr Hartwell, de Beswicks en Sophie en Sir Edmund de handen vrij. Priscilla, die zich hardop had afgevraagd of ze ook binnen moest blijven wachten, werd uiteindelijk door haar man meegenomen om het stallencomplex te gaan bekijken, al kon men haar luid horen protesteren dat de zoom van haar onderrokken bij zo'n uitstapje weleens vuil zou kunnen worden. Ze waren al buiten gehoorsafstand voordat Sophie het antwoord van Charles op de zorgen van zijn vrouw kon horen, maar ze dacht niet dat dat van veel medeleven zou getuigen.

Ze zuchtte hardop omdat ze in dit geval zo had gefaald als koppelaarster, en Sir Edmund keek haar meelevend aan, schijnbaar in staat om haar gedachten te lezen. 'Ze lijken inderdaad wat ongeschikt voor elkaar,' zei hij zachtjes.

'Het is ongetwijfeld een goddelijk oordeel dat over mij wordt geveld. Ik ging mijn gezag als een gewone sterveling te buiten en nu word ik gestraft voor mijn ijdelheid en verwaandheid.'

Sir Edmund glimlachte. 'Dat betwijfel ik. U lijkt mij niet bovenmatig in het bezit van een van beide eigenschappen.'

Sophie, die terugdacht aan haar gevoelens van onwaardigheid toen ze werd geconfronteerd met het feit dat Sir Edmund overduidelijk een uitstekende partij was, kon niet ontkennen dat ze niet echt ijdel of verwaand was. Dat deed haar denken aan het gedicht dat Mr Maitland haar had gegeven en ze schrok van haar eigen gegrinnik.

'Wat is er zo geestig?' vroeg Sir Edmund, hoewel hij in de verleiding kwam om mee te lachen. Het was zo'n aangenaam, besmettelijk, aantrékkelijk geluid, dacht hij bij zichzelf, en terwijl hij Sophie langzaam over de grindpaden van de tuinen zag lopen, haar profiel hier en daar omlijst door bloemen en gebladerte, dacht hij niet één keer dat ze daar niet op haar plaats was of niet geschikt voor haar glorieuze omgeving. Integendeel, hij bedacht dat ze op haar ongekunstelde manier even mooi was als de prachtige schilderijen van Gainsborough die de muren van Newbrooke sierden en het fijn gevormde porselein uit Sèvres en China in de kasten.

Ze keek op met die prachtige grijze ogen, nu vol plezier, en keek hem aan en zijn adem stokte. 'Ik moet alleen lachen om een gedicht dat Mr Maitland me gaf. Ik wou dat ik het bij me had, zodat ik het aan u kon voorlezen. "Advies aan Sophronia" heet het,' zei Sophie, maar ze wenste meteen dat ze haar tong kon afbijten, want zodra ze Mr Maitland noemde, veranderde de stemming tussen haar en Sir Edmund drastisch. Zijn blik, die zojuist ronduit bewonderend had geleken toen hij haar gelaatstrekken in zich opnam, werd onmiddellijk afstandelijk en koud.

'Heeft hij het voor u geschreven? Een liefdesgedicht, zonder twijfel,' zei hij, de ongemakkelijke stilte verbrekend, al klonk zijn stem gespannen en mislukte zijn poging om luchtig te klinken jammerlijk.

'O nee, helemaal niet. Als dat het geval was, zou ik er niet om lachen of er met u over praten. Dat zou getuigen van wansmaak. Het spijt me dat ik het ter sprake bracht, want het is onattent van mij om zijn geschenk belachelijk te maken. Hij bedoelde het ongetwijfeld vriendelijk, maar ik ben er vrij zeker van dat hij het gedicht niet zelf heeft gelezen, en dat had hij toch echt moeten doen. Het was geschreven door een dichteres, die een bejaarde Sophronia, wier vroegere schoonheid was verwelkt, het advies gaf om haar innerlijke kwaliteiten te cultiveren, want dat was het enige wat ze nog had. Zíj was duidelijk erg ijdel en verwaand geweest, daarom deden uw woorden me aan het gedicht denken. Eerst was ik nogal beledigd dat ik met díé Sophronia werd vergeleken, maar toen vond ik het vreselijk grappig.'

Sophie was opgelucht toen ze iets van Sir Edmunds stijfheid zag verdwijnen bij haar uitleg, maar het leek toch allerminst alsof hij het grappig vond, en opnieuw had ze er spijt van dat ze erover begonnen was. Ze probeerde wanhopig iets te bedenken om hun eerdere harmonie te herstellen. Het was feitelijk meer dan harmonie geweest; het had bijna op genegenheid geleken, liefde zelfs, en ze kon zichzelf wel voor het hoofd slaan omdat ze het moment had verpest. Maar voordat ze iets kon zeggen, sprak Sir Edmund, die met zijn gedachten blijkbaar nog steeds bij Mr Maitland was.

'Vergeef me als u vindt dat het me niet aangaat, maar ik heb de overduidelijke voorliefde van Mr Maitland voor u opgemerkt en ik vroeg me af waarom u zijn aanzoek destijds niet hebt aanvaard. Dat wil zeggen, ik heb gehoord dat jullie elkaar eerder kenden, toen jullie nog heel jong waren. Was dat het probleem? Vond u zichzelf te jong om een duurzame band aan te gaan?'

'Nee, dat was niet de reden. Ik was niet jonger dan de meeste dames zijn als zij in het huwelijk treden. Ik was achttien toen hij me... het hof maakte,' zei Sophie, aarzelend over dat woord.

'Dat lijkt me vrij jong, maar als dat niet de reden was...' zei Sir Edmund, zijn stem stierf weg alsof hij wist dat dit een ongepaste vraag was, maar hij kon zich niet inhouden. Sophie wist echter dat het meer was dan ijdele nieuwsgierigheid die hem dit deed vragen en dat hij antwoord moest hebben als hij overwoog om een relatie met haar aan te gaan. Mocht Sir Edmund zelf zo betrokken zijn bij een jonge vrouw als zij bij Mr Maitland was geweest, zou ze zelf ook zeker om een verklaring vragen.

Toch wist ze niet hoe ze het moest uitleggen zonder dat ze zelf zielig en ongeliefd zou overkomen en dus gaf ze even geen antwoord, en probeerde haar gedachten te ordenen terwijl ze doorliep tot ze een bank zag in een nis verderop.

'Mogen we daar even gaan zitten praten?' vroeg ze, en hij stemde in. Maar eerst streek hij eerst met zijn hand over de bank om er zeker van te zijn dat er niets was wat haar rokken kon bevuilen voordat hij haar uitnodigde te gaan zitten.

Toen ze allebei zaten, vroeg Sophie zich af of dit wel een goed idee was. Het prieel waar de bank onder was geplaatst was zo dichtbegroeid dat ze allebei volledig aan het zicht waren onttrokken. Sophie moest denken aan de avond van het muziekconcert, toen Sir Edmunds nabijheid zo'n overweldigend effect op haar had gehad, en ze ervoer op dit moment enkele van diezelfde symptomen. Ze deed echter heel erg haar best om haar gedachten op een rijtje te krijgen en begon uiteindelijk te praten, al merkte ze dat haar stem een beetje onzeker was en ze haar keel moest schrapen. 'Zoals ik al zei, was ik vrij jong toen Mr Maitland me het hof maakte, maar ik zou zijn huwelijksaanzoek waarschijnlijk hebben aanvaard als hij me had gevraagd,' zei Sophie, wat niet helemaal de waarheid was, want ze zou hem zéker hebben geaccepteerd. Maar een dame had recht op een paar geheimen. 'Het had er alle schijn van dat hij me om mijn hand zou vragen, maar toen vroeg hij onverwacht een vrouw met enig fortuin en trouwde in plaats daarvan met haar.'

'Maar hij lijkt zo gecharmeerd van u, ik dacht dat u het was die hém had afgewezen,' zei Sir Edmund, en het was duidelijk dat hij verrast was.

'Ik kreeg de kans niet om dat te doen, omdat hij me nooit gevraagd heeft,' zei Sophie.

'Bent u van plan het te doen als hij u vraagt nu hij weer vrij is? Omdat dat duidelijk zijn bedoeling lijkt.'

Sophie zuchtte. 'Het is altijd mijn wens geweest om te trouwen, Sir Edmund, en zoals u in het verleden al hebt gezegd, is het vinden van een geschikte partij bepaald geen gemakkelijke zaak, vooral niet voor een dame als ik, die geen grote bruidsschat heeft. Wat als Mr Maitland mijn laatste kans is om te trouwen en een gezin te stichten?'

'Maar dat is volslagen onzin! U bent zo lief, Miss Lattimore... Sophie,' zei hij, haar naam lang uitrekkend en die op zo'n liefkozende toon uitsprekend dat Sophie ervan huiverde. 'Je zou zeker elke man kunnen krijgen die je wenst. En Frederick Maitland, bah!' zei hij, en zijn toon sloeg om in minachting. 'Ik ontken niet dat hij over een grote oppervlakkige charme beschikt, maar hij is zelfs geen blik van je waard. Sophie,' zei hij opnieuw, zijn stem dringend nu hij zijn handen uitstak en haar bij de schouders greep. 'Je kunt niet met hem trouwen; beloof me dat je dat niet zult doen.'

Ze zaten nu bijna in een omhelzing tegenover elkaar, slechts enkele centimeters van elkaar verwijderd, en ze leken allebei in de war over hoe ze in zo'n positie terecht waren gekomen. Sophie was bijna vergeten waar ze het over hadden, behalve dat hij haar om een belofte vroeg.

'Dat beloof ik,' zei ze, al wist ze niet helemaal zeker waar ze mee instemde. Sir Edmund leek eveneens zijn gedachten niet meer bij het gesprek te kunnen houden. Hij reageerde niet toen zijn ogen over haar gezicht schoten en uiteindelijk op haar lippen bleven rusten, terwijl een van zijn handen langs haar schouder omhooggleed om de blote huid achter in haar nek te strelen.

Sophie huiverde weer en vroeg zich af hoe het kon dat ze het midden in de zomer koud had, maar toen raakten zijn lippen die van haar en stopte ze met nadenken.

13

Cecilia en Mr Hartwell vonden het landgoed rondom Newbrooke ook heerlijk. Terwijl ze steeds verder bij het huis vandaan liepen dacht Cecilia na over het feit dat ze, al had Mr Hartwell haar dan maanden het hof gemaakt, nog nooit samen alleen waren geweest. Natuurlijk waren ze nu niet echt alleen, want als ze achterom zou kijken zou ze Sophie en Sir Edmund zien lopen. Ze keek over haar schouder maar kon tot haar verbazing het andere stel helemaal niet zien. En toen stelde Mr Hartwell voor om de geheime tuin binnen te gaan die Sir Edmund hun had aangewezen.

Cecilia vroeg zich af hoe ze moest reageren – ze zou toch eigenlijk moeten eisen dat ze naar haar chaperonne zou worden teruggebracht – maar toen ze naar Mr Hartwell keek, realiseerde ze zich dat er niemand op aarde was die ze meer vertrouwde dan hem. Haar hart verzachtte bij het zien van zijn lieve gezicht en hij keek haar aan met die vertrouwde uitdrukking van aanbidding. Dus ging ze akkoord met zijn voorstel, en hij opende de zware houten deur om haar binnen te laten en sloot hem toen achter hen.

Ze liepen zwijgend door de kleine tuin en Cecilia begon zich af te vragen waarom hij alleen met haar wilde zijn als hij niets te zeggen had. Maar toen begon hij eindelijk te praten. ‘Miss Foster, ik was erg van streek toen uw nicht me vertelde hoe uw moeder u onder druk zette om Lord Courtneys aanzoek te accepteren.’

‘Wat heeft Sophie u verteld?’ vroeg Cecilia verbaasd, en

toen realiseerde ze zich dat ze de kans die haar nicht haar had geboden om te doen alsof ze een jongedame in nood was had verknoeid. Maar nadat ze even nagedacht had besefte ze dat ze wilde dat Mr Hartwell de waarheid zou kennen. Ze wilde weten of hij haar nog kon bewonderen als hij haar gebreken eenmaal kende. Dus gaf ze toe: 'Het was niet alleen het idee van mijn moeder. Ze heeft me niet onnodig onder druk gezet. Ik dacht eerst dat ik het prettig zou vinden om burggravin te worden, met alle privileges van dien. Maar toen begon ik in te zien dat die dingen er helemaal niet toe doen als ze worden afgewogen tegen de grotere vraag of je wel of niet het geluk kunt vinden bij een bepaalde persoon.'

'En – denkt u dat u uw geluk bij mij zou kunnen vinden?' vroeg Mr Hartwell nerveus, en de verraderlijke gedachte kwam bij Cecilia op dat ze haar droomman altijd had gezien als iemand die heerszuchtig en zelfverzekerd was. Tenminste, als ze hem niet voor zich zag als een welvarende edelman. Maar ze dwong zichzelf dergelijke gedachten te negeren en antwoordde naar waarheid: 'Ik dénk dat ik het kan, maar ik weet het niet zeker.'

Ze ontdekte dat, hoewel ze er zo zeker van was geweest dat ze met Mr Hartwell wilde trouwen toen hij haar niet langer wilde, haar eerdere twijfels snel waren teruggekeerd nu hij de hare was.

'Wat is er denkt u nodig voor u het zeker weet?' vroeg Mr Hartwell, en Cecilia schudde alleen maar haar hoofd, beschaamd om toe te geven dat ze het niet wist en dat ze, hoe dol ze ook op hem was, toch het gevoel had dat ze een betere partij misliep als ze zichzelf onherroepelijk aan hem verbond, en dat durfde ze niet aan. Maar verdere uitleg was niet nodig, want toen ze haar hoofd schudde, vergat ze te kijken waar ze liep en schopte ze tegen een steen die uitstak in de bestrating, waardoor ze het uitschreeuwde van de pijn.

'O, auw!' jammerde ze.

‘Cecilia! Wat is er? Wat scheelt er?’ vroeg Mr Hartwell, heerlijk bezorgd.

‘Mijn teen,’ wist Cecilia tussen opeengeklemde kaken door uit te brengen, terwijl ze haar rokken iets optrok en haar gewonde voet optilde om het gewicht eraf te halen. Voor ze verder nog iets kon doen of zeggen, tilde Mr Hartwell haar tot haar grote schrik in zijn armen op alsof ze niet meer woog dan een kind.

‘Wat doet u nu?’ vroeg ze hem, al was het vrij duidelijk wat er aan de hand was toen ze voelde dat hij haar tegen zijn borst drukte.

‘Ik draag u. Zodat u uw geblesseerde voet niet hoeft te belasten.’ Hij draaide, nog steeds met haar in zijn armen, in de rondte en zocht in de kleine ommuurde tuin naar een plek om te zitten.

Hij tolde zo snel om zijn as dat Cecilia uit protest haar hand tegen zijn borst legde en zei: ‘Mr Hartwell, u maakt me duizelig.’ Toen ze zich realiseerde dat ze heus de borst van een man aanraakte, trok ze haar hand terug alsof ze zich had gebrand.

Mr Hartwell had het niet gemerkt, aangezien hij zo druk was ergens een plek te vinden om zijn kostbare vrachtje neer te kunnen zetten. Maar toen duidelijk werd dat er zich niet een dergelijke plek in de buurt bevond, liet hij zich op de grond zakken en nam haar op schoot. Dit werd Cecilia, die haar gewonde teen al bijna was vergeten, echt te veel, zo geschokt was ze door wat er op haar verwonding was gevolgd. ‘Mr Hartwell!’ protesteerde ze en voelde zowel schok als verrukking, al wist ze niet zeker welk gevoel overheerste.

Mr Hartwell werd zich plotseling bewust van de ongepastheid van wat hij had gedaan, en van zijn huidige positie, gezeten op het gras in een ommuurde en afgelegen tuin, met de vrouw van wie hij hield op schoot. Maar hij stelde Cecilia’s comfort nog steeds boven alles. ‘Hoe gaat het met uw voet? Hebt u nog veel pijn?' vroeg hij haar.

Cecilia was zich er niet eens van bewust dat ze een voet had, hoewel ze zich bewust werd van andere delen van haar anatomie waarvan ze vóór deze ervaring niet geweten had dat die bestonden. Ze staarde hem alleen maar aan zonder te antwoorden, zijn gezicht zo dicht bij het hare dat ze zijn adem in haar oor kon voelen kietelen, zich ervan bewust dat haar borst tegen die van hem drukte en dat zijn hart wild bonsde, alsof het op het punt stond te ontploffen. Of was dat haar eigen hart?

'Cecilia,' fluisterde Mr Hartwell, en ze besefte dat hij haar voornaam nu al een paar keer had gebruikt, hoewel hij dat tot vandaag nog nooit had gedaan. En toen nam hij een nog veel grotere vrijheid door zijn mond op de hare te drukken.

Hij trok zich veel te snel terug naar de zin van Cecilia, die was vergeten dat ze tegen zo'n daad zou moeten protesteren. Maar toen, nadat hij haar gezicht een ogenblik in stilte had bestudeerd terwijl hij het voorzichtig tussen zijn handen nam, kuste hij haar opnieuw. Cecilia had geen idee meer van tijd of van waar ze was, en moest later blozen toen ze besefte dat zij niet degene was die zulk ongepast gedrag een halt had toegeroepen, maar gretig zou zijn doorgegaan totdat de rest van het gezelschap hen had gevonden. Gelukkig was Mr Hartwell te zeer een gentleman om misbruik te maken van de situatie voordat deze verder zou evolueren, en hij trok zich terug en verzette zich zelfs voorzichtig toen Cecilia probeerde om zijn hoofd weer omlaag te trekken en haar lippen naar de zijne te brengen.

'Nee, Cecilia, dit moeten we niet doen, dit is niet goed; neem me alsjeblieft niet kwalijk. Maar je bent zo lief, en ik... Nee, ik moet eigenlijk niets meer zeggen voordat ik je moeder heb gesproken. Dat zal ik onmiddellijk doen...' zei hij, en Cecilia kwam abrupt tot bezinning toen ze de woorden 'je moeder' hoorde.

‘O god, waar ben ik mee bezig? Mr Hartwell, wat zult u niet van mij denken?’ vroeg Cecilia vol afschuw, en ze krabbelde op uit zijn schoot en kwam overeind, eventuele pijntjes negerend, aangezien haar gekneusde teen nu wel haar minste zorg leek.

Mr Hartwell kwam ook overeind en klopte zijn kleding af. ‘Cecilia, ik zal je precies vertellen wat ik van je vind zodra ik toestemming van je moeder heb. En ik zal het je tonen ook,’ zei hij, zijn stem werd inniger.

‘Maar, ik zei toch al, ik weet niet zeker...’ zei Cecilia. Haar stem stierf weg toen ze de liefdevolle uitdrukking van Mr Hartwell zag omslaan in eentje van ongeloof.

‘Je gedroeg je zojuist anders absoluut niet alsof je het “niet zeker” wist. Goeie genade, Cecilia, je kunt een man niet maar de hele tijd aanmoedigen en hem kussen, en dan verwachten dat hij wegrent als een hondje totdat je hem weer terugfluit. Ik laat me potdomme niet behandelen als een pekineesje!’ Hij staarde haar woedend aan en Cecilia realiseerde zich hoe vreselijk ze het moment had verpest.

‘Je hebt gelijk. Het spijt me zo. Ik weet niet wat me overkwam. Je bent zo geduldig met me geweest en ik deed verschrikkelijk tegen jou,’ zei ze. ‘Het is geen wonder dat je Emily Woodford leuk vindt.’

‘Zíj waardeert me tenminste. Als ik haar een aanzoek zou doen, zou ze geen seconde aarzelen om het aan te nemen,’ antwoordde hij. En hoewel het niet de meest volwassen opmerking was, was Mr Hartwell zelf ook pas drieëntwintig en was de grens van zijn uithoudingsvermogen bereikt. ‘Je kunt maar beter je haar goed doen en je muts rechtzetten, anders word je nog gedwongen met me te trouwen, of je nu wilt of niet,’ zei hij, en Cecilia schrok van zijn weinig hoffelijke toon. Ze stond daar maar met verbaasd knipperende ogen en probeerde in deze hartstochtelijke, boze heer de bedeesde, verlegen jongeman te zien die haar achteloze en ondoordachte gedrag jegens hem geduldig had aanvaard. Blijkbaar had hij er nu genoeg van. Maar terwijl ze daar aan haar haar en haar muts stond te prutsen, kwam zijn aangeboren vriendelijkheid weer boven en hij naderde haar, terwijl hij haar haren teder en met trillende vingers naar achteren trok. Cecilia trilde ook bij zijn aanraking en kwam in de verleiding hem te vertellen dat hij met haar moeder kon praten, zodat hij haar weer zou kussen. Maar iets in haar aarzelde om die zwaarwegende woorden te uiten, en het moment was snel voorbij.

Mr Hartwell deed een stap achteruit en stak zijn arm uit om haar te steunen, nadat hij haar er kortaf aan herinnerde dat ze niet te veel gewicht op haar voet moest plaatsen.

Het andere stel, afgezonderd in hun naar bloemen geurende prieel, zag ook de ongepastheid van hun gedrag in. Sir Edmund trok zich terug, na een lange kus, en keek in Sophies verbaasde ogen. Ze glimlachte naar hem, maar wilde niet de eerste zijn die sprak. Hij leek ook niet genegen iets te zeggen, en Sophies glimlach begon te vervagen toen de stilte iets te lang duurde.

'Was dat weer een les in flirten?' vroeg Sir Edmund ten slotte op geforceerd luchtige toon.

Sophie vond de opmerking helemaal niet geestig. Hij had zijn armen nog steeds losjes om haar heen, dus trok ze zich volledig terug voordat ze antwoordde: 'Ik zou nooit zo ver gaan met een flirt.'

'Neem me niet kwalijk,' zei Sir Edmund. 'Dat was een vreselijke opmerking van me, vooral omdat het hele... incident plaatsvond op mijn instigatie. Vergeef me alsjeblieft. Maar je nabijheid en de romantische omgeving' – hij wuifde met zijn hand om de schoonheid om hen heen te omvatten – 'het is geen excuus, ik weet het, maar ik verloor tijdelijk mijn verstand. Ik smeek u oprécht mij te vergeven.'

Dit was helemaal niet wat Sophie had verwacht te horen; ze

had op het punt gestaan om op zijn minst een liefdesverklaring en mogelijk een huwelijksaanzoek te aanvaarden, en werd nu dan ook welhaast verpletterd van teleurstelling. Ze kon niet geloven dat de geschiedenis zich herhaalde, met een heel andere heer, en vroeg zich af wat er met haar aan de hand was dat ze blijkbaar wel bewondering kon opwekken, maar geen toewijding. Ze wilde alleen nog zo snel mogelijk de tuin uit en weg bij Sir Edmund vandaan en sprong met dat doel voor ogen van het bankje.

'Sophie, wacht,' zei Sir Edmund, die ook opstond, maar Sophie wierp hem een vernietigende blik toe, verbijsterd dat hij zich blééf aanmatigen haar voornaam zonder toestemming te gebruiken. Was dat het probleem? Had hij aangenomen dat hij zich meer vrijheden met haar kon veroorloven nu ze daar geen punt van had gemaakt? Maar hij moest de betekenis van haar blik hebben begrepen, want hij herstelde zich snel. 'Miss Lattimore, alstublieft, er is iets wat ik u moet uitleggen. Iets soortgelijks als wat u mij over Mr Maitland toevertrouwde.'

Maar Sophie was niet in de stemming om zijn uitleg aan te horen en mompelde dus: 'Het spijt me, excuseert u mij.' Ze liep snel terug naar de parterretuinen, gevolgd door Sir Edmund, die nog steeds probeerde zich te verontschuldigen en uitleg te geven totdat ze Cecilia en Mr Hartwell tegenkwamen die op weg waren naar het huis en Sir Edmund besefte dat er geen mogelijkheid meer zou zijn voor een privégesprek.

Misschien vond Mrs Foster het gedrag van haar dochter en nichtje bij terugkomst eigenaardig, maar ze wist wel beter dan er een opmerking over te maken. Cecilia had natuurlijk het excuus dat ze haar voet had bezeerd, en ze hinkte een beetje, dus dat zou haar zeer ernstige, ongelukkige uitdrukking kunnen verklaren, maar het was geen verklaring voor het feit dat Mr Hartwell Cecilia's arm liet vallen zodra hij haar veilig in een stoel in de salon had gezet en aankondigde dat hij nu meteen terug zou rijden naar de stad en vertrok.

Ook Sophie gedroeg zich zeer wonderlijk en weigerde in de richting van haar gastheer te kijken, zelfs toen ze hem bedankte voor zijn gastvrijheid terwijl ze erop stond dat ook zij zouden gaan.

'Nu Cecilia haar voet heeft bezeerd, zou het beter zijn als we naar huis gaan, waar ik een koel kompres op de blessure kan aanbrengen,' zei ze, en toen Sir Edmund zei dat hij met liefde zou laten aanrukken wat Miss Foster ook maar nodig had, onderbrak Sophie hem abrupt, nog steeds zonder hem aan te kijken, en zei: 'Dank u, maar ze zou het prettiger vinden in haar eigen kamer, nietwaar, Cecilia?'

Cecilia, die in somberheid leek te zijn verzonken, had blijkbaar niets van dit gesprek gehoord, en het moest voor haar worden herhaald voordat ze er hevig mee instemde dat ze niets liever wilde dan terugkeren naar huis.

Sir Edmund sprak zijn hoop uit dat ze op zijn minst zouden blijven voor de thee, en Mrs Foster koesterde een soortgelijke hoop, maar haar nicht en dochter wilden er niets van horen en stonden op om afscheid te nemen.

'Maar hoe moet het dan met Mrs Beswick?' protesteerde Mrs Foster. 'Zij is nog niet naar het huis teruggekeerd.'

Maar ze had die woorden nog niet uitgesproken of Priscilla kwam aan de arm van haar echtgenoot de salon binnenstappen. Hoewel ze niet in de ban van elkaar leken te zijn – Charles Beswick keek even verveeld als altijd – leken ze het enige stel te zijn dat na hun uitstapje nog met elkaar sprak. Hoewel Mrs Foster zich wel afvroeg hoe lang die stand van zaken zou voortduren toen Priscilla aankondigde: 'Ik hoop maar dat we niet naar paarden stinken; Charles stond erop ze stuk voor stuk te bekijken.'

Voordat ze iets anders kon zeggen, liet Sophie Priscilla weten dat ze nu direct vertrokken, doof voor Priscilla's protesten dat ze dacht dat ze zouden blijven voor de thee. 'Cecilia heeft zich pijn gedaan,' verklaarde Sophie kort, voordat ze een reverence maakte voor Sir Edmund om hun afscheid kracht bij te zetten. 'Dank u, Sir Edmund, voor uw gastvrijheid en voor de rondleiding door uw huis. Newbrooke is prachtig.' Maar omdat dit op een beleefde toon maar stijfjes werd uitgesproken, vond Mrs Foster het niet erg overtuigend klinken, en dus haastte ze zich er haar eigen complimenten aan toe te voegen en bedankte ze hem op veel enthousiastere toon, in een poging om het onverklaarbare gedrag van haar nichtje te compenseren.

Sir Edmund bleef bij het vertrek van al zijn gasten achter met zijn zeer verwarde huishoudster. 'Maar, Sir Edmund, ik dacht dat u zei dat er om vijf uur thee geserveerd zou worden in de Gele Salon.'

'Mijn excuses, Mrs Cooper, ik heb u verkeerd ingelicht. Vergeef me alstublieft. Ik weet dat het u veel ongemak heeft bezorgd. Misschien vindt het personeel het leuk om thee te drinken in de bediendenzaal,' bood hij aan, maar hij wist dat dat een zeer schrale troost was. De bedienden hadden alles in het werk gesteld om Newbrooke er op zijn best uit te laten zien, aangezien men zich ervan bewust was – hoe, dat wist hij niet – dat er op deze dag een bijzondere jongedame op bezoek zou komen, een dame die in de nabije toekomst misschien de vrouw des huizes zou kunnen worden.

Hij kon hun teleurgestelde en medelevende blikken niet verdragen, dus vroeg hij om zijn paard en ging meer dan een uur uit rijden. Hij was zich amper bewust van waar hij heen ging, maar hij was niet verrast toen hij aan het eind van de rit in een bepaalde nis stond, met een vinger over een satijnachtig rozenblaadje streek en bedacht hoeveel dat weg had van haar gladde, tere huid maar daarbij ook verbleekte.

Hij wist niet wat hem bezield had om zo'n beledigende opmerking te maken. Hij had haar er praktisch van beschuldigd een flirt te zijn, terwijl hij háár had gekust! Het was de kus die al zijn problemen had veroorzaakt. Hij was niet van plan geweest haar te kussen totdat ze verloofd waren, en ook niet van plan om zich te verloven voordat hij zijn verleden had uitgelegd. Het was een ondoordachte reactie geweest op haar nabijheid, haar zo dicht bij zich te hebben, haar lippen op slechts enkele centimeters afstand... Ach, wie hield hij eigenlijk voor de gek? Hij zou het zo weer doen als ze nu hier was.

En als hij die ondoordachte opmerking niet had gemaakt, zou die kus niet zo verschrikkelijk zijn geweest. Verschrikkelijk? Het was een heerlijke kus geweest. Nee, hij kon er geen spijt van hebben. Het was iets kostbaars om te onthouden als hij verder niets meer had.

Als hij maar niet in paniek was geraakt en haar boos had gemaakt met zijn ondoordachte opmerking. Hij had niet bedoeld wat ze overduidelijk had aangenomen, dat hij haar beschuldigde van lichtzinnig gedrag, en dat zij het soort vrouw was met wie hij alleen maar wilde verpozen voor zijn plezier en met wie hij geen serieuze bedoelingen had. Ze moest hem erger vinden dan haar eerste beau, die lafhartige Maitland!

Maar hij wás nu eenmaal in paniek geraakt; omdat hij dacht dat het allemaal te snel ging, en daarom had hij geprobeerd de beladen sfeer wat te verlichten voordat hij hun gesprek van voor de kus wilde voortzetten. Zijn bedoeling was om een volledige bekentenis van zijn verleden af te leggen alvorens verder te gaan. Maar in plaats daarvan had hij zich herhaaldelijk verontschuldigd dat hij haar had gekust, alsof het iets onsmakelijks was geweest! Geen wonder dat ze zo overstuur was! Als hij het allemaal niet zo slecht had aangepakt, hadden ze nu misschien in de salon een fles champagne geopend en hun verloving gevierd. In plaats daarvan wist hij niet of ze ooit nog met hem zou praten.

De rit terug naar Bath werd bepaald niet doorgebracht met de zorgeloze en vreugdevolle conversatie van tijdens de heenrit naar Newbrooke, en leek de vier vrouwen die samen in de koets gevangenzaten dan ook veel langer te duren. Priscilla, die nooit had geleerd dat er momenten waren waarop je het voor de hand liggende niet diende te zeggen, probeerde een opmerking te maken over Sophies wonderlijke gedrag, maar dit kwam haar te staan op de meest ontzagwekkende en woedende blik die ze ooit op Sophies anders zo milde en vriendelijke gelaat had gezien, zodat zelfs zij tot zwijgen werd gedwongen.

Priscilla kon echter nooit lang stil blijven en besloot dat Cecilia waarschijnlijk meer geneigd zou zijn om te praten. 'Hoe heb je je voet bezeerd, Cecilia?' vroeg Priscilla haar.

Maar ook dit bleek geen succesvolle gespreksopening, want Cecilia bloosde hevig voordat ze zei: 'Ik heb hem tegen een steen gestoten en wil er verder liever niet over praten.'

Geconfronteerd met een dergelijke vastberadenheid moest zelfs Priscilla het opgeven en, na een verbijsterde blik met Mrs Foster te hebben gewisseld, wendde ze zich half van hen af en staarde uit het koetsraam. Ze nam zich voor niets meer te zeggen totdat ze bij haar voordeur afgezet was. Zodra ze de stad bereikten brak ze echter met dit voornemen. Ze zouden net Molland's, de winkel in zoetwaren, passeren, toen een kind de weg op schoot en de koetsier de paarden tijdelijk in moest houden totdat de orde was hersteld. Priscilla, die direct in de etalage kon kijken, was verrast iemand te zien die ze kende en riep tegen de anderen: 'Kijk! Daar zijn Mr Maitland en Lady Mary!'

De vrouwen keken allemaal uit het raam na haar uitroep, maar Sophie was de enige aan dezelfde kant van de koets als Priscilla en keek Mr Maitland dan ook recht in het gezicht op het moment dat hij naar buiten keek. Hij was niet alleen met Lady Mary in de winkel, merkte Sophie op; zijn kinderen en hun nanny waren ook aanwezig. Sophie schaamde zich een beetje dat ze naar hen zat te staren, maar Mr Maitland leek er helemaal niet door van streek te zijn dat hij werd geobserveerd. Integendeel, hij maakte de indruk dat hij blij was Sophie te zien en schonk haar een stralende glimlach, terwijl hij zijn hoofd neeg bij wijze van groet. Sophie knikte lichtjes voor de koetsier de paarden door liet lopen en ze uit het zicht verdwenen.

'Nou ja! Ik had nooit gedacht dat Mr Maitland met Lady Mary aan de wandel zou gaan!' zei Priscilla, schijnbaar beledigd dat een van haar *soi-disant* bewonderaars in het openbaar verscheen met een vrouw die geen enkele schoonheid bezat.

'De kinderen mogen haar,' zei Sophie, ervan overtuigd dat dat de reden van het uitje was, want had Mr Maitland haar niet verteld dat hij Lady Mary helemaal niet knap vond? Sophie was allerminst jaloers op Lady Mary, omdat ze bedacht dat als er al een vrouw was van wie ze reden had te vrezen dat die Mr Maitlands genegenheid van haar zou stelen, dat Priscilla zelf was. Niet dat het ertoe deed, overigens, want had Sophie niet zojuist aan Sir Edmund beloofd dat ze nooit met Mr Maitland zou trouwen? Allemachtig, had ze dat echt gedaan? Wat was er in hemelsnaam met haar aan de hand? Ze zou allebei haar beaus verliezen en sterven als een eenzame oude vrijster.

De andere passagiers in het rijtuig schrokken op toen Sophie ineens een jammerkreetje slaakte en haar hoofd in haar handen liet zakken.

14

Sophie, die naar haar kamer was gegaan zodra ze terug waren uit Newbrooke en vastbesloten was de rest van haar leven in bed door te brengen, werd hierin gedwarsboomd door een klop op haar slaapkamerdeur. Het was vast Cecilia die met haar kwam praten over haar eigen relatieproblemen, want het was Sophie duidelijk dat er in de tuinen iets ingrijpends was gebeurd tussen haar en Mr Hartwell. Sophie wenste dat ze een oudere vertrouweling had op wie zij zelf kon rekenen voor troost en steun, zoals Cecilia haar had, maar zei toen tegen zichzelf dat Cecilia helpen haar in ieder geval zou afleiden van haar eigen problemen, en ze twijfelde er niet aan dat wat er ook was gebeurd tussen het jonge paar gemakkelijk kon worden rechtgezet, in tegenstelling tot haar eigen situatie, die met recht somber leek.

Dus opende ze bereidwillig de deur voor Cecilia. Ze gingen allebei zitten voor een lang gesprek, al aarzelde Cecilia om van wal te steken. Sophie moest haar aansporen door te vragen: 'Vertel, wat is er gebeurd tussen jou en Mr Hartwell op Newbrooke?'

'Hij heeft me gekust en nu gaat hij met Emily Woodford trouwen!' Na deze uitspraak keek Cecilia alsof ze op het punt stond in huilen uit te barsten, en dus moest Sophie enige tijd wachten op een verklaring van deze hoogst onwaarschijnlijke beschrijving van het gedrag van Mr Hartwell, die Sophie nauwelijks kon geloven.

Ten slotte kwam Cecilia tot bedaren en legde uit hoe ze haar voet had bezeerd en dat Mr Hartwell haar zo vriendelijk had opgetild zodat ze zichzelf niet verder zou verwonden. Het deel waarbij ze op zijn schoot belandde en ze elkaar hartstochtelijk kusten, werd afgezwakt, zodat Sophie een nogal aangepast en beschaafder verslag kreeg dan wat er feitelijk was gebeurd, maar er waren genoeg details om te beseffen dat de tuinen van Newbrooke krachtiger waren dan Cupido's pijlen in het aanzetten tot romantisch gedrag.

Toen kwam Cecilia tot de kern van het meningsverschil tussen haar en Mr Hartwell, namelijk dat ze Mr Hartwell niet had toegestaan om haar moeder om haar hand te vragen, en dat hij boos op haar was geworden en haar ervan beschuldigde dat hij haar aan het lijntje hield. 'En dat heb ik inderdaad gedaan, maar ik had geen idee. Ik bedoel, ik was nog nooit eerder gekust en had ook niet verwacht dat het zo... opwindend zou zijn,' zei Cecilia, haar voorhoofd een en al rimpel vanwege haar eigen gedrag.

'En toen kondigde hij aan dat hij in plaats van met jou met Emily Woodford zou trouwen?' vroeg Sophie, nog steeds verbijsterd door dit deel van het verhaal.

'Dat heeft hij niet letterlijk zo gezegd,' gaf Cecilia toe. 'Ik denk zelfs dat ik degene was die haar noemde. Maar toen zei hij dat zíj hem tenminste waardeerde en dat zij geen seconde zou aarzelen om zijn aanzoek te aanvaarden. Ik denk dat ik hem in haar armen heb gedreven,' zei Cecilia bedroefd, voordat ze eindigde met de obscure opmerking: 'Terwijl hij zelfs mijn haar nog goed heeft gedaan!'

Sophie vroeg geen verklaring voor deze wonderlijke mededeling, maar concentreerde zich op wat volgens haar de kern van de zaak was. 'Cecilia, weet je dan nog steeds niet of je met Mr Hartwell wilt trouwen? Want ik denk dat als je hem toestaat met je moeder te praten, deze hele onenigheid een gelukkig eind zou kunnen krijgen. En ik dacht dat je had besloten dat je van hem hield en met hem wilde trouwen.'

'Dat had ik ook, maar dat was toen ik dacht dat hij voor mij verloren was. Nu ik geconfronteerd werd met zijn aanzoek, was ik doodsbang me onherroepelijk vast te leggen. Ik ben écht heel dol op hem en ik miste hem vreselijk toen hij hier niet meer op visite kwam, maar ik vind het ook een vreselijke gedachte dat mij daarmee al mijn opties worden afgenomen. Wat als ik mijn gevoelens verkeerd heb ingeschat en Mr Hartwell niet de juiste man voor me is? Het is zo'n belangrijke beslissing, Sophie. Het is voor de rést van je leven.'

Sophie kon de waarheid van Cecilia's woorden niet ontkennen. Het wás een belangrijke beslissing, een van de belangrijkste in iemands leven. En voor een vrouw nog meer dan voor een man, omdat een vrouw geen andere rechten had dan die haar man haar verleende. Als hij wilde, zou hij haar het leven heel zuur kunnen maken.

Niet dat Cecilia bang hoefde te zijn dat Mr Hartwell een al te veeleisende echtgenoot werd. Zijn vriendelijkheid en zachtheid straalden dwars door alles wat hij zei en deed heen. Maar als Cecilia op haar achttiende niet het gevoel had dat ze klaar was om zo'n onherroepelijke stap te zetten, dan had Sophie het gevoel dat ze dat waarschijnlijk niet moest doen.

Cecilia verbrak de bedachtzame stilte waarin de twee dames waren vervallen. 'Er is echter één ding waar ik niet de minste twijfel over heb: ik ben er heel zeker van dat ik niet wil dat hij met iemand anders trouwt.'

En door die uitspraak kreeg Sophie ineens veel meer sympathie voor Mr Hartwell dan voor haar nichtje.

Nu Cecilia hersteld was van haar blessure, konden de dames hun tijd niet langer opgesloten in hun herenhuis doorbrengen, ook al hadden ze weinig zin om zich onder de mensen te begeven. Toch moest de schijn worden opgehouden en Mrs Foster had aangekondigd dat ze die avond naar de Assembly Rooms zouden gaan.

Sophie troostte zich met het feit dat Sir Edmund waarschijnlijk toch niet aanwezig zou zijn, aangezien ze er sterk aan twijfelde dat hij zo snel al zijn landgoed zou hebben verlaten om naar Bath terug te keren. Maar in plaats van dat een dergelijke conclusie haar troost bood, werd ze er alleen nog maar bedrukter van.

Cecilia was er slechter aan toe dan Sophie; niet alleen was ze er niet zeker van of ze Mr Hartwell die avond zou ontmoeten, ze was ook bang dat als ze hem wel zou zien, hij Emily Woodford het hof zou maken. Dit zou ook haar eerste ontmoeting met Lord Courtney zijn sinds ze had besloten niet met hem te trouwen, en ze had geen idee hoe ze een afwijzing tactvol moest overbrengen aan een vrijer die ze maar een week geleden nog zo gewillig had aangemoedigd.

En Mrs Foster, die juist zo op hun aanwezigheid aandrong, was misschien wel het meest ongerust van de drie vrouwen. Want ze moest op de een of andere manier afstand zien te nemen van haar vriendschappelijke omgang met Lady Smallpeace en van haar stilzwijgende aanvaarding van Lord Courtney als echtgenoot voor haar dochter zonder dat ze de edelvrouw volledig van zich vervreemdde en sociale zelfmoord pleegde.

Het bleek dat Lady Smallpeace hen bijna onmiddellijk opmerkte toen ze de Assembly Rooms binnenkwamen en heel luid en tactloos informeerde naar Cecilia's gezondheid.

'Hoe gaat het met uw dochter, Mrs Foster? Is ze hersteld van haar kneuzing? Ze ziet er een beetje pips uit, als ik het zeggen mag,' zei Lady Smallpeace, terwijl ze haar lorgnet naar haar ogen bracht en Cecilia van top tot teen bekeek.

'Het gaat alweer veel beter met haar, dank u,' antwoordde Mrs Foster.

'Ze ziet er ronduit blakend uit,' zei Lord Courtney met een grijns. 'Ik kan niet te dichtbij komen, anders moet ik nog niezen,' zei hij, en zijn tante liet haar lorgnet vallen.

‘Is ze nog steeds besmettelijk dan, denk je?’ vroeg Lady Smallpeace, geschokt.

‘Nee, tante, het was maar een grapje, een woordspeling. Ik moet altijd niezen van bloemen en Miss Foster bloeit even zo, als een madeliefje, hoewel, misschien geen madeliefje, want ze draagt blauw. Misschien een grasklokje? Ik heb niet veel verstand van bloemen, behalve dat mijn neus er enorm van gaat kriebelen. Nu we het daar toch over hebben, ik hoop dat het boeket dat ik u stuurde beviel, Miss Foster. Mijn bediende had het speciaal voor u uitgezocht...’

Zijn oudtante viel hem in de rede voordat Cecilia Lord Courtney kon bedanken voor het geschenk van zijn bediende. ‘Is uw dochter vatbaar voor infecties, Mrs Foster?’ vroeg Lady Smallpeace met een uitdrukking van walging op haar gezicht.

En ineens kwam er een idee op bij Mrs Foster dat zo briljant was dat ze het gevoel had dat er licht uit haar hoofd moest stralen. ‘Ik ben bang van wel, Lady Smallpeace,’ zei ze. Cecilia sprong op van verbazing en keek alsof ze op het punt stond te protesteren, maar Sophie, die het slimme plan van haar tante meteen doorhad, kneep waarschuwend in Cecilia’s arm. ‘Ze heeft een zwakke gezondheid sinds ze op haar veertiende een bijzonder ernstige keelontsteking heeft gehad. Er werd een chirurgijn bij gehaald en die zei dat haar gestel er waarschijnlijk voorgoed verzwakt door was geraakt.’ Mrs Foster slaagde erin heel bedroefd te kijken toen ze dit zei, en Sophie en Cecilia trokken eveneens een ernstig gezicht.

‘Wel heb ik nu!’ zei Lady Smallpeace, terwijl ze Cecilia aankeek met een vreemde mengeling van medelijden, walging en opluchting. ‘Ik ben heel blij dat ik dat nu weet! Erg blij! Het spijt me, jongedame, maar ik moet u vragen afstand te houden totdat we er zeker van kunnen zijn dat u hersteld bent van deze laatste besmettelijke ziekte. Ik weet dat mijn neef heel teleurgesteld zal zijn dat hij vanavond niet met u kan dansen, nietwaar, Courtney?’

'Ik ben er kapot van,' zei hij glimlachend. 'Misschien morgen...'

'Courtney!' riep Lady Smallpeace. 'Je arm!'

En terwijl de dames met verbazing toekeken, hees Lady Smallpeace zich overeind uit haar stoel en stond op om de zaal te verlaten. Sophie realiseerde zich dat dit de eerste keer was dat ze Lady Smallpeace daadwerkelijk had zien lopen. Lady Mary pakte haar moeders andere arm en verontschuldigde zich terwijl ze wegliepen.

'Het spijt me, maar mijn moeder is nogal bang voor ziekte, al heeft ze zelf een behoorlijk sterk gestel. Als dat van een paard. Is dat de juiste uitdrukking? Of is het een muilezel? Ik ben zelf niet zo'n amazone, al rijd ik wel op het platteland. Dat is hier in Bath natuurlijk niet nodig, veel gemakkelijker om per draagstoel te reizen, en al die heuvels, een paard heeft inderdaad een sterk gestel nodig als je hier uit rijden zou gaan...'

De drie dames bleven nog even zwijgend staan, net zolang tot Lady Mary buiten gehoorsafstand was, en toen begon Sophie te lachen.

'Dat was briljant, tante Foster!' complimenteerde Sophie haar tante. 'Wat ad rem van u!'

'Mama, hoe kwám u erop? Nu hoeven we ze niet te mijden; zij zullen óns uit de weg gaan!'

'Het kwam gewoon ineens bij me op,' zei Mrs Foster verheugd.

Mr Hartwell was die avond niet aanwezig, maar Emily Woodford was er wel. Cecilia knikte heel hoffelijk en glimlachte zelfs naar Emily toen ze hen naderde, maar ze had een quadrille aan iemand beloofd en vertrok kort daarna. Toen Cecilia weg was, draaide Emily zich gretig naar Sophie om met haar te praten.

'Sophie! Het is een eeuwigheid geleden dat we elkaar voor

het laatst hebben gesproken. Ik hoorde dat je nichtje ziek was.'

'Ja, maar het was maar een verkoudheid. Ze is nu weer in orde.'

'Dat is niet wat ik hoorde. Er gaat een gerucht dat ze... aan de tering lijdt,' zei Emily, en haar stem zakte naar een fluistertoon bij het laatste woord.

'Onzin! Cecilia is zo gezond als een paard,' zei Sophie, een beetje grinnikend toen ze terugdacht aan Lady Mary's gebruik van die uitdrukking. Emily keek Sophie verwonderd aan, alsof ze vond dat de gezondheid van haar nichtje niet iets was om je vrolijk over te maken, maar liet het onderwerp verder rusten.

'Enfin, ik ben blij dat Miss Foster weer beter is. Misschien zullen haar vrijers nu weer bij haar op visite komen,' zei Emily en ze probeerde erbij te kijken alsof ze het onderwerp van Cecilia's aanbidders terloops aansneed, en dat het niet juist de reden was waarom ze Sophie überhaupt had opgezocht. 'Hebt u de laatste tijd nog iets van Mr Hartwell vernomen?'

Sophie was verscheurd. Ze mocht Emily graag en zij zou waarschijnlijk ook een geweldige echtgenote zijn voor Mr Hartwell. Tenminste, als Cecilia ooit zou besluiten dat ze hem niet voor zichzelf wilde. Maar Sophie vond dat dát eerst opgelost moest worden voordat hij met iemand anders in zee kon gaan. 'Ja, Emily, we hebben Mr Hartwell onlangs gezien. Zoals ik al eerder zei, hij en Cecilia...'

'Wat is er met hen? Heeft hij haar een aanzoek gedaan? Zijn ze verloofd?' vroeg Emily dringend.

'Ze zijn nóg niet verloofd,' zei Sophie, en ze bedacht dat dit gesprek misschien toch een vergissing was. De gewoonlijk zo volgzame Emily leek precies het tegenovergestelde van haar gebruikelijke kalme zelf.

'Als ze niet verloofd zijn, is er dus nog hoop voor mij,' zei Emily, en de moed zonk Sophie in de schoenen.

‘Maar Emily, als hij verliefd is op Cecilia...’

‘Hij zal misschien verliefd zijn op je nichtje, maar ze verdient hem niet,’ zei Emily.

‘En jij wel?’ vroeg Sophie.

‘Waarom niet? Dat zou uitgerekend jij toch moeten begrijpen. Mr Hartwell is jong en knap en welgesteld en hoeft niet met een fortuinlijke dame te trouwen. Zulke mannen groeien niet aan de bomen, Sophie, zoals je maar al te goed weet. Terwijl je nichtje niet het benul had om het geschenk te herkennen dat haar in de schoot werd geworpen! Ze verdient Lord Courtney; ze geeft duidelijk meer om de titel dan om de man. En aangezien ik Mr Hartwell op de juiste wijze waardeer, zal ik ervoor zorgen dat ik hem krijg.’

Sophie kon geen woord uitbrengen. Ze kon haar vroegere vriendin alleen verbluft aankijken en spijt hebben van de dag dat ze haar aan Mr Hartwell had voorgesteld. Want als Cecilia uiteindelijk tot bezinning kwam en besloot dat ze hem wél wilde, zou het heel goed te laat kunnen zijn.

Priscilla Beswick was die avond ook naar de Assembly Rooms gekomen en Sophie liep haar in de theesalon tegen het lijf. Ze begroette Priscilla met een glimlach en vergat helemaal dat ze, de laatste keer dat ze haar had gezien, niet zulk prettig gezelschap was geweest.

‘Ik ben verrast je hier te treffen. Je leek niet in zo’n beste stemming na ons bezoek aan Newbrooke,’ zei Priscilla fronsend.

‘O, ja, mijn excuses. Ik had hoofdpijn. Maar dat gaat nu een stuk beter.’

‘Cecilia lijkt ook opmerkelijk goed hersteld te zijn,’ zei Priscilla, terwijl ze langs Sophie keek naar waar Cecilia zat te praten met een bewonderaar.

‘Het was maar een verkoudheid...’ begon Sophie, zich afvragend hoe vaak ze het nog over de gezondheid van haar nichtje zou moeten hebben.

'Ik doelde op haar voet. Ze had zich toch verwond?'

'O dat! Ja, dat gaat ook veel beter.'

'Hoe dan ook, ik ben blij dat je er bent, want ik moet iets met je bespreken,' zei Priscilla, en ze keek om zich heen wie er in de buurt zat om vervolgens haar stem te dempen. 'Charles is ronduit onmogelijk! Ik zeg je, Sophie, ik kom sterk in de verleiding om iets wanhopigs te doen!'

Sophie zuchtte en wenste dat ze op zijn minst een paar minuten van haar thee kon genieten zonder over mannen of huwelijken te hoeven praten. 'Priscilla, ik geloof dat Charles ook reden heeft om over jou te klagen. Hij vertelde me dat hij de tijd mist waarin jullie samen buiten bezig waren. En nu, als hij tijd met je doorbrengt, maak je je altijd zorgen over iets wat je kleding zou kunnen bederven. Hoe komt het dat je niet meer deelneemt aan de activiteiten die je vroeger samen leuk vond?'

Priscilla knipperde verbaasd met haar ogen. 'Ik heb je toch al gezegd dat dat is omdat ik heb geleerd dat het ongepast gedrag is voor een jongedame van standing. Toen ik voor mijn seizoen naar Londen ging en me meer ging wijden aan damesachtige bezigheden, bewonderden de heren me meer dan ooit. En ik hou van mode, Sophie. Ik had geen idee, totdat ik mijn debuut maakte, hoe leuk dat is. Het is een... kunstvorm, wist je dat? Ik heb zelfs al geprobeerd wat te ontwerpen. De hoed die ik naar Sydney Gardens droeg, was er een van eigen hand. Dat was de voornaamste reden waarom ik zo van streek was toen die kapotging.' Priscilla leek plotseling onzeker en aarzelend; een houding die Sophie nog nooit eerder bij haar had waargenomen. 'Misschien,' opperde ze aarzelend, 'wil je eens wat van mijn schetsen zien?'

'Ik zou je schetsen heel graag willen zien! Het is duidelijk dat je talent hebt voor ontwerpen; men hoeft maar naar je te kijken om dat te kunnen zien.' Priscilla straalde bij deze opmerking en Sophie begon zich af te vragen of Priscilla soms naar complimenten viste over haar uiterlijk omdat ze geruststelling zocht over de ontwerpen die ze maakte en niet omdat ze zo ijdel was. 'Maar mis je de activiteiten niet die jij en Charles samen deden? Het klonk alsof jij daar ook van genoot.'

Priscilla dacht even na en toen verscheen er een glimlach bij de herinnering. 'Ja, ik genoot van paardrijden en cricket en bowlen – o, we hadden vroeger zo'n plezier! Ik vond het zelfs leuk als Charles me de dieren op de boerderij liet zien. Maar dat was voordat ik mijn debuut had gemaakt. Zulk gedrag, dat voor een heel jonge vrouw nog acceptabel is, kan zeker niet door de beugel bij een getrouwde vrouw.'

'Zeker wel, als dat is wat zij en haar man graag samen doen! Priscilla, je kunt damesachtig en modieus zijn en toch aan sport doen. Ik geef je op een briefje dat als je meer zou deelnemen aan de interesses van je man, hij daar positief op zou reageren.'

'Dat kan zo zijn, en als we weer terugkeren naar het platteland, zal ik dat ook zeker doen, maar als Charles van me houdt, waarom kan hij mij dan niet ook in míjn interesses steunen? Hij is al sinds onze bruiloft niet meer met me naar een bal geweest. Hij weigerde zelfs om me vanavond te vergezellen; Mr Maitland heeft me hierheen begeleid. Als Charles verwacht dat ik met hem uit rijden ga, kan hij toch af en toe met me dansen!'

Sophie kon niet ontkennen dat ze daarin wel gelijk had en nam zich voor bij de eerstvolgende gelegenheid Charles Beswick hierover te adviseren. Ze moedigde Priscilla aan om voorlopig geduldig te zijn. 'Mr Beswick is een heel aantrekkelijke, intelligente heer, Priscilla, en hij houdt heel veel van je. Dat heeft hij me zelf verteld.'

'Echt waar?' vroeg Priscilla, terwijl ze verrukt in haar handen klapte. 'Wat zei hij dan precies?' wilde ze weten.

'Dat hij heel veel van je hield,' herhaalde Sophie, terwijl ze bedacht dat ze erg slecht toegerust was voor deze rol die ze met zoveel tegenzin had aangenomen. Ze had poëzie of romans moeten lezen om zich voor te bereiden.

'Had hij toen zijn uniform aan?' vroeg Priscilla met een dromerige uitdrukking op haar gezicht.

'Ja,' zei Sophie en ze nam een slokje thee.

Sophie was zich er niet van bewust dat Mr Maitland die avond Priscilla's escorte was totdat Priscilla haar dat vertelde. Ze hoopte echt dat toen Priscilla zei dat ze iets 'wanhopigs' van plan was, dat geen betrekking op hem had. Maar Sophie was ervan overtuigd dat Priscilla echt van haar man hield, en al was ze misschien een beetje onvolwassen, immoreel was ze niet. Als ze het sociaal onaanvaardbaar vond dat een dame haar zoom vies maakte bij een bezoek aan de stallen, dan wist ze toch zeker ook dat het nog veel erger was om je echtgenoot te verlaten en weg te lopen met een andere man.

Mr Maitland gedroeg zich die avond vreemd terughoudend tegenover Sophie en schonk Priscilla Beswick de meeste aandacht, ondertussen wel veelbetekenende blikken in Sophies richting werpend. Ze kon alleen maar aannemen dat hij haar jaloers probeerde te maken, hoewel ze zich daar misschien mee vleide. Maar ze kon de energie niet opbrengen om enige verontwaardiging te voelen, aangezien ze blijkbaar eerder die dag al haar energie al bij Sir Edmund had verbruikt. Ze had voorlopig genoeg van mannen, en aangezien Cecilia hetzelfde voelde, besloten de dames na de thee te vertrekken. Ze hadden het gevoel dat ze die avond hun doel hadden bereikt, namelijk hun gezicht laten zien en Lord Courtneys verdere hofmakerij ontmoedigen zonder daarbij sociale paria's te worden.

Pas toen ze naar huis waren teruggekeerd, vertelde Mrs Foster aan Sophie dat Mr Maitland met haar had gesproken en toestemming had gevraagd om de volgende dag Sophie een bezoek te brengen.

‘Een bezoek brengen!’ herhaalde Cecilia geschokt. ‘Sophie, hij komt een aanzoek doen!’

Sophie was al even geschokt, al besefte ze dat ze dat niet moest zijn. Mr Maitland had haar zo ijverig het hof gemaakt dat als hij zich nu nogmaals zou terugtrekken, men hem niet meer als gentleman zou zien.

Maar in plaats van te voelen dat haar levensdromen nu uitkwamen, dat er eindelijk gerechtigheid zou geschieden voor de achttienjarige Sophie, die publiekelijk vernederd was en zich ongewenst, onaantrekkelijk en onbelangrijk had gevoeld, voelde ze... niets.

‘Wat voor antwoord ga je hem geven?’ vroeg Cecilia.

‘Ik weet het niet,’ antwoordde Sophie.

15

Sophies vreemde ambivalentie hield de hele nacht en de volgende dag aan. Ze had ontbeten en zich aangekleed en wachtte in de salon op het bezoek van Mr Maitland, maar had nog steeds geen idee wat ze op zijn aanzoek moest antwoorden. Ze negeerde de belofte die ze aan Sir Edmund had gedaan dat ze niet met Mr Maitland zou trouwen; hij had niet het recht om beloften van haar te eisen als hij klaarblijkelijk geen verplichting voelde om die ook aan haar te doen. Echt, het zou gemakkelijker moeten zijn nu Sir Edmund zichzelf uit de strijd om haar hand had teruggetrokken. Ze had maar twee opties: trouwen met Mr Maitland, van wie ze ooit had gehouden en die ze nog steeds charmant en buitengewoon aantrekkelijk vond, of een eenzaam leven als oude vrijster.

Misschien moet ik 'Advies aan Sophronia' opnieuw lezen voor goede raad, dacht Sophie bij zichzelf, en daar moest ze dan tenminste om glimlachen.

Cecilia en Mrs Foster hadden niet voor en niet tegen Mr Maitland gepleit. Toen Sophie Cecilia vertelde dat ze niet wist welk antwoord ze hem zou geven, zei Mrs Foster: 'Je hebt bewezen over mensenkennis te beschikken, Sophie, veel meer dan Cecilia of ik. Dus ik twijfel er niet aan dat welke beslissing je ook neemt, het de juiste zal zijn.'

Sophie was blij met de ongebruikelijke complimenten van haar tante, al wenste ze tegelijkertijd dat ze Sophie precies had verteld wat ze moest doen.

Nu liep Sophie rusteloos heen en weer en ging uiteindelijk

voor het portret van de dame met de plooikraag staan. Ze kwam sterk in de verleiding haar om raad te vragen. Voordat ze dat kon doen echter, werd Mr Maitland eindelijk aangekondigd.

Ze draaide zich om om hem te begroeten en het viel haar weer op hoe knap hij was. Hij droeg een grijze jas, een kleur waarvan hij moest weten dat die het intense blauw van zijn ogen benadrukte, en twéé vesten, een roze en een van gedessineerde zijde. Sophie realiseerde zich dat hij waarschijnlijk nog meer moeite had gedaan om er goed uit te zien dan zijzelf. Het was eigenlijk onvoorstelbaar dat zo'n knappe man háár een begeerlijke echtgenote vond, maar aangezien ze geen fortuin had en hij er geen meer nodig had, kon er maar één reden zijn waarom hij haar verkoos en dat was omdat hij dat wilde. Ze begon hem in gedachten te vergelijken met Sir Edmund en kwam tot de conclusie dat Mr Maitland de knapste was – en dat was hij ook – voordat ze zich realiseerde dat dat er eigenlijk niet toe deed; ze had niet langer de keuze tussen twee mannen en moest ophouden aan Sir Edmund te denken en zich in plaats daarvan alleen nog richten op de man die voor haar stond.

En als een vrouw Frederick Maitland aan haar zijde had, had ze ook zeker geen andere man nodig.

Dus bood ze hem haar hand aan met een glimlach, zo kalm als ze maar kon, vooral toen hij die hand naar zijn lippen bracht, een vrijheid die hij zich tot dan toe zelden had gepermitteerd.

'Sophie,' zei hij, terwijl hij haar hand nog steeds in de zijne hield en nu ook haar andere hand pakte. 'Ik heb zo lang van deze dag gedroomd, dat ik nauwelijks kan geloven dat dit echt gebeurt.'

Sophie voelde de eerste opwelling van emotie de gevoelloosheid doorboren die haar had overvallen, maar het was niet de emotie die ze had verwacht te voelen. In plaats van verwondering, geluk, genegenheid of zelfs hartstocht voelde ze... woede.

Hoe durfde hij! Híj had zo lang gedroomd? dacht ze, haar handen uit de zijne rukkend.

'En wanneer heb je er dan precies van gedroomd? Voor of na je huwelijk met een andere vrouw?' hoorde ze zichzelf vragen, en het was alsof haar ziel haar lichaam had verlaten en in de hoek van de kamer was gaan zitten en ze hoorde zichzelf deze bittere dingen zeggen, maar kon niets doen om te voorkomen dat ze uit haar mond rolden.

Maitland kromp ineen. 'Sophie, wat kan ik zeggen opdat je me vergeeft? Ik heb me vergist, ik geef het toe. Mijn huwelijk was niet gelukkig. Is dat wat je wilt horen? Maar ze was zo volhardend in haar bewondering voor mij, en jij was zo jong; ik was nooit helemaal zeker van je gevoelens...'

'Ik geloof je niet. Zeg liever de waarheid: zij had geld en ik had niets.'

'Dat speelde ook zeker een rol,' beaamde Maitland, zijn toon kalm en vol genegenheid, waardoor Sophie op de een of andere manier het gevoel kreeg dat zíj de rol van onredelijke partij in deze affaire in de schoenen geschoven kreeg. 'Wie van ons kan het zich veroorloven om niet over zulke dingen na te denken? Zeg me, Sophie, als ik nu naar je toe zou komen en ik had niets, zou je mijn aanzoek zelfs maar overwegen? Natuurlijk niet! Je zou het niet kunnen, al zou je het willen.'

'Als ik zelf geld had gehad, zoals jij, en we echt van elkaar hielden, had ik graag met je gedeeld wat ik had.'

Maitland schonk haar een tedere glimlach. 'Dit is precies waarom ik van je hou, Sophie. Je bent zo puur van hart, zo onbezoedeld door de wereldse beweegredenen waar wij ons allemaal door laten voortdrijven.'

Sophie vond dit een wat onromantische reden; het gaf haar het gevoel dat ze een soort vrome non was. Ze was niet zo wereldvreemd dat ze niet liever de lof over haar ogen of lippen had horen zingen. Sir Edmund had haar tenminste nog gezegd dat ze lief was. Maitland moest haar teleurstelling hebben gevoeld; hij was altijd zo perfect afgestemd op zijn publiek, altijd gespitst op wat er in hen om kon gaan zodat hij zich aan hun reactie aan kon passen. Hij hief zijn hand en trok met een vinger een spoor over haar lippen. Sophie raakte in de war toen ze iets anders bleek te voelen dan woede, iets wat meer weg had van passie.

'Maar ik ben niet zuiver van hart zoals jij, Sophie. Het zijn niet alleen je innerlijke kwaliteiten die ik zo aantrekkelijk vind,' zei hij hees, voordat hij zich vooroverboog en haar kuste.

Sophie vond het nogal verbazingwekkend dat ze achtentwintig jaar had geleefd zonder door ook maar één heer te zijn gekust en nu waren er twee heren die haar kusten in het tijdsbestek van evenzoveel dagen.

Wat ook vreemd was was dat ze van beide kussen genoot, al voelde ze wel een steek in haar hart toen Mr Maitland haar kuste, omdat ze vond dat ze Sir Edmund verraadde, wat ronduit absurd was, want ze was hem niets verschuldigd. Dus zette ze dat gevoel van zich af en concentreerde zich op de andere gevoelens die Mr Maitland in haar opriep, en die ook zeker tumultueus waren.

Even later trok hij zich terug en glimlachte triomfantelijk. 'Ik zal onmiddellijk een bericht in de kranten laten plaatsen,' zei hij, en Sophie besefte dat hij had aangenomen dat haar aanvaarding van zijn omhelzing betekende dat ze ook zijn aanzoek had aanvaard. 'En Sophie, liefje, denk je niet dat je me dan nu eindelijk Frederick zou kunnen noemen?'

'Wacht! Mr Maitland, Frederick,' verbeterde ze zichzelf, omdat het hypocriet leek een man die haar net had gekust nog steeds Mr te noemen, 'ik heb je aanzoek nog niet aanvaard.'

'O hemel, ik heb de vraag ook helemaal nog niet echt gesteld. Neem me niet kwalijk, Sophie, maar het is jouw schuld, want je leidt me enorm af. Moet ik op één knie gaan zitten?' vroeg hij, en hij begon naar de grond te kijken alsof hij zich daarvoor opmaakte.

'Nee, dat is niet de reden dat... dat wil zeggen, ik ben me bewust van je doel om vanmorgen langs te komen, het punt is alleen dat ik...' en alweer had ze dat gevoel buiten haar lichaam te zijn getreden en leek het alsof iemand anders de woorden zei die op onverklaarbare wijze uit haar mond kwamen: 'Ik kan je aanzoek niet aanvaarden.' Ze was net zo geschokt om zichzelf die woorden te horen zeggen als Frederick Maitland.

'Je kunt mijn aanzoek niet aanvaarden,' herhaalde hij

'Dat wil zeggen, niet meteen. Ik geloof dat ik nog wat tijd nodig heb,' zei ze, en ze voelde zich een volslagen idioot, omdat ze allebei wisten dat ze meer dan genoeg tijd had gehad. En dat als hij deze vraag tien jaar geleden had gesteld, er geen twijfel over zou bestaan wat haar antwoord zou zijn geweest.

Maar hij was te scherpzinnig om niet te beseffen wat er werkelijk aan de hand was. 'Het gaat om Sir Edmund, nietwaar? Je vindt hem leuk. Ik heb het wel aan je gezicht gezien. Maar Sophie, als je denkt dat ík met je genegenheid heb gespeeld en me dat kwalijk neemt, dan moet je je er toch van bewust zijn dat hij nog veel ergere dingen heeft gedaan. Dat heeft hij je toch zeker wel verteld?'

Sophie wilde haar handen voor haar oren houden, zo zeker was ze ervan dat ze niet wilde horen wat hij haar te zeggen had. Maar ze was achtentwintig, geen acht. 'Wat zou hij me verteld moeten hebben?' vroeg ze.

'Het is geen fraai verhaal, en normaal gesproken zou ik je oren er niet mee bezoedelen. Het is zeker nooit algemeen bekend geworden, al wisten de heren die destijds samen op Cambridge waren ervan af.'

'Heb jij dan aan Cambridge gestudeerd?' vroeg Sophie, want dit was nieuws voor haar, en ze vond dat hij het er best weleens over had kunnen hebben.

'Nee, ik niet. Maar ik zat op Eton met een man die later naar Cambridge ging, en hij kende Sir Edmund. Hij was ook degene die me dit verhaal heeft verteld, en hij zou niet over zo'n kwestie liegen.'

Sophie was sceptisch, maar ze dacht aan het feit dat Sir Edmund gisteren nog had gezegd dat er iets was wat hij haar wilde uitleggen, iets wat leek op wat zij hem had toevertrouwd. Dus onthield ze zich maar van commentaar en Mr Maitland vervolgde zijn uitleg.

'Er was een jongedame die alom geaccepteerd werd door de hogere kringen in Cambridge al kwam ze dan uit de onbeduidende middenklasse, want ze was levendig en mooi en populair. Sir Edmund begon haar nadrukkelijk aandacht te schenken, danste met haar op plaatselijke bijeenkomsten en nam haar mee voor ritjes te paard. Maar kennelijk was hij niet van plan met haar te trouwen, iets wat heel duidelijk werd toen het voor haar noodzakelijk werd om te trouwen en hij niet deed wat hij had moeten doen.'

'Noodzakelijk om te trouwen? Je bedoelt...' Sophie wist niet goed hoe ze de zin moest afmaken.

'Ze raakte in verwachting van Sir Edmund,' zei Mr Maitland botweg.

'Dat kun je niet zeker weten,' protesteerde Sophie.

'Het is wat zij beweerde. Ze zou zoiets nooit hebben gezegd als het niet waar was, want dat zou haar eigen reputatie verwoesten,' zei Mr Maitland, wat niet onredelijk klonk. 'En zijn gedrag bevestigde ook zijn schuld. Hij betaalde zijn rentmeester in Newbrooke om met haar te trouwen. De jonge vrouw zou slechts een paar maanden na hun huwelijk zijn bevallen van een gezonde jongen.'

'Arm kind,' zei Sophie.

'Jij bent degene met wie ik medelijden heb, Sophie, niet met dit meisje dat ik nog nooit heb ontmoet. Jij, de vrouw van wie ik hou, en die zich door Sir Edmund heeft laten manipuleren.'

'Ik ben niet door hem gemanipuleerd,' protesteerde Sophie, maar ze zei het om zichzelf te verdedigen, niet Sir Edmund.

'O nee? Zou je mijn aanzoek hebben aanvaard als hij er niet was geweest?'

Sophie reageerde niet; ze was er niet toe in staat. Het werd haar allemaal te veel en ze wenste dat Mr Maitland gewoon weg zou gaan zodat ze hier rustig over na kon denken.

Met zijn unieke waarnemingsvermogen doorzag Mr Maitland Sophies gemoedstoestand direct. 'Maar ik zal niet aandringen als jij duidelijk niet in de stemming bent om mijn liefdesverklaring aan te horen,' zei hij. 'Ik zal je de tijd geven, Sophie, want dat is waar je om hebt gevraagd, en als ik terugkom, vertrouw ik erop dat ik het antwoord zal krijgen waar ik het meest naar verlang. Omdat ik van je hou, mijn liefste, ondanks mijn dwaze gedrag van tien jaar geleden.'

En hoewel Sophie in een staat van verwarring verkeerde en volkomen in beslag werd genomen door wat ze zojuist over Sir Edmund had gehoord, kon ze zulke woorden niet aanhoren zonder geroerd te raken. Toen hij zich echter bukte om haar nog eens te kussen, deed ze snel een stap naar achteren en bood hem in plaats daarvan haar hand aan.

'Ik wacht wel, Sophie, maar laat me alsjeblieft niet te lang wachten. Ik denk dat jij en ik dat lang genoeg hebben gedaan,' zei hij, voordat hij een vurige kus op de hand drukte die ze hem had toegestoken. En toen was hij weg.

Bijna zodra de deur achter Maitland was gesloten kwam Cecilia de kamer binnen.

'En?' vroeg ze aan Sophie. 'Moet ik je feliciteren?'

'Omdat ik een idioot ben? Ik weet niet zeker of dat een felicitatie waard is,' zei Sophie.

'Ik begrijp het niet. Ben je een idioot omdat je zijn aanzoek hebt aanvaard of omdat je het hebt afgeslagen?'

'Omdat ik dat geen van beide heb gedaan,' zei Sophie, hoofdschuddend om haar eigen domheid. 'Ik heb om meer tijd gevraagd.'

Cecilia plofte naast Sophie op de bank. 'Je bent bijna net zo erg als ik,' zei Cecilia tegen haar nicht.

'Herinner me daar vooral niet aan. Nu kan ik niet langer met minachting op je neerkijken,' zei Sophie half voor de grap.

'Deed je dat eerst dan wel?' vroeg Cecilia.

Sophie knikte. 'We mogen dan nichtjes zijn, maar ik sta in deze kwestie zonder meer aan de kant van Mr Hartwell.'

Cecilia zuchtte. 'Ik ook.'

Mrs Foster had zich bij de twee meisjes in de salon gevoegd toen ze hoorden hoe een tweede bezoeker arriveerde en hun bediende kwam vragen of ze thuis waren voor Mr Hartwell.

Mrs Foster keek snel naar Cecilia die knikte. 'Ja, Jonas, je kunt Mr Hartwell binnenlaten,' zei Mrs Foster tegen hem, terwijl haar dochter zich haastte om haar uiterlijk te controleren in een spiegel aan de muur.

Cecilia was net weer bij Sophie op de bank gaan zitten toen Mr Hartwell binnenkwam met een ongewoon ernstig gezicht.

'Mr Hartwell, wat vriendelijk van u dat u ons komt bezoeken. Neemt u alstublieft plaats,' zei Mrs Foster met een glimlach.

'Dank u, Mrs Foster, maar ik wil u vragen of ik Miss Foster misschien even onder vier ogen zou mogen spreken. Het zou niet lang moeten duren,' zei hij.

Dit was zeer ongebruikelijk gedrag, maar de gebeurtenissen van de afgelopen weken hadden Mrs Foster geschokt en ze was vastbesloten niets te doen om het geluk van haar dochter, of zelfs dat van haar nicht, verder in gevaar te brengen. Dus stonden zij en Sophie rustig op en verlieten de kamer.

'Ik ben gekomen om afscheid van u te nemen,' kondigde Mr Hartwell aan, tot Cecilia's grote verbazing, omdat ze half had verwacht dat hij haar opnieuw om toestemming zou vragen haar moeder te benaderen en hun relatie officieel te maken, en ze had zich afgevraagd hoe hij deze keer van plan was haar over te halen. Iets waar ze zich nogal op verheugde. Maar ze had nog nooit iemand gezien die zo weinig verliefdheid uitstraalde, want hij stond streng en zonder glimlach voor haar.

'U gaat weg?' herhaalde Cecilia. 'Waar gaat u dan naartoe?'

'Naar mijn landgoed in Derbyshire,' zei hij, tot haar nog grotere verbazing, omdat ze had verwacht dat hij zijn terugkeer naar Londen zou aankondigen, waar ze in ieder geval de hoop had hem weer te zien als ook zij zouden terugkeren uit Bath.

'Uw landgoed in Derbyshire,' zei ze zwakjes, voordat ze zich realiseerde dat ze niet meer deed dan zijn woorden nazeggen en waarschijnlijk klonk als de grootste onnozelaar ter wereld. 'Komt u terug naar Londen nadat u uw zaken daar hebt afgerond?'

'Nee, ik ga daar vanaf nu wonen. Ik heb geen plannen om terug te keren naar Londen. En ook niet naar Bath,' voegde hij eraan toe.

'Zal ik u dan nóóit meer zien?' fluisterde Cecilia.

'Misschien ooit,' zei hij. 'Als het er niet meer toe doet.'

Er viel een moment stilte en toen maakte hij een buiging voor haar voordat hij zich omdraaide om de kamer te verlaten.

'Wacht!' riep Cecilia. Hij keerde zich weer om. 'Wilt u me schrijven?' vroeg ze.

'Dat lijkt me niet gepast, aangezien we geen familie zijn en we niet verloofd zijn.'

Cecilia liep naar hem toe bij de deur. 'Je mag me wel kussen ten afscheid, als u wilt,' zei ze, terwijl ze haar gezicht naar het zijne ophief en haar ogen sloot. Even later, toen er niets gebeurde, deed ze ze weer open. Hij staarde haar aan, maar uit zijn blik sprak niet de aanbidding die ze zo gewend was te zien.

'Vaarwel, Cecilia,' zei hij en hij verliet de kamer.

Nadat ze Cecilia met Mr Hartwell hadden achtergelaten, gingen Sophie en Mrs Foster naar de eetkamer, waar ze zwijgend bij elkaar zaten. Sophie wenste dat ze er op zijn minst aan had gedacht haar borduurwerk mee te nemen; ze had het naast Cecilia op de bank laten liggen. Voordat ze zich kon verontschuldigen om naar haar kamer te gaan en iets anders te zoeken om haar bezig te houden, wendde Mrs Foster zich tot Sophie en zei: 'Ik ben blij dat ik de kans krijg om jou even alleen te spreken, Sophie. Er is iets wat ik je wilde zeggen.'

Mrs Foster voelde zich duidelijk niet op haar gemak, en Sophie nam aan dat ze slecht nieuws voor haar had en zette zich schrap.

'Ik wilde me verontschuldigen voor de manier waarop ik je heb behandeld toen je pas naar Londen was gekomen,' zei Mrs Foster. 'Cecilia vertelde me wat je haar had gezegd over je geschiedenis met Mr Maitland, over je sociale uitsluiting na zijn huwelijk met een ander, en dat je je nooit echt thuis kon voelen nadat je bij ons was komen wonen. Ik smeek je heel nederig en oprecht, neem me niet kwalijk, Sophie. Ik besef nu hoe je je gevoeld moet hebben, helemaal alleen op de wereld en door de enige familie die je nog had behandeld als een onwelkome last. Ik hoop dat je me kunt vergeven.'

'Natuurlijk kan ik het u vergeven, tante. Ik kan me voorstellen dat ik een onwelkome last wás,' zei Sophie met een lachje. 'Nog een jongedame om te voeden en onderdak te bieden, zonder het vooruitzicht ooit van haar af te komen.'

'Nee, Sophie! Dat moet je niet denken! Dat is het andere

wat ik wilde zeggen. Ik wilde je verzekeren dat je een zeer welkom lid van dit gezin bent. Wat Cecilia ook beslist, of ze nu trouwt of niet, ik heb genoten van deze tijd in Bath, en er zijn andere plaatsen waar ik al heel lang naartoe wil. Ik zou het niet graag alleen doen. En zelfs als we niet samen zouden reizen maar naar Londen zouden terugkeren, ben ik je gezelschap gaan waarderen en zou ik je buitengewoon missen als je ons zou verlaten. Wat ik probeer te zeggen, Sophie, is dat ik hoop dat je niet alleen met Mr Maitland zou trouwen om een dak boven je hoofd te hebben, want je hebt er een bij mij zolang je dat wilt. Sterker nog, als ik er iets over te zeggen had, zou ik je adviseren Mr Maitland onmiddellijk af te wijzen, zodat we een rondreis door het Lake District kunnen maken,' zei Mrs Foster, en het verbaasde Sophie dat dit werd gezegd op een grappige, humoristische toon, alsof ze er een grap van probeerde te maken. Tante Foster, een grapje! Sophie had nooit gedacht dat ze dat nog zou meemaken.

Dus Sophie begreep zelf ook niet waarom het huilen haar nader stond dan het lachen. Ze veegde stiekem over haar ogen, en haar tante schraapte haar keel en keek weg, schijnbaar ook aangedaan. Sophie voelde de neiging om haar te omhelzen, maar toen ze haar aankeek en zag hoe ze er kaarsrecht bij zat met haar gezicht verlegen iets afgewend, besefte Sophie dat het een beetje vroeg was voor zulke liefdevolle gebaren. Misschien over nog eens zes jaar.

Maar voordat een van beiden verder iets kon zeggen kwam Cecilia de kamer binnengerend.

'Hij gaat weg! Ik zie hem nooit meer terug!' riep ze en ze barstte in tranen uit.

16

Sophie meende dat geen koppelaar ooit schandelijker had gefaald dan zij. Niet alleen was ze er niet in geslaagd een man te vinden voor haar eigen nichtje, maar zijzelf, die onlangs nog het hof was gemaakt door twee uitermate goede partijen, was nu voorbestemd een oude vrijster te blijven.

Want ze had besloten het aanzoek van Frederick Maitland af te wijzen. Ze was sterk in de verleiding gekomen hem een bevestigend antwoord te geven, louter om te ervaren wat theologen hoogstwaarschijnlijk 'de vleselijke lusten' zouden noemen. Het viel niet te ontkennen dat zijn kus een hartstochtelijke reactie bij haar had gewekt, en had de apostel Paulus niet gezegd: 'Het is beter te trouwen dan te branden'? Maar ze hadden haar niet voor niets de naam Sophronia gegeven, en ze had de wijsheid om te beseffen dat het huwelijk met een man die ze niet vertrouwde en ook niet kón vertrouwen, een man die haar al veel verdriet had gedaan en de verontrustende neiging vertoonde met andere vrouwen te flirten, haar geen blijvend geluk zou schenken.

Het gesprek was gelukkig heel kort. Het vond plaats de dag na het aanzoek van Mr Maitland, nadat Sophie hem een briefje had gestuurd met het verzoek haar te komen bezoeken. Haar tante Foster was de hele tijd aanwezig, zelfs toen Mr Maitland vroeg of hij en Sophie alleen konden zijn.

'Ik denk niet dat dat nodig is, Mr Maitland,' antwoordde Sophie. 'U hebt me de grote eer bewezen me een huwelijksaanzoek te doen dat ik helaas niet kan accepteren. Ik bied mijn excuses aan voor de teleurstelling die mijn weigering u mogelijk bezorgt.'

'Dus je hebt de moed niet opgegeven een rijkere man te vinden, Sophie? Verwacht alleen niet dat ik mijn aanzoek nog eens herhaal als Sir Edmund niet over de brug komt,' zei Mr Maitland, en Sophie voelde een enorme opluchting om deze reactie, die tot gevolg had dat ze er zekerder van was dan ooit dat haar beslissing de juiste was.

'Mr Maitland! Dat is niet zo'n vriendelijke opmerking,' protesteerde Mrs Foster.

'Het geeft niet, tante,' zei Sophie. 'Het is niet verwonderlijk dat Mr Maitland denkt dat trouwen om geld mijn voornaamste zorg is, aangezien hij dat zelf ook heeft gedaan.'

Mr Maitland was niet iemand die zijn energie verspilde als er geen hoop was, en hij besefte dat Sophie niet van gedachten zou veranderen. Hij herwon zijn gebruikelijke kalmte en maakte een zeer elegante buiging voor haar. 'Vaarwel, Sophie, mijn liefste. Je maakt een verschrikkelijke fout, weet dat wel. Maar ik heb tien jaar geleden een veel grotere gemaakt, dus ik denk dat ik het geheel en al aan mezelf te wijten heb.' Hij schonk haar zijn charmante glimlach en Sophie voelde even een scherpe steek van spijt over wat ze afwees, maar slaagde erin even koel te knikken en hij vertrok direct.

Mrs Foster keek haar aan, een beetje verbluft door waar ze zojuist getuige van was geweest. 'Ik moet zeggen, Sophie, dat ik niet zeker weet of ik de kracht zou hebben gehad om te doen wat jij zojuist hebt gedaan. Mr Maitland is zo'n aantrekkelijk heerschap! Maar helaas, hij is onbetrouwbaar. Je hebt zonder twijfel de verstandigste keuze gemaakt,' prees haar tante haar.

Sophie zuchtte. 'Soms wilde ik dat mijn moeder me "Clara" of "Jane" had genoemd.'

'Wat bedoel je?' vroeg haar tante, die deze wending niet kon volgen.

'Niets, tante,' zei Sophie, terwijl ze zich met een vastberaden glimlach tot haar wendde. 'Ik meen dat u eerder een briljant idee had. Laten we een rondreis door het Lake District plannen.'

Maar voordat ze ergens een reis naar waar dan ook konden plannen, al was het maar naar Sydney Gardens (aangezien Sophie en Mrs Foster vastbesloten waren Cecilia het huis uit te krijgen voor wat frisse lucht), kregen ze nog een bezoeker. In plaats van rechtstreeks naar de salon te komen, kon men hem in de vestibule met Jonas horen praten.

'Dat klinkt als Sir Edmund,' fluisterde Sophie tegen haar tante en hoewel ze wist dat het dwaas was, hoopte ze vurig dat haar vermoeden juist was en dat het niet gewoon maar de visboer was.

'Wil je hem zien?' vroeg Mrs Foster, maar voordat Sophie kon antwoorden, bleek het sowieso een theoretische vraag te zijn, want Jonas verscheen aan de deur van de salon met een brief in zijn hand.

'Miss Lattimore, Sir Edmund vroeg of ik u dit schrijven wilde overhandigen,' zei Jonas, zeer formeel en correct, al moest hij zich ongetwijfeld hebben gerealiseerd dat het niet gepast was voor een vrouw om te corresponderen met een man die geen familie of verloofde was, en dat een andere aanbidder van Miss Lattimore nog maar kort daarvoor de salon had verlaten. Sophie was zich ervan bewust dat ze de bedienden nogal wat voer tot roddelen gaf en dat ze zich waarschijnlijk afvroegen wat er was gebeurd met die stille muis waaraan ze in Londen gewend waren geraakt.

Maar Sophie antwoordde alleen maar: 'Dank je, Jonas,' en hield haar hand op voor de brief. Hij overhandigde die haar met lichte tegenzin, en keek Mrs Foster vragend aan, alsof hij zich afvroeg of zij niet een stokje voor deze schandalige gang van zaken zou steken.

'Dat is alles, Jonas,' blafte Mrs Foster naar hem, en Sophie, al kromp ze ineen bij de toon van haar tante, was haar toch dankbaar voor haar tussenkomst toen Jonas snel de kamer verliet.

'De brutaliteit!' merkte haar tante op. En toen Sophie nog steeds met de brief in haar hand zat en geen aanstalten maakte om hem te openen, vroeg ze: 'Wil je liever dat ik je je brief in alle rust laat lezen?'

Sophie, die zich had afgevraagd of haar tante haar de brief überhaupt zou laten lezen of dat ze hem zou afnemen, voelde een plotselinge golf van dankbaarheid en genegenheid voor haar. Het was volledig te danken aan Mrs Foster dat Sophie de luxe had om te beslissen of ze zou trouwen of niet en dat ze niet gedwongen was om het aanzoek van Mr Maitland te accepteren, ondanks haar vele twijfels. En nu kreeg ze dezelfde vrijheid om te beslissen welke actie ze moest ondernemen wat Sir Edmund betrof.

'Dank u, tante, maar ik neem hem mee naar mijn eigen kamer,' zei ze, en ze werd plotseling verteerd door nieuwsgierigheid naar de inhoud. Dus nadat haar tante had geknikt dat ze mocht gaan vloog Sophie de trap op om zo snel mogelijk Sir Edmunds woorden te lezen.

De brief had de datum van de dag ervoor, was geschreven op Newbrooke en begon zonder enige aanhef:

Nu moet u me niet alleen die onbeschaamdheid die ik u in de tuin opdrong vergeven, maar ook de onbeschaamdheid van het schrijven van deze brief, ik kon alleen geen andere manier bedenken om het misverstand recht te zetten dat ik met mijn onbezonnen woorden in het leven had geroepen, en ik hoopte dat als ik u de reden zou uitleggen waarom ik gevoelens van enig ongemak ervaar in uw aanwezigheid, en sterker nog, in aanwezigheid van alle leden van uw sekse, u het misschien over het hart zou kunnen verkrijgen sympathie voor me te voelen in plaats van veroordeling.

Toen ik op de universiteit zat, was ik niet de man die ik nu ben. Ik was zorgeloos en misschien een tikje onvoorzichtig. Ik was niet bang om ongegronde verwachtingen te wekken bij een jongedame en ik meende dat het geen kwaad kon te dansen en te flirten met dames die ik aantrekkelijk vond. Natuurlijk was het allemaal heel onschuldig, althans dat meende ik, totdat ik een paar keer te vaak danste of een paar complimenten te veel gaf aan een jonge vrouw die vond dat ze mijn onvoorzichtigheid in haar voordeel kon aanwenden. Ze verspreidde het gerucht dat ik bij haar de verwachting had gewekt haar een aanzoek te zullen doen, en haar vader verscheen in mijn logement en eiste dat ik met zijn dochter zou trouwen, omdat hij me anders zou aanklagen wegens het niet nakomen van een belofte. Toen ik protesteerde dat ik haar nooit zo'n belofte had gedaan, vertelde hij me dat ze in een delicate toestand verkeerde en dat ze beweerde dat het kind van mij was. Ik was verbijsterd en vertelde hem dat ik volkomen onschuldig was aan dergelijke beschuldigingen, dat zoiets ook onmogelijk was omdat ik haar nooit had aangeraakt behalve tijdens het dansen. Ik denk dat mijn oprechte schok en verbijstering hem in elk geval duidelijk maakten dat wat zij zei niet waar was.

Toen hij haar vertelde dat hij wist dat ze had gelogen, bekende ze hem uiteindelijk dat de man die haar had verleid Cambridge had verlaten toen ze hem over haar toestand had verteld. Tegen die tijd zette iedereen me onder druk om een eerbare vrouw van het meisje te maken door met haar in het huwelijk te treden. Wat moest ik doen? Ik kon hun moeilijk de waarheid vertellen en daarmee haar reputatie nog verder schaden. Bovendien wilde ze haar vader niet vertellen wie het was die haar had verleid en verlaten, waarschijnlijk omdat ze dacht dat haar vader of ik hem tot een ontmoeting zou dwingen. Toen ze bleef weigeren haar vader te vertellen wie haar minnaar was, zette hij haar het huis uit, een jonge vrouw in blijde verwachting die nergens naartoe kon. Dat was gewetenloos van hem. Ik hoorde ervan, vond haar en beloofde te helpen. De enige oplossing voor haar probleem waar zij van wilde horen was trouwen en ik was niet bereid die prijs te betalen. Misschien vindt u dat ik dat wel had moeten doen, maar vergeet niet dat ik pas negentien was! Ik hield niet van dit meisje, en hoewel ik me misschien wat roekeloos had gedragen, was ik niet degene die verantwoordelijk was voor haar hachelijke situatie. Onze rentmeester in Newbrooke was destijds een zeer ambitieuze jongeman, vastbesloten om zijn fortuin te maken, en hij was zelf ook een bastaard geweest. Ik vroeg hem of hij met de jongedame zou willen trouwen als ik haar een royale bruidsschat zou meegeven. Hij stemde ermee in zolang ze elkaar van tevoren konden ontmoeten, om te zien of ze bij elkaar zouden passen. Ze leken het meteen met elkaar te vinden en trouwden zodra de ondertrouw voorbij was. Maar toen ik zo'n belangeloze daad verrichtte, had ik er geen idee van dat dit voor de buitenwacht als bevestiging zou gelden dat ik inderdaad de man was die haar had verleid en in de steek gelaten. Ik had het geluk dat het meisje niet deftig genoeg was zodat een en ander breed uitgemeten zou worden in hogere kringen, en dus werd ik daar niet regelrecht uit verbannen, maar het maakte me er wel uiterst huiverig voor om een jongedame het hof te maken.

En aldus zag mijn situatie de afgelopen elf jaar eruit. Ik was gedwongen tot het besef gekomen dat, ongeacht persoonlijke aantrekkingskracht, mijn landgoed en mijn rijkdom me tot een begerenswaardige vangst maakten, en dat ik mezelf moest beschermen zodat iets soortgelijks me geen tweede keer zou overkomen. Maar ik wilde wel trouwen, en toen ik u ontmoette al helemaal.

Nu u de redenen voor mijn angsten kent, zult u misschien begrijpen dat, hoewel ik u erg bewonderde en hoopte u het hof te kunnen maken, ik niet wist hoe ik dat moest aanpakken. Ik had u al opgemerkt voordat we zelfs maar aan elkaar werden voorgesteld, en natuurlijk vond ik u lieftallig – welke man zou dat niet vinden? Maar elke keer dat ik u zag, zelfs nadat ik u al weken kende, voelde ik een steek in mijn borst, alsof u letterlijk naar binnen reikte en mijn hart aanraakte.
Maar ik maande mezelf voorzichtig te zijn en redeneerde dat als ik deed alsof ik wilde dat u een huwbare dame voor mij zou vinden, we elkaar konden blijven zien en dat ik u beter kon leren kennen zonder verwachtingen bij u te wekken. Al denk ik dat het u waarschijnlijk al heel snel duidelijk was dat dat slechts een list was, want er was geen enkele andere vrouw voor wie ik oog had.
Ik had gedacht, toen ik u uitnodigde naar Newbrooke te komen, dat ik, als alles goed zou gaan, uw tante zou vragen mij toe te staan u mijn liefde te betuigen. U weet echter wat er in plaats daarvan is gebeurd. Ik hoop dat u me wilt geloven als ik zeg dat ik niet met uw gevoelens speelde en u er niet van beschuldigde een flirt te zijn, maar ik raakte in paniek omdat het allemaal zo snel ging ineens. Ik had de situatie (en mezelf) niet onder controle en ik wist niet hoe ik moest reageren.
Ik verlang niets liever dan u te bewijzen dat mijn bedoelingen jegens u eervol zijn en dat niets ter wereld mij meer vreugde zou schenken dan u mijn vrouw te mogen noemen. Ik ben niet bedrevener in het uitleggen van mijn gevoelens op papier dan in een gesprek, maar hoop dat wat ik heb geschreven maakt dat u me gelooft…

Voor altijd de uwe, Edmund

Sophie las de hele brief zo snel door dat ze ervan overtuigd was dat ze hem niet goed had gelezen, en begon zodra ze hem uit had hem meteen een tweede keer te lezen. Lezen over Sir Edmunds jeugdige affaire maakte haar echter ongeduldig en ze sloeg dat over om het stuk waarin hij zijn gevoelens voor haar beschreef te lezen, nauwelijks in staat te geloven dat hij echt zo over haar dacht en het zwart-op-wit had neergeschreven zodat het nooit meer kon worden ontkend.

Ze zat een tijdje in haar kamer en verwonderde zich over het feit dat ze een paar uur geleden het aanzoek van Mr Maitland had afgewezen en zich had afgevraagd of ze niet een vreselijke fout had gemaakt. Wat was alles snel omgeslagen, nu ze wist dat de man van wie ze écht hield, haar genegenheid beantwoordde. Maar uiteindelijk bedacht ze hoe nieuwsgierig haar tante Foster inmiddels moest zijn en ging naar beneden, waar ze zowel haar tante als Cecilia aantrof aan de maaltijd, in de eetkamer.

Cecilia was bleek maar beheerst en glimlachte zelfs een beetje toen Sophie de kamer binnenkwam. 'Het is goed dat je naar beneden bent gekomen, want anders hadden we alles opgegeten,' zei ze. Toen bekeek ze haar nicht wat nauwkeuriger. 'Sophie, wat is er? Wat is er gebeurd?'

'Sir Edmund – hij schreef – hij heeft wel degelijk gevoelens voor me – hij wil met me trouwen,' zei Sophie onsamenhangend. Haar tante en nichtje stonden op van de tafel en al snel omhelsden de drie dames elkaar, lachend en huilend... tot consternatie van de bedienden, die het tumult wel hoorden maar niet precies wisten of dat iets goeds of slechts voorspelde, vooral omdat beide jongedames er de afgelopen dagen zo vreselijk ellendig hadden uitgezien. Maar toen Mrs Foster Jonas belde om te vragen of hij een fles champagne wilde openen, werd er geconcludeerd dat het wel zeker goed nieuws moest zijn, en hoogstwaarschijnlijk een verloving. De bedienden wisten echter niet of Cecilia's of Sophies verloving werd gevierd en welke van de vier heren die hun jongedames het hof hadden gemaakt de gelukkige bruidegom was.

Ten slotte opperde Jonas, omdat hij kennis had van 'de brief', dat het hoogstwaarschijnlijk Sir Edmund was die een aanzoek had gedaan, en toen Betsy haar oor tegen de deur van de eetkamer legde, hoorde ze zijn naam zo vaak vallen dat ze Jonas' theorie steunde. Nu een huwelijk van een van hun jongedames met een rijke baron waarschijnlijk leek, openden de bedienden zelf ook een fles wijn in de keuken en maakten al snel veel meer lawaai dan er uit de eetkamer kwam.

Mrs Foster was behoorlijk van streek toen ze de volgende ochtend haar chocolademelk niet kreeg, en ook Cecilia en Sophie, hoewel niet zo geïrriteerd als zij, vroegen zich af waar de bedienden konden zijn en of ze soms zelf naar de keuken moesten gaan om een kopje thee te halen. Eindelijk hadden ze dan toch ontbeten. Sophie verwachtte dat Sir Edmund die ochtend wel op visite zou komen om haar reactie op zijn brief te vernemen. Dus had ze net haar beste ochtendjapon aangetrokken en door een heel bleke Betsy haar haar laten doen toen ze hoorde dat er aangebeld werd. Maar zodra ze de salon binnenkwam, trof ze daar tot haar verrassing Charles Beswick aan, en niet Sir Edmund.

Hij had zich vroeger aangediend dan beleefd was, en Sophies tante en nicht waren nog niet aangekleed, maar Charles was blijkbaar toch alleen voor Sophie gekomen en begon al te praten voordat ze hem zelfs maar kon vragen om te gaan zitten.

'Het spijt me dat ik zo vroeg op bezoek kom, Miss Lattimore, maar ik dacht dat Priscilla misschien bij u zou zijn, al zie ik nu wel dat ik me heb vergist,' eindigde hij, wanhopig om zich heen kijkend. 'Maar misschien weet u waar ze zou kunnen zijn?'

'Het spijt me, Mr Beswick, maar ik heb Priscilla sinds eergisteren in de Assembly Rooms niet meer gezien,' antwoordde Sophie. 'Ze is niet thuis?'

'Ze is vanmorgen vroeg vertrokken,' antwoordde Charles. 'Gisteravond hebben we weer ruzie gehad en ze is anders zelden voor het middaguur wakker. Dus ik denk dat ze... is weggelopen,' zei hij, met enigszins gebroken stem van verdriet.

Sophie herinnerde zich plotseling dat Priscilla de laatste keer dat ze haar had gezien had gezegd dat ze iets 'wanhopigs' zou doen, en ze kon Charles dus niet direct verzekeren dat zijn veronderstelling onjuist was. Sophie realiseerde zich daarnaast dat haar afwijzing van het aanzoek van Mr Maitland zou kunnen betekenen dat ook hij misschien tot wanhoopsdaden geneigd zou zijn.

'O nee!' zei Sophie. 'Heeft ze geen briefje achtergelaten, geen aanwijzing waar ze naartoe is?'

Voordat Charles kon antwoorden, hoorden ze dat er nog een andere persoon arriveerde, en Sophie en Charles keken hoopvol naar de deur van de salon.

'Sir Edmund Winslow,' kondigde Jonas aan, hoewel zijn stem heel zacht en bovendien steeds zwakker klonk, zodat hij nauwelijks te verstaan was. Maar Sophie had geen tijd zich zorgen te maken over het vreemde gedrag van de bedienden die ochtend.

Sir Edmund kwam snel de kamer binnen, een bezorgde uitdrukking op zijn gezicht die in een van opluchting veranderde toen hij Sophie zag. 'Goddank!' zei hij. 'Ik dacht dat je er met Mr Maitland vandoor was gegaan.'

'Wat?' vroeg Sophie, en door zijn veronderstelling dat zij en Mr Maitland samen weggelopen waren vergat ze haar verlegenheid om hem weer te zien compleet. Waarom zou hij dat denken? Tenzij...

'Hebt u Mr Maitland vanmorgen gezien, Sir Edmund?' vroeg Charles Beswick dringend.

Sir Edmund keek zoekend om zich heen, aangezien hij Charles Beswick niet eens had opgemerkt. Deze was naar het raam gelopen toen de eerste werd aangekondigd.

'Ja, daarom maakte ik me juist zorgen. Ik reed hier vanmorgen vanuit Newbrooke naartoe en passeerde een herberg waar ik Mr Maitland een vrouw in een rijtuig zag helpen. Ze was gesluierd, dus ik kon niet zien wie het was, en ze leek niet op Soph... eh, Miss Lattimore, maar ik kon niet bedenken met wie Mr Maitland dan wel de stad uit zou rijden en toen begon ik me heel dwaas zorgen te maken dat het tóch Miss Lattimore was.'

Hij keek weer naar Sophie. 'Neem me niet kwalijk dat ik zo vroeg al op bezoek kom...'

Charles Beswick onderbrak deze verontschuldigingen door heel zakelijk vast te stellen: 'Dan moet het Priscilla zijn. Ze is er met Mr Maitland vandoor gegaan.'

Sophie was ook al tot die conclusie gekomen, al wilde ze het eigenlijk niet geloven. 'We moeten achter haar aan gaan,' zei ze.

Sir Edmund leek stomverbaasd dat hij toch een schaking had waargenomen, maar Charles, die dit vanaf het begin had vermoed, was over zijn schrik heen en ontstak in woede. 'Ze heeft haar keuze heel duidelijk gemaakt,' zei hij. 'Ik zal mezelf niet verder vernederen door achter haar aan te gaan.'

'Maar Mr Beswick, ik weet zeker dat ze niet van Frederick Maitland houdt, maar van u! Ze is gewoon jong en erg dom. En als ze erin slaagt om met hem weg te lopen, zal ze zichzelf volkomen ruïneren! Als u van haar houdt...'

'Als ik van haar houd, dan ben ik nog dwazer dan zij is, omdat ze me daar geen reden toe heeft gegeven! Excuseert u me, Miss Lattimore, Sir Edmund. Ik heb mijn buik vol van Bath. Ik keer terug naar Devon,' zei Charles, die de kamer verliet voordat Sophie hem kon tegenhouden.

Edmund en Sophie bleven tegenover elkaar staan. 'Sir Edmund, u zei dat u naar de stad bent gereden...'

'Ja, ik heb mijn rijtuig. Wil je dat ik achter hen aan ga?'

'Nee!' zei Sophie, die al voor zich zag dat Edmund in duel zou gaan met Frederick Maitland om Priscilla Beswick. 'Niet jij alleen. Ik wil dat we sámen achter hen aan gaan. Zodra ik me heb omgekleed en een koetsjapon heb aangetrokken. Dan kan Priscilla met ons mee terug. Als je tenminste denkt dat we ze te pakken kunnen krijgen?'

'Natuurlijk kunnen we dat. Hij kan niet zo snel in die logge reiskoets met die treurig uitziende knollen ervoor. Ik weet zeker dat hij op weg is naar Londen. Over een uur of twee hebben we ze ingehaald.'

Sophie, die toch al zeker wist dat ze verliefd was op Sir Edmund, voelde het nu zo diep in zich opwellen bij dit bewijs van zijn goedheid dat ze zich er niet van kon weerhouden naar hem toe te rennen en op haar tenen te gaan staan om zijn wang te kussen. 'Dank je,' zei ze. Voordat ze een stap achteruit kon doen, drukte hij haar steviger tegen zich aan en plantte een langere en hartstochtelijkere kus op haar lippen.

Hij week een stukje achteruit om haar aan te kijken, zijn gezicht een en al aanbidding, en Sophie dacht dat ze zou kunnen barsten van geluk. 'Sophie, voor jou zou ik achter een dozíjn weggelopen minnaars aan gaan.'

'Ik hoop oprecht dat dat niet nodig zal zijn, aangezien ik mijn loopbaan als koppelaarster nu echt ga staken.'

'Zolang je je nog maar wel aan mij koppelt, voordat je dat doet,' zei Edmund. 'Ik neem aan dat je mijn brief hebt gelezen?'

'Ja, en ik vind het heel erg wat je hebt moeten doorstaan. We hebben allebei veel te lijden gehad onder de manier waarop we in onze jeugd werden behandeld.'

'En... je wilt dus met me trouwen?' vroeg hij, met iets van zijn eerdere verlegenheid.

'Ja,' zei Sophie, zelf ook verlegen. Maar toen tilde Edmund haar op en zwaaide haar in het rond, en ze begon verbaasd te lachen. Toen hij haar weer op de grond zette, hield hij haar zo stevig tegen zijn borst aangedrukt dat ze het gevoel had geen lucht te krijgen, maar misschien kwam dat doordat ze al zo licht in het hoofd was. Ze voelde zijn hart even snel kloppen als het hare en zijn ademhaling klonk net zo oppervlakkig, maar ze wilde niet dat hij haar losliet; hij kon haar niet dichtbij genoeg komen. Uiteindelijk dwong Sophie zichzelf toch met grote tegenzin bij hem vandaan te stappen, zich ervan bewust dat Priscilla elke seconde verder van hen verwijderd raakte. 'We moeten gaan,' zei ze.

'Ja, we kunnen onderweg praten,' zei Sir Edmund. 'Ga jij je omkleden. Ik zal buiten op je wachten.'

Sophie legde haar tante uit dat ze een ritje ging maken met Sir Edmund en dat ze misschien ook Molland's zouden aandoen, dus dat ze haar pas over een paar uur terug konden verwachten.

Mrs Foster, die zich midden in een huiselijke crisis bevond, waarbij een vreemde ziekte met symptomen als bloeddoorlopen ogen, misselijke magen en hoofdpijn haar voltallige personeel had getroffen, gebaarde dat ze moest gaan en van haar uitje genieten.

Sir Edmund en Sophie waren dus vrij om samen weg te rijden, en als Sophie zich geen zorgen had gemaakt over het lot van die arme Priscilla, zou ze de rit ronduit opwindend hebben gevonden, aangezien Sir Edmund een expert was in het mennen van de paarden en snel reed als de wind, hoewel de heuvels rond Bath het hem niet altijd mogelijk maakten om zo hard te gaan als hij had gewild. Toch was dit een veel opwindender rit dan de enige andere die ze samen hadden gemaakt: die excursie naar Hyde Park zo vroeg na hun eerste kennismaking. Deze keer kon Sophie op het bankje zo dicht tegen hem aankruipen als ze wilde (en ze werd ook aangemoedigd om dat vooral te doen). Het tempo waarin hij reed was niet direct bevorderlijk voor een gesprek, maar ze konden af en toe glimlachjes en blikken wisselen, en die blikken bevatten duizend dingen die met woorden toch niet konden worden uitgedrukt.

Sophie voelde dat er een nieuwe openheid en gemak in zijn manier van doen was en vroeg zich af of hij zo was geweest toen hij negentien was, voordat die verraderlijke ervaring hem onnatuurlijk gereserveerd en overdreven voorzichtig had gemaakt. Of misschien was het de wetenschap dat Sophie zijn achting voor haar beantwoordde. Hoe dan ook, Sophie was opgetogen dat elke terughoudendheid die tussen hen had bestaan nu verdwenen was.

Ze hadden ongeveer een uur gereden toen ze het dorp Corsham naderden en Sir Edmund moest zijn paarden inhouden. 'Misschien treffen we ze hier in de herberg. Hij zal zijn span paarden moeten wisselen,' zei hij tegen haar. En jawel, toen de Hare and Hounds in zicht kwam, wees hij triomfantelijk op de koets die daar stond. Het was het rijtuig dat hij die ochtend bij de andere herberg had gezien. Zodra Sir Edmund de binnenplaats op reed, kwam er een jongen op de paarden toe rennen, maar Sophie hield Sir Edmund met een hand op zijn mouw tegen toen hij op het punt stond van het rijtuig af te springen. 'Alsjeblieft, laat mij met Priscilla praten. Misschien heeft ze zich inmiddels bedacht en is ze graag bereid om met ons terug te keren. En als ze dat niet is...' zei Sophie, en ze haalde toen haar schouders op, want het was duidelijk dat ze haar niet konden dwingen en aangezien haar man er niet bij was, konden ze Mr Maitland ook niet ter verantwoording roepen.

Sir Edmund knikte dat hij het begreep, en liep naar de andere kant van het rijtuig om Sophie ervanaf te helpen.

Sophie liep naar de koets toe, in de hoop dat Priscilla er nog in zat en dat ze niet naar de herberg hoefde om haar daar te gaan zoeken. Ze zag op tegen de confrontatie. Ze was dus opgelucht toen ze ontdekte dat er een vrouw in de koets zat, maar toen ze oog in oog met haar kwam te staan, was ze zeer verrast toen ze erachter kwam dat het niet Priscilla Beswick was.

17

Charles Beswick keerde terug naar zijn logement en begon zijn spullen in een zadeltas te gooien, terwijl hij zijn knecht opdroeg alles in te pakken wat er nog in huis was en om hem naar Devon te volgen.

'Maar breng geen spullen van Mrs Beswick mee. Ik wil ze niet. Je kunt ze verbranden, voor mijn part,' zei hij, en hij keek om zich heen of hij misschien nog iets vergat. Terwijl hij daarmee bezig was hoorde hij een deur dichtslaan, gevolgd door haar stem.

'Charles? Waar ben je? Ik heb een verrassing voor je,' riep ze, alsof er niets aan de hand was en ze hem helemaal niet had verlaten voor een andere man.

'Hij is boven, mevrouw,' zei Hitchens terwijl hij de trap af liep, 'maar hij is niet in een al te best humeur,' hoorde Charles hem zeggen op gedempte toon maar nog steeds prima verstaanbaar.

'Charles!' riep ze nogmaals. 'Kom gauw beneden. Ik wil je iets laten zien! Hitchens, kom met me mee.'

En toen hoorde Charles haar het huis verlaten. Het duurde even voor hij doorhad wat er aan de hand was, maar het werd hem in ieder geval langzaam duidelijk dat als Priscilla hier was... ze dus niet met Mr Maitland weggelopen was.

Ze was niet met Mr Maitland weggelopen!

Charles verliet het herenhuis en zag Priscilla voor het huis staan, gekleed in het meest exquise donkerblauwe rijkostuum dat hij ooit had gezien. En hoewel het heel kuis was en haar van kin tot enkel bedekte, zag hij terdege dat het op de een of andere manier haar schitterende figuur meer benadrukte dan enig ander kostuum dat ze ooit had gedragen, en dat kwam vooral door het vlechtwerk en de plooitjes op haar borst, waar zijn blik steeds weer naartoe getrokken werd. Toen hij zich er eindelijk van los kon maken, zag hij dat ze bovendien een hoge hoed met klep droeg waar twee enorme witte struisvogelveren op gespeld waren. En, het meest verrassende van alles, ze hield de teugels vast van het paard dat hij voor haar had gekocht als huwelijksgeschenk, maar dat in Devon was achtergebleven.

'En? Ben je verrast? Ik heb Tom naar Devon gestuurd om Sugarplum naar Bath te brengen' – Charles deed zijn best niet te rillen bij de naam die ze haar paard had gegeven – 'en ik heb de beste modiste in Bath de opdracht gegeven om dit kostuum voor me te maken zodat we samen kunnen gaan rijden. Ik moest vanmorgen op een onmogelijk vroeg tijdstip opstaan voor de laatste doorpas, zodat ik hem vandaag nog aan kon. Er loopt een ruiterpad om Sydney Gardens heen en ik dacht dat we dat zouden kunnen proberen, maar als je verder weg wilt gaan, kan dat ook. Hitchens is jouw paard gaan halen.'

Ze glimlachte naar hem, zo trots op zichzelf vanwege haar verrassing, en het enige wat hij kon denken was dat hij had gedacht hij haar voor altijd kwijt was en dat ze hem daarom nog nooit zo dierbaar was geweest. Hij trok haar naar zich toe en kuste haar zoals hij haar nooit eerder had durven kussen, en het interesseerde hem niet dat ze op straat stonden in het volle zicht van iedereen die langs zou kunnen komen. Eerst was ze verrast, maar al snel kuste ze hem net zo vurig terug, liet de teugels van haar paard vallen en sloeg haar handen om zijn nek in een poging zich nog dichter tegen hem aan te drukken. Hij besefte dat hij waarschijnlijk haar schitterende kostuum aan het verpesten was en dat zij om zulke dingen gaf ook al deed hij dat niet, dus dwong hij zichzelf zich uiteindelijk van haar los te maken, al deed het hem pijn om dat te doen. 'Priscilla, straks maken we je hoed nog stuk,' zei hij, terwijl hij hem weer rechtop schoof.

Priscilla keek alleen maar naar hem op, knipperend met haar ogen, alsof ze niet wist waar ze was. Ten slotte zei ze: 'Wat kan mij die hoed schelen', en trok zijn hoofd terug naar het hare.

Ze werden uiteindelijk tot bezinning gebracht door Hitchens die zijn keel schraapte. Hij had het paard van Charles gezadeld en hield hem de teugels voor, en hij had ook die van Sugarplum beet, al bedacht Charles zich vagelijk dat paardrijden voor de verandering wel de laatste activiteit was waar hij nu zin in had.

Hij had iets in gedachten wat hem veel meer aansprak en glimlachte nu ondeugend naar Priscilla, een glimlach die ze beantwoordde, alsof ze precies wist waar hij aan dacht. Toch kon hij haar grote verrassing niet verpesten, dus haalde hij diep adem en probeerde zichzelf tot bedaren te brengen.

'Dit is de mooiste jurk die ik je ooit heb zien dragen,' zei Charles, in een poging van onderwerp te veranderen, hoewel het enige gesprek dat ze hadden gevoerd zich in zijn hoofd afspeelde.

'Charles, was dat een compliment?' vroeg Priscilla met grote verbaasde ogen. Charles vond dat die feller schitterden dan de mooiste smaragden en dat zei hij haar ook.

'Is er vanavond een bal? Ik wil elke dans met je dansen,' zei hij, en Priscilla kon niet geloven dat dit echt gebeurde.

'Sophie is een genie,' zei ze, en Hitchens vond dit het meest onzinnige gesprek dat hij ooit had gehoord. 'Als we ooit een dochter krijgen, moeten we haar Sophronia noemen,' zei Priscilla tegen Charles, 'ook al is het een afgrijselijke naam.'

'Wat je maar wilt,' zei Charles.

Sophie, die volkomen verbijsterd was toen ze niet Priscilla Beswick in de koets aantrof, wist niet wat ze moest zeggen om haar gedrag uit te leggen aan Lady Mary, de passagier in de koets.

'Pardon,' zei Sophie, maar verder kwam ze niet. 'Neem me niet kwalijk,' probeerde ze opnieuw, maar Lady Mary, die een expert was in het opvullen van ongemakkelijke stiltes, koos juist dit moment om te zwijgen. 'Mag ik u vragen, Lady Mary, of u met Mr Maitland reist?' vroeg Sophie ten slotte, aangezien Frederick Maitland niet bij Lady Mary in de koets zat, en Sophie bedacht dat ze misschien de verkeerde koets te pakken hadden en Priscilla dus nog steeds moest worden gered.

'Inderdaad. We gaan naar Londen om te trouwen,' zei Lady Mary, en Sophie deed haar best om niet geschokt te lijken, omdat ze besefte dat dat erg beledigend zou zijn voor Lady Mary. 'Ik wens u beiden... al het geluk van de wereld,' zei Sophie, waarop Lady Mary hooghartig knikte. Sophie begon weg te lopen van de koets, vastbesloten om terug te keren naar haar rijtuig voordat ze een nog ongemakkelijkere ontmoeting zou hebben met Frederick Maitland. Zodra ze uit het zicht van de koets was, holde ze naar het rijtuig en zei haastig tegen Sir Edmund: 'Laten we gaan; het is Priscilla niet. Ze moet nog in Bath zijn. Haast je, voordat Mr Maitland ons ziet.'

En Sir Edmund reed snel weg bij de herberg, net toen Frederick Maitland de herberg uit stapte.

Zodra ze het dorp achter zich hadden gelaten, vertelde Sophie aan Sir Edmund wie er in het rijtuig zat.

'Lady Mary?' herhaalde hij ongelovig, en Sophie had onwillekeurig medelijden met haar, want dit was waarschijnlijk de universele reactie op het nieuws over haar huwelijk. 'Ik kan het niet geloven! Ik vond het echt iets voor hem om er met Priscilla Beswick vandoor te gaan voor een tijdelijke affaire, maar als hij met iemand wilde trouwen, dan zou hij jou vragen daar was ik van overtuigd.'

'Ja, nou ja, hij heeft de dag nadat we in Newbrooke waren een aanzoek gedaan, maar dat heb ik afgeslagen.'

'Sophie! Dus je hebt hem geweigerd nog voordat je mijn brief had ontvangen,' zei Sir Edmund, terwijl hij zijn paarden langzaam inhield voor een snelle kus. 'Je weet niet hoe blij ik ben om dat te horen. Ik was wel wat jaloers op hem, moet ik bekennen, omdat hij je eerste liefde was.'

'Wat dat betreft, het is goed dat je me die brief hebt geschreven, want toen hij me het aanzoek deed en ik het afsloeg, concludeerde hij terecht dat ik gevoelens voor jou had en vertelde hij me wat er in Cambridge was gebeurd, waarbij hij jou afschilderde als de schurk van het verhaal.'

'Dat verbaast me niet. Hij zou alles hebben gedaan om je voor zich te winnen. Ik zou bijna medelijden met hem krijgen, als hij niet zo'n dwaas was.'

Ze reden een moment zwijgend verder, terwijl Sophie de ongewone keuze van Mr Maitland waar het om een nieuwe echtgenote ging overwoog. 'Hij trouwde eerder voor geld, maar deze keer was zijn motief misschien toch echt onzelfzuchtig. Zijn kinderen zijn dol op Lady Mary. En hij vertelde me dat ze hem deed denken aan zijn eerste vrouw,' zei ze.

'Ha! Hij trouwt met haar omdat ze banden heeft met alle adellijke families in Engeland,' zei Sir Edmund.

'Maar ze trouwen in het geheim, wat wil zeggen dat Lady Smallpeace haar geen toestemming heeft gegeven voor het huwelijk. Hij heeft niets aan Lady Mary's connecties als ze zich niet meer in de society kunnen vertonen.'

'Lady Smallpeace trekt wel bij. Mr Maitland is een expert in het om zijn vinger winden van vrouwen,' zei hij bitter.

Sophie keek hem met een ondeugende glimlach aan. 'Zo te horen ben je meer dan een beetje jaloers.'

Sir Edmund zag een breed stuk weg voor zich en stuurde het rijtuig naar de kant, liet de paarden halt houden, en trok Sophie in zijn armen. 'Híj zou jaloers op míj moeten zijn,' zei hij terwijl hij haar kuste. Toen trok hij zich terug om haar gezicht te bekijken en streek met een vinger over haar wang, die zachter was dan welk rozenblaadje dan ook. 'En ik ben er heel zeker van dat hij dat is, de arme drommel.'

Er was die avond een bal en Sir Edmund, Sophie, Mrs Foster, Cecilia en de Beswicks waren allemaal aanwezig. Priscilla vertelde Sophie dat ze geweldig was, haar beste vriendin in de hele wereld, en dat ze haar ongeboren dochter naar haar zou vernoemen, voordat ze vroeg: 'Heb je misschien ook een tweede naam?'

'Nee, ik vrees van niet,' zei Sophie. 'Ik denk dat mijn ouders vonden dat "Sophronia Lattimore" lang genoeg was.'

Priscilla zuchtte. 'Wat ontzettend jammer.'

Charles Beswick liep de hele avond met een glimlach rond en Sophie vermoedde dat zijn aangezichtsspieren waarschijnlijk wel pijn zouden doen, niet gewend aan die houding als ze waren. Op een gegeven moment kwam hij op haar af om haar te bedanken voor haar hulp, en Sophie vroeg hem met een plagerig lachje of ze hem de volgende dag in de Pump Room zouden zien.

'Morgen niet, want Priscilla heeft een wandeling door Beechen Cliff gepland voor ons. Maar als ze de ochtend erna naar de Pump Room wil, zal ik haar met plezier vergezellen.'

'Blijft u dan in Bath?'

'Nog minstens een paar weken. Het voelt nu meer als onze wittebroodsweken dan onze oorspronkelijke huwelijksreis,' zei Charles.

Sophie betwijfelde sterk of deze wittebroodsweken zo lang zouden duren – ze was er zeker van dat het onstuimige jonge stel wel weer iets anders zou vinden om over te ruziën nog voordat de week voorbij was – maar ze had het gevoel dat ze in ieder geval hadden geleerd elkaar meer te waarderen en plezier te scheppen in gezamenlijke activiteiten en bezigheden. Toen Sophie die avond naar hen keek, merkte ze op dat Charles Beswick een opmerkelijk goede danser was en dat hij het nog erg leuk leek te vinden ook. En toen ze Priscilla vroeg of zij er ook van genoot Charles' favoriete activiteiten samen met hem te ondernemen, antwoordde die heel vurig met een rood hoofd: 'O zeker!' en Sophie besloot meteen dat het beter was om maar niet te diep in de aangelegenheden van een pasgetrouwd stel te duiken en begon snel ergens anders over.

Emily Woodford was die avond ook aanwezig, maar er was nu een ongemakkelijkheid tussen haar en Sophie die door niets kon worden overwonnen, en ze wisselden niet meer dan een afstandelijk knikje. Op elk ander moment zou Sophie er spijt van hebben gehad dat hun vriendschap zo abrupt was geëindigd, maar ze was veel te blij met haar verloving om dit nu haar avond te laten bederven. Ze voelde alleen wel een steek van medeleven met Emily, die moest hebben gehoord dat Mr Hartwell de stad had verlaten en dus ongetwijfeld zou beseffen dat hij voor haar verloren was. De enige echte zorg die Sophie nog had, betrof Cecilia. Die kreeg een aantal uitnodigingen om te dansen, die ze beleefd accepteerde, en ze glimlachte en lachte zelfs, maar het viel niet te ontkennen dat ze ongelukkig was.

Sophie wist dat ze Mr Hartwell miste, of ze er nu zeker van was dat ze van hem hield of niet. Sophie keek naar de dansende Cecilia met een peinzende uitdrukking op haar gezicht, toen Edmund in haar oor fluisterde.

'Je hebt een zeer vastberaden glinstering in je ogen als je naar al die nietsvermoedende stellen kijkt. Ik hoop dat je geen verdere koppelacties in je schild voert,' zei hij.

Sophie draaide zich om en glimlachte naar hem. 'Dat doe ik niet, dat beloof ik. Ik ben veel te blij met de uitstekende partij die ik voor mezelf heb gevonden.'

'Bedoel je te zeggen dat ík al die tijd het doelwit was van een sluwe koppelaarster zonder dat ik me daarvan bewust was?'

'Zeker. Maar je had niets te vrezen, want de koppelaarster in kwestie is erg slecht in het smeden van snode plannen.'

'Je hebt gelijk. Je bent niet in staat tot lage listen. Het is een van de dingen die ik zo in je waardeer,' zei Edmund, nog zachter pratend, wat Sophie nogal opwond.

'Dit is het interessantste gesprek dat ik de hele avond heb gevoerd,' zei ze, terwijl ze haar waaier opensloeg en de onderste helft van haar gezicht erachter verborg. 'Vertel eens wat je nog meer leuk aan me vindt,' zei ze, ook op fluistertoon.

'Ik zou het je veel liever laten zien,' fluisterde hij terug, en ze keek om zich heen om er zeker van te zijn dat niemand hen observeerde, want ze was er vrij zeker van dat zijn lippen haar oor hadden aangeraakt terwijl hij sprak.

Toen begon hij de blote huid boven de achterkant van haar jurk te strelen, zijn hand zo slim gepositioneerd dat niemand het kon zien, en ze vroeg zich af hoe een man die haar sekse zoveel jaren uit de weg was gegaan, zo snel zo bekwaam was geworden.

'Van wie hebt u eigenlijk leren flirten, Sir Edmund?' vroeg ze enigszins ademloos. 'U bent behoorlijk bedreven in de kunst.'

'Van de meest aanbiddelijke, verrukkelijke vrouw die ik ken,' zei hij. 'Mijn schat, mijn liefje, mijn Sophie.'

18

Een paar dagen later liepen Cecilia en Sophie door Milsom Street toen er naast hen een draagstoel halt hield, die schijnbaar veel haast had. Beide dragers, één voor en één achter, hadden gehold en hijgden ervan. Cecilia en Sophie stapten aan de kant, in de veronderstelling dat de dragers langs hen wilden rennen, maar in plaats daarvan siste hun passagier naar hen.

'Pssst, Miss Foster,' zei een man, en toen Cecilia in de stoel keek, realiseerde ze zich dat het Lord Courtney was. Ze wist niet of hij verwachtte dat ze met hem zou praten terwijl hij door twee andere mannen omhooggehouden werd, maar even later droeg hij de mannen op hem uit de stoel te laten stappen. Cecilia wisselde een verbaasde blik met Sophie en wachtte tot hij uitgestapt was.

'Het is een veel te warme dag voor een wandeling, vindt u ook niet?' zei hij uiteindelijk, nadat hij de dragers had betaald en hen nakeek toen ze wegliepen.

Cecilia vond dit een ongebruikelijke manier om het gesprek te beginnen, aangezien hij helemaal niet had gewandeld. Gelukkig wachtte hij niet op een antwoord, maar hij wendde zich tot Sophie en vervolgde: 'Miss Lattimore, ik heb iets wat ik onder vier ogen met Miss Foster wil bespreken, als u het niet erg vindt...'

Hij liet zijn zin wegsterven terwijl hij haar verwachtingsvol aankeek, en Sophie vroeg zich af wat hij verwachtte dat ze deed zodat hij en Cecilia wat privacy hadden. Ze stonden midden in Milsom Street; waar zou ze naartoe moeten?

Moest ze weggaan en haar nichtje bij hem achterlaten, terwijl zij alleen doorliep? Ten slotte antwoordde ze maar: 'Ik vind het niet erg als u met Miss Foster praat.'

Dit leek hem tevreden te stellen, en toen hij Cecilia zijn arm aanbood en met haar begon te kuieren, volgde Sophie op een pas of twee achter hen.

'Miss Foster,' zei hij op samenzweerderige toon. Sophie nam aan dat hij dacht dat hij daarmee ook zachter sprak, maar aangezien hij telkens als hij zijn mond opendeed nogal schreeuwde, was wat hij zei nog steeds perfect hoorbaar voor Sophie en iedereen binnen een straal van drie meter. 'Ik neem aan dat je hebt gehoord dat mijn nicht er met Mr Maitland vandoor is gegaan. Hoe onsmakelijk dergelijk gedrag ook mag zijn voor een vrouw van haar leeftijd,' zei hij met lichte huivering, 'toch bracht het me op het idee iets soortgelijks te doen. En Miss Foster... of Cecily, als ik zo vrij mag zijn...'

'Cecilia,' verbeterde Cecilia hem.

'Wat?'

'Mijn naam is Cecilia,' zei ze.

'En mij mag je Court noemen,' zei hij tegen haar. 'Celia, mijn liefste, mijn tante zou nooit instemmen met ons huwelijk, dus we zullen de grens over moeten en stiekem trouwen.'

'Het spijt me, Lord Courtney...'

'Court,' bracht hij haar in herinnering.

'Eh, Court, u bewijst me een grote eer,' begon ze weer, 'maar ik ben bang dat wij niet bij elkaar passen.'

'Je hebt niets te vrezen, mijn lieve Celia, het kan me niet schelen of je op je twaalfde kinkhoest hebt gehad en je oud-oom een keuterboer was. Ik vind dat je prima bij me past,' zei hij. 'En ik zou je nu ook wel willen laten zien hoe goed we bij elkaar passen als die vervelende nicht van je niet in de buurt was.' Hij keek over zijn schouder naar Sophie terwijl hij dit zei, die vond dat ze meer dan genoeg had gehoord en een stap naar voren deed.

'Lord Courtney, Cecilia gaat niet stiekem met u trouwen in Gretna Green, dus u zult een andere jongedame moeten zoeken die zich in uw aandacht zal verheugen.'

Hij monsterde Sophie van top tot teen. 'Dat zou u wel willen, hè?' zei hij, en hij knipoogde naar haar.

Sophie en Cecilia haakten hun armen in elkaar en begonnen bij Lord Courtney weg te lopen.

'Ik vraag het je niet nog eens – dit is je enige kans!' schreeuwde hij hen na. 'Cecily!'

De dames Foster hadden besloten hun bezoek aan Bath te verlengen en maakten plannen om te blijven tot na Sophies bruiloft, aangezien ze zo dicht bij Newbrooke waren en de trouwerij daar in de parochiekerk plaatsvond. Sophie kon natuurlijk niet zonder hen in Bath blijven. De aankondiging van de verloving was in de kranten gedrukt, de akte van ondertrouw werd die zondag voorgelezen en er was een trouwdatum vastgesteld voor de volgende maand. Sophie vroeg zich regelmatig af of dit allemaal echt gebeurde, en dankte God dat Mr Maitland haar al die jaren geleden in de steek had gelaten. Ze vond het zo wonderlijk dat ze het incident dat ze als het meest tragische en verwoestende van haar leven had beschouwd, nu als een grote zegen beschouwde, en ze besefte hoe beperkt haar perspectief eigenlijk was – net als dat van iedereen, in feite.

Zulke overwegingen maakten dat ze meer dan ooit vastbesloten was om zich niet met de romance van haar nichtje te bemoeien. Want ze kon niet zeker weten of Cecilia of zelfs Mr Hartwell er achteraf blij mee zou zijn dat ze afscheid van elkaar hadden genomen.

Hoewel Cecilia duidelijk erg terneergeslagen was door de afwezigheid van Mr Hartwell, deed ze haar best om vrolijk te doen, al besefte Sophie dat ze zich waarschijnlijk des te bewuster was van haar eigen verlies toen ze deelnam aan de verlovingsfestiviteiten van Sophie en Edmund. Toch zei Sophie keer op keer tegen zichzelf: ze kon en wilde hier niet bij betrokken raken.

En ze zou Mr Hartwell absoluut geen brief schrijven.

Maar iemand anders nam het op zich om hem te schrijven en een maand na zijn vertrek uit Bath keerde hij terug, tot grote verbazing van de bewoners van Rivers Street nummer 4. Sophies bruiloft was over drie dagen en de dames waren net terug van een verblijf op Newbrooke. Ze hadden dus geen plannen gemaakt voor de avond, maar zaten samen in de salon. De klok had net negen geslagen en ze verwachtten zeker geen visite, toen Mr Hartwell de kamer binnenstormde nog voordat Jonas hem kon aankondigen. Hij snelde op Cecilia af, wierp zich aan haar voeten en greep haar hand.

'Cecilia! Goddank! Ik was bang dat ik te laat zou zijn!' Jonas verscheen in de deuropening en keek Mrs Foster aan alsof hij wilde vragen of hij Mr Hartwell de deur uit moest zetten, maar Mrs Foster schudde even het hoofd en Jonas trok zich terug.

Mr Hartwell leek inderdaad wel volledig buiten zinnen en de dames zouden hoe dan ook verrast zijn geweest door zijn plotselinge verschijning, aangezien ze dachten dat hij in Derbyshire was. Ze waren echter allemaal nog geschokter door de aanblik van de anders zo rustige Mr Hartwell die zich in de greep van zo'n hevige emotie bevond. Hij was ook niet gekleed voor een visite; hij was nog steeds in zijn reiskleren en het leek alsof hij direct bij zijn aankomst in de stad naar hen toe was gekomen.

'Te laat?' vroeg Cecilia, en Sophie merkte op dat ze haar hand niet uit de zijne terugtrok, maar haar naaiwerk losliet om hem ook haar andere hand aan te bieden.

'Ik had geen idee... waarom heb je het me niet verteld? Cecilia, mijn liefste!' zei hij onsamenhangend, voordat hij haar plotseling in een stevige omhelzing tegen zijn borst trok.

Mrs Fosters ogen puilden bijna uit hun kassen, en Sophie was ook behoorlijk geschrokken, aangezien ze nog nooit getuige was geweest van dergelijk gedrag in een beschaafde salon (al waren Sir Edmund en zij sinds hun verloving inmiddels behoorlijk bedreven in het vinden van andere, meer besloten locaties voor zeer vergelijkbaar gedrag). Toch dacht ze niet dat Edmund ooit zou proberen haar te omhelzen in het bijzijn van haar familie, en ze wilde ook niet dat hij dat zou doen.

'Mr Hartwell!' zei Mrs Foster, en haar schelle stem maakte dat hij zich bewust werd van wat hij aan het doen was.

'Neem me niet kwalijk, Mrs Foster, maar mij is verteld...' Hij keek Cecilia weer aan en alsof hij hem niet kon tegenhouden schoot zijn hand naar haar wang. 'Je ziet bleek, mijn liefste. Hoe voel je je? Heb je pijn?' En toen drong het eindelijk tot Sophie door wat hem was verteld en als Mr Hartwell niet zo duidelijk leed, had ze kunnen lachen om haar tantes smoesje.

Cecilia was duidelijk tot dezelfde conclusie gekomen als Sophie. 'Laurence,' zei ze met zachte stem, voordat ze de hand die haar gezicht vasthield licht kuste, 'het gaat uitstekend met me. Ik ben kerngezond. Het is maar een gerucht. Je hebt niets te vrezen.' En Mr Hartwell haalde diep, huiverend adem voordat hij Cecilia weer in zijn armen nam en haar kuste alsof zijn leven ervan afhing.

Sophie en Mrs Foster wisselden een blik en verlieten toen, met wederzijdse, onuitgesproken instemming, de salon.

Het paar dat op de bank aan het kussen was, merkte hun vertrek niet eens op, maar uiteindelijk lieten ze elkaar lang genoeg los om uitleg te geven en bekentenissen te doen.

'Ik was zo dom; ik snap niet dat je nog iets met mij te maken wilt hebben,' zei Cecilia.

'Zeg zulke dingen niet over jezelf; je bent gewoon jong. Ik had niet zo ongeduldig met je moeten zijn. Je kunt alle tijd nemen die je nodig hebt,' zei hij tegen haar, terwijl hij haar bleef kussen. Wat Cecilia deed vermoeden dat langer wachten dan nodig was om te trouwen inderdaad een vreselijke verspilling van tijd zou zijn.

'Het punt was alleen... ik heb jou als eerste ontmoet, in plaats van als laatste, snap je,' zei Cecilia, terwijl ze een verklaring probeerde te geven voor haar ellendige dwaasheid die had gezorgd dat het zo lang duurde voor ze hem op waarde wist te schatten. Met deze onsamenhangende uitleg was Laurence Hartwell volkomen tevreden, en inderdaad, hij had ook niet het recht om te klagen over het gebrek aan welsprekendheid van zijn geliefde, omdat er uit zijn mond ook niets zinnigs kwam.

Het was op een zonnige dag in september dat Sophie Lattimore Sir Edmund Winslow tot haar wettige echtgenoot nam. Cecilia was het enige bruidsmeisje en, als pas verloofde vrouw die spoedig zou trouwen met de man van wie ze hield, zag ze er bijna net zo stralend uit als de bruid zelf.

Maar geen enkele vrouw kon Sophie die dag overtreffen. Ze droeg een origineel ontwerp van Priscilla Beswick, een witte satijnen japon met een overrok van lamé waar zilverdraad doorheen geregen was, en ze schitterde letterlijk. Ze droeg geen hoofddeksel, maar een aigrette van parels om het haar van haar voorhoofd te houden en hier en daar waren witte rozen die Edmund haar had gegeven in haar donkere krullen gestoken. De geur steeg op naar Edmund toen hij naast haar bij het altaar stond, en hij moest denken aan een gestolen kus in een prieel in de tuin. Hij nam ter plekke het besluit om de kersverse Lady Winslow zo snel mogelijk op diezelfde plek te kussen.

Toen de priester aan het deel van de dienst begon waarin stond dat het heilige huwelijk niet 'lichtzinnig mocht worden aangegaan om de vleselijke lusten en begeerten van de mens te bevredigen', knipoogde Edmund naar Sophie en moest ze een giecheltje onderdrukken. Ze zou hardop hebben gelachen als ze had gezien hoe haar tante naar Mr Hartwell keek, die constant in de gaten werd gehouden sinds zijn overdreven aanhankelijke gedrag toen hij dacht dat Cecilia stervende was. Het arme stel kreeg maar weinig privacy, en Cecilia, die ooit zo geaarzeld had om met Laurence Hartwell te trouwen, stelde nu voor dat hij een speciale vergunning zou regelen, zodat ze niet hoefden te wachten tot de ondertrouw voorbij was.

Lord Fitzwalter was Sir Edmunds getuige, en ook Charles en Priscilla Beswick waren aanwezig. Ze bleven allemaal voor het huwelijksdejeuner dat na de ceremonie op Newbrooke werd gehouden. Iedereen was in opperbeste stemming (zelfs nog voordat ze een glas hadden gedronken), en toen de taart eenmaal was aangesneden, stelde Lord Fitzwalter een heildronk voor op de bruid.

'Op Sophie, Lady Winslow, we wensen u alles wat je toekomt: het gelukkigste huwelijk met een liefdevolle, gulle en toegeeflijke echtgenoot,' zei Fitzwalter, naar Sir Edmund knikkend en knipogend. 'Op goede vrienden en een uitstekende gezondheid! Op Lady Winslow!'

'Op Lady Cupido! Op Sophie!' riepen de gasten. En Sophie, die de kamer rondkeek naar de gezichten van haar dierbare vrienden, familie en haar geliefde echtgenoot, was heel erg blij dat ze ooit die brief had geschreven.

Londen, donderdag 10 april, 1817

Lord Fitzwalter,

Vergeef me alstublieft mijn onbeschaamdheid u te schrijven. Ik zou zo'n taak niet op mij hebben genomen als ik niet had gedacht dat het van het grootste belang was en dat het

rechtstreeks van invloed zou kunnen zijn op uw toekomstige geluk.
Het is algemeen bekend in de Londense samenleving dat u Miss Priscilla Hammond het hof heeft gemaakt, en hoewel ze een bewonderenswaardige jongedame lijkt, heb ik reden om aan te nemen dat ze verliefd is op een andere heer en dat zij elkaar beloften hebben gedaan. Het lijkt er ook op dat haar moeder haar sterk heeft aangemoedigd om uw aanzoek te accepteren vanwege uw titel en het landgoed dat u bezit. Aan de andere kant is mij ook ter ore gekomen dat Miss Lucy Barrett, de zus van een van uw dierbare vrienden, echt en oprecht verliefd op u is, en voor u heeft gekozen op basis van niets anders dan de ingeving van een zuiver en teder hart, onbezoedeld door geldelijke motieven of overwegingen van sociale status. Ze houdt uitsluitend omwille van uzelf van u, en ik ben van mening dat ieder van ons niets liever meer kan verlangen dan degene te vinden die het goede in ons ziet. Aangezien ikzelf geen kans maak een dergelijk kostbaar geschenk te vinden, doet het me des te meer pijn te zien dat iemand dat wel binnen zijn bereik heeft, en het desondanks niet krijgt. Om die reden heb ik u deze brief geschreven.

Met mijn oprechte beste wensen, een anonieme dame

Dankwoord

Ik weet niet of jullie je allemaal het jaar 2020 nog herinneren, maar het was een donkere tijd om een lichte, romantische komedie te schrijven. Ik vond het om vele redenen een creatieve uitdaging, maar het was vooral moeilijk om dag in, dag uit in mijn kleine huis te moeten blijven (dat kleiner leek te worden naarmate de maanden vorderden), zonder uitstapjes naar de locaties die ik aan het beschrijven was, of zelfs maar naar een plaatselijke koffiezaak, om onderzoek te doen en inspiratie op te doen.

Dus wil ik mijn man Jonathan bedanken voor het feit dat hij een geweldige man was om tijdens een wereldwijde pandemie mee opgesloten te zitten, evenals een geweldige kok. Als ik mijn vorige boek niet al aan hem had opgedragen, zou ook dit boek aan hem zijn opgedragen.

Dank ook aan mijn redacteur, Kate Seaver, voor het feit dat ze zo'n aangenaam en lief mens was, en ook voor haar geweldige suggesties; en mijn agent, Stefanie Lieberman, die altijd zo snel reageert, en deskundig en behulpzaam is. Stefanie en Kate hadden ook veel te verduren in 2020, maar bleven professioneel, geduldig en coöperatief. Bedankt, Kate en Stefanie!

Ik waardeer ook enorm de hulp van Kirsten Elliott, die ervoor zorgde dat ik een digitaal exemplaar van haar boek kreeg: *No Swinging on Sunday: The Story of Bath's Lost Pleasure Gardens*. Hoewel ik tijdens het schrijven van deze roman niet zelf naar Bath kon afreizen, bracht haar op gedegen onderzoek gebaseerde boek me erheen – in het bijzonder naar Sydney Gardens – en het nam me ook mee terug in de tijd.

Tot slot aan de zussen die ik in mijn opdracht noemde: Charlotte, die tijdens de lockdown een feestje regelde voor mijn vijfentwintigjarige huwelijksfeest, en Vicky, die elke dag bij me langskomt en me helpt voor onze ouders te zorgen; bedankt dat jullie altijd zulke geweldige zusjes zijn op wie je kunt bouwen. En aan mijn andere zussen, die dan wel geen bloedverwanten van me zijn, maar van wie ik evenveel hou: Kimberly, Walsta, Wanyda, Deniece, De, Michelle, Amber, Marianne, Denise, Tammy, Karrie, Nakia, Nekia, Keren, Rongmei, Ryann, Summer, Jen, Jan, Genevieve, Melissa, Carol, Rachel, Tiffany, Melinda, Pam, Debi, Leslie, Kayshauna en Alesheia: ik ben jullie allemaal zo dankbaar! En ik weet dat er waarschijnlijk een superspeciaal iemand is die ik niet heb genoemd, dus vul hier gewoon je eigen naam in:_______ Ik heb zoveel liefhebbende, mooie vrienden om op terug te vallen. Ik ben echt gezegend. (Ook een speciaal woord van dank aan Alison, voor het feit dat je een van de eersten was die *Miss Lattimore's brief* las en voor het delen van je indrukken. Het is maar goed dat je het leuk vond!)